ごめんなさい、遅れました！」
明るい声と共に、一人の少女が飛び込んできた。
にっこりと俺たちに微笑みかける。
元世界最強な公務員
1
帰還勇者、身分を隠してたのに新人冒険者の世話をすることになりました

エウフェミア
異世界の小国の王女。晴夏の担当する新人冒険者。物腰は上品で丁寧。整った顔にいつも優しい微笑みを浮かべている。なので気付かれにくいが、実は生粋の戦闘狂で命のやり取り大好き。
九住晴夏《くずみはるか》
勇者として異世界を救い、日本に帰還。その後、正体を隠して冒険者ギルド日本支部の平職員となり、異世界からやってきた冒険者たちの案内役を務める。どうにか勇者の責務をまっとうしたので、今後は平凡で平穏な人生を送ることが望み。

マリナ
エウフェミアのパーティーメンバー。晴夏の担当する新人冒険者。田舎町の出身で、かなりの大柄。外見からは想像できないが実はまだ12歳で、貧しい家族を養うため16歳と偽って冒険者をしている。
リュリ
エウフェミアのパーティーメンバー。晴夏の担当する新人冒険者。貧民街の孤児院出身で、底辺から這い上がるために冒険者を選んだ。向上心が強く、自分にも他人にも厳しい。言いたいことははっきり言う。

「からくりは内緒だ。
せいぜい悩んでくれ」
「それが聖剣《ユニベル》ですか？
いえ、でも、それは――」

元世界最強な公務員

1.帰還勇者、身分を隠してたのに新人冒険者の世話をすることになりました

すえばしけん

HJ文庫
912

口絵・本文イラスト　キッカイキ

陣郷市市役所

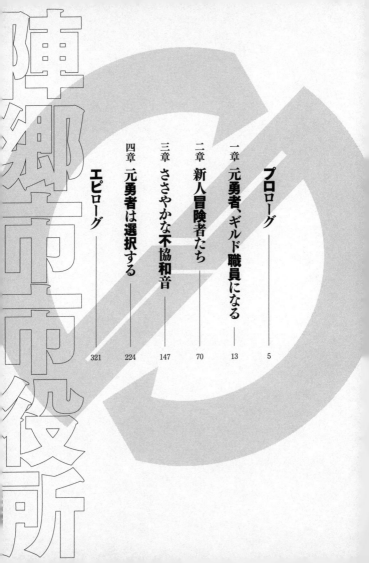

プロローグ

『――はい、一見するとニワトリによく似ていますが、まず違《ちが》うのは大きさ。ニホンの方々にもわかりやすく例えると、そうですね、馬くらいある個体も存在します』

朝飯を食いながらテレビを点《つ》けると、若いイケメン冒険者《ぼうけんしゃ》がコカトリスの描《えが》かれたパネルを指し示しながら、何やら解説していた。

『あと、この尻尾《しっぽ》。鳥類の尾羽《おばね》ではなく、こう細長くなっていて、蛇《へび》によく似た疑似《ぎじ》頭がついています。こういうのはニホン……というか、こちらの世界の生物にはあまり見られない特徴《とくちょう》でしょう？』

『ほんとですねえ。出くわしたら、びっくりしてしまいます』

パートナーを務める女性アナウンサーが、やや大げさに調子を合わせる。

と、俺《おれ》の目の前にコトンと皿が置かれた。

「はい、目玉焼きできたよー、お兄ちゃん」

「おう」

「おう、じゃなくて、そういうときはありがとう、って言うの」

玖音《くおん》はお説教口調で言いながら、俺の向かいに腰《こし》を下ろした。

『この尻尾、やっぱり蛇のように噛《か》み付いたりするんですか？』

『ええ。こちらの口からは毒が分泌《ぶんぴつ》されています。筋肉が硬化《こうか》してしまう麻痺《まひ》毒ですね。僕《ぼく》たちは「石化」なんて呼んだりしますが』

『噛まれたら大変ですねー』

『大変です。なので、もし見かけても絶対に近寄らないで警察か冒険者ギルドに通報してくださいね。凶暴種《モンスター》に分類される生物の中では比較的脅威度《ひかくてききょういど》は低く、冒険者なら問題なく退治できますけど、不慣れなニホンの方にとっては危険です』

『もしも噛まれてしまったら？』

『手当ての必要がありますので、その場合もすぐに通報を。僕たちの世界ラグナ・ディーンでは解毒《げどく》法が確立されていますが、処置が遅《おく》れると症状《しょうじょう》も重くなりますから』

最近テレビでよく見るよな、この冒険者。

なんて名前だっけなー、などと考えながら白飯を口に運んでいると、アナウンサーが答えを教えてくれた。

『以上、A級冒険者〝勇者〟フェリクスさんの、異世界モンスター講座でしたー！』

冒険者は爽《さわ》やかに笑い、一礼した。

ラグナ・ディーンの冒険者はA級からF級の六ランクに分けられている。A級が経験と実績の豊かな最上位。つまり、この一見チャラいイケメン君は顔とトークだけでなく、腕《うで》の方も確かであるわけだ。

人生イージーモードなんだろうな、こういう奴《やつ》は。

「……クソ羨《うらや》ましい」

「ん？　何が？」

何でもない、と答えながら、俺は目玉焼きの黄身をつぶして醤油《しょうゆ》をかけ、白飯の上にのっけた。

『そういえばフェリクスさん、日本とデムテウス帝国《ていこく》との国交が結ばれてから、もうすぐ四周年ですよね』

『はい。つまり天下無双《むそう》の勇者、ノイン様によって邪竜《じゃりゅう》が倒《たお》されてから、四年が経過したということでもあります。僕たちラグナ・ディーンの人間にとっては、恐怖《きょうふ》から解放された記念すべき出来事でした。この時期、あちらではノイン様を讃《たた》える盛大なお祭りが催《もよお》されるんですよ』

「……お祭りねえ。景気のいいことで」

「あっちも平和になったんだよ。喜ばしいニュースじゃない。あ、醤油とって」

ん、と俺は醤油差しを妹の方に押《お》しやる。

一二歳《さい》の小柄《こがら》な体では、テーブルの端《はし》まで手が届かないのだ。

「俺の方は結構苦しい生活してんのになあ」

六畳《じょう》一間のアパートに妹と二人。

醤油は安物、卵は特売。週に二日ほど、朝食の目玉焼きにハムが付く。

そんな暮らし。

「お兄ちゃん、そのことでお話があります」

玖音が急に改まった口調で言った。

「うん？」

「今朝《けさ》の目玉焼きでタマゴが尽《つ》きました。お米も、もうすぐなくなります」

「…………」

「くーもね、なんとか節約してやりくりしてたけど、限界が近いのです」

「……そっか」

『はい、次はこの春注目のファッションです。ラグナ・ディーンのテイストを取り入れた着こなしのご紹介《しょうかい》を――』

テレビから脳天気な女性アナウンサーの声が聞こえてくる。

「で、そろそろ、お仕事見つかりそう？」

「あー……探してる。ちゃんと探してるんだ」

一応、苦しいなりに暮らせてはいたのである。

しかし一月と少し前、掛《か》け持ちでバイトしていたコンビニとファミレスが同時に閉店するという悪夢に見舞《みま》われたのだ。結果、俺は収入を断《た》たれてしまった。

「責めてるわけじゃないよ、お兄ちゃん、頑張《がんば》ってるもんね」

玖音はにっこりと笑った。

「でも、生活費がなくなりかけてるのも、動かしようのない現実なの」

「わかってる」

なるべく給料が高くて安定した仕事を、と探していたのだが、いよいよそんなことを言っていられる状況《じょうきょう》ではなくなったということだ。

飯を食い終えるとテレビを消し、俺は安スマホで求人求職サイトを確認《かくにん》した。

ここ、陣郷《じんごう》市は地方にある小さな田舎町《いなかまち》だ。働き口はそれほど多くない。

「正社員は採用条件が厳しいんだよなあ……」

一方、コンビニバイトの求人はそこそこあるものの、時給は安い。

まあ、慣れた仕事ではあるし、贅沢《ぜいたく》を言ってる場合でもないんだが。

「……ねえ、お兄ちゃん」

食器を片付けながら、玖音が口を開いた。

「んー?」

「あのままラグナ・ディーンで暮らそうって考えたことはなかったの?」

「願い下げだな。あっちにはテレビもマンガもゲームも、平穏《へいおん》な生活すらねえ」

「そりゃあね。お兄ちゃん、有名人だし」

「死ぬほど苦労して戻《もど》ってきたんだから、今後は日本で穏《おだ》やかに、普通《ふつう》に生きていきたいんだよ、俺は」

まあ現状、普通の水準には届いてないんだけどな。

まったく、金がないと何事もままならない。

と、そのとき、スマホの画面に表示された、とある求人記事が目に入った。

「『ラグナ・ディーンについての知識と関心のあるかた、歓迎《かんげい》』、か」

給料も悪くない。

勤務先は、陣郷《じんごう》市市役所?　んー、つまり公務員?

もしやこれは……超安定《ちょうあんてい》したお仕事なのでは?

幸いなことに、ラグナ・ディーンについての知識なら自信がある。かなり長く向こうにいたからな。

「……よし」

俺はすぐに記載《きさい》されている番号に電話を掛けた。

＊＊＊

七年前の夏。

日本と異世界ラグナ・ディーンが繋《つな》がった、あの『大接続』の瞬間《しゅんかん》。

日本側の接続点に位置していた隅戸部《すみとべ》市は半径数キロに渡《わた》ってすり鉢《ばち》状に陥没《かんぼつ》し、数千人の人間がそれに巻き込まれた。

あるものは生き埋《う》めになり、あるものは家ごと押し潰《つぶ》されて死亡した。

一方、運良く命を拾った者たちは異世界へと続く通路に飲み込まれ、ラグナ・ディーンに放《ほう》り出された。

その後、紆《う》余曲折《よきょくせつ》を経て両世界を往来するルートが整備され、行方《ゆくえ》不明者たちの捜索《そうさく》と送還《そうかん》が行われ、そして四年前に異世界との交流は正式な国家事業となった。

当初の混乱期を脱《だつ》した現在、人々はラグナ・ディーンの存在を受け入れつつある。

俺は九住晴夏《くずみはるか》。二十歳《はたち》。無職。

またの名を勇者ノイン。

一三のとき『大接続』によってラグナ・ディーンへ飛ばされ、聖剣《せいけん》《ユニベル》と出会い、数年に渡る波乱万丈《はらんばんじょう》な冒険《ぼうけん》の末、邪竜ナーヴを退治した。

——が、それについてはまたいつか、別の機会に。

今から始まるのは、勇者が異世界を救って日本に帰還《きかん》した、その後の物語だ。

一章　元勇者、ギルド職員になる

両世界間を繋ぐ巨大迷宮《きょだいめいきゅう》――通称《つうしょう》『螺旋行路《スパイラル・パス》』。

その中を専用の移動車両に揺《ゆ》られて一時間半。さらに徒歩で一時間。

それでようやく迷宮《めいきゅう》を抜《ぬ》け、小さな山の中腹に出る。

「ほわあ……」

ニコさんは感嘆《かんたん》の声を上げた。

数時間ぶりの自然光に目を細める俺たちの眼下には、ジグザグの山道。

その先に石造りの建物がいくつか。

「……迷宮を抜けると、そこは異世界だった」

ニコさんは呟《つぶや》くように言い、そして目を輝《かがや》かせてがしっと俺の袖《そで》を掴《つか》んだ。

「い、異世界！　ほら異世界なんだよ、晴夏《はるか》くん！　私たち、異世界にやって来た！」

「そっすね」

「異世界ラグナ・ディーン！　剣《けん》と魔法《まほう》！　夢と希望とロマン溢《あふ》れる未知の世界！」

「その認識《にんしき》はあんまり正確じゃない気がしますけど。まあ、とりあえずは落ち着いて——いや、落ち着けっての！」

矢のように駆《か》け出そうとする上司の首根っこを慌《あわ》てて押さえる。

犬か、あんたは。

「そう慌てなくても、異世界は逃《に》げませんから！　何より、俺たちは今仕事で来てるんすよ。覚えてます？　オッケー？」

「お、おっけ、おっけー。うん、落ち着かなきゃだよね」

すーはーと深呼吸するニコさん。

「——そろそろよろしいかな？　ニホンの方々。入界手続きをお願いしたいのだが」

衛兵のおっさんが、苦笑《くしょう》をこらえる表情で声を掛けてきた。

「あ、大丈夫《だいじょうぶ》でーす！　すみません！」

「では、まず氏名の申告《しんこく》と、身分証の提示を」

「はい。私は陣郷《じんごう》市役所生活課内、冒険者ギルド長、五十鈴《いすず》ニコ！」

「同じく冒険者ギルド職員、九住晴夏っす」

「来訪の目的は？」

「我《わ》が市に常駐《じょうちゅう》してくださる冒険者さんたちの、採用面接です！」

ニコさんは満面の笑《え》みを浮《う》かべて言った。

今のところ、日本とラグナ・ディーンの関係は悪くない。

とはいえ、トラブルが皆無《かいむ》というわけでもない。

日本側にとって特に大きな問題となっているのは、螺旋行路《スパイラル・パス》を通じて犯罪者や逃亡者《とうぼうしゃ》、そして未知の生物が流入してくることだ。

特に初期はまったく対処が追いつかず、異世界人や凶暴種《モンスター》が素通《すどお》し同然だった。

その時期に入り込んだ動植物の中には、日本に定着し生態系に影響《えいきょう》を与《あた》えるものも現れ始めている。

そこでラグナ・ディーンと日本が連携《れんけい》し、これらに対応することになった。

それが『指定事案対応従事者受け入れ制度』。

ラグナ・ディーンからトラブル解決の専門家を日本に招聘《しょうへい》し、事の解決に当たらせようというものである。

幸いなことに、あちらにはこういう仕事にうってつけの人員が存在する。

ギルドから依頼《いらい》を受けモンスター退治や犯罪者の捕縛《ほばく》を行う、荒事《あらごと》担当の何でも屋――冒険者と呼ばれる者たちだ。

このたび俺が住んでいる陣郷市《じんごう》にも冒険者ギルドが作られることになり、俺はその職員として採用されたのだった。

『デムテウス帝国　冒険者ギルド　螺旋行路《スパイラル・パス》前支部』

山の麓《ふもと》にあるこぢんまりした建物の看板には、そう書かれていた。

受付で名前と用件を告げ、応接室らしき部屋に通される。

「き、緊張《きんちょう》するね。どんな人たちが来るんだろう」

ニコさんは落ち着かない様子。

「何度か言いましたけど、日本的な感覚でいうところの『まともな人』が来るとは限らないんで、それは覚悟《かくご》しといて下さいね。ヤクザ、チンピラ系、あるいは下品な冗談《じょうだん》とかセクハラが日常会話になってるような連中の可能性もあります」

迷宮入口の警備などを任されている正規兵が会社勤めのサラリーマンだとすれば、冒険者はフリーランスの外注だ。能力面でも人格面でもばらつきが大きい。

もっとも、だからこその顔合わせ。あまりにもアレな人材だった場合は、不採用にして再度こちらの冒険者ギルドに紹介を頼《たの》むこともできる。

「……あんまり脅《おど》かさないでくれると、嬉《うれ》しいんだけど」

「ラグナ・ディーンでは誰《だれ》もが知ってる事実ですよ。こっちで生活していると、嫌《いや》でも彼《かれ》らと関《かか》わりを持つことになりますから」

というか、俺も邪竜を倒す旅をしている間は冒険者として日銭《ひぜに》を稼《かせ》いでいたしな。

ちなみに俺が『勇者ノイン』という別の名を持っていることは、ニコさんを含《ふく》め日本の誰にも話していない。騒《さわ》がれるのはごめんだったからだ。

一方、写真などというもののないラグナ・ディーンでは、名前はともかく俺の顔はほとんど知られていない。

そんなわけで、過去バレの危険については楽観している。

「ニコさんは責任者なんだから、しっかりして下さいね」

「う、努力します……」

微妙《びみょう》に頼《たよ》りないんだけど、大丈夫かね、この人。

そんなことを考えていると、扉《とびら》がノックされた。

「ど、どうぞ」

とニコさん。

失礼します、という声と共に冒険者たちが入室してくる。

同時に、俺たちは軽く目を見張った。

姿を現したのはチンピラでもヤクザでもなく、二人の女の子だったのだ。

一人は小柄で気の強そうな、野生のヤマネコを連想させる少女。

一人は長身でナイスバディで、大人っぽく顔立ちの整った少女。

見た感じ、共に年齢《ねんれい》は十代半ばから後半。

「あなたたちがニホンの冒険者ギルドの人ね？」

そう言って、小柄な娘《むすめ》が被《かぶ》っていたフードを跳《は》ね上げた。

頭の上から三角の耳がちょこんと覗《のぞ》いている。猫《ねこ》系の獣人《じゅうじん》だ。

「………………かわいい」

ぼそっと呟いたニコさんの脇腹《わきばら》を、俺は肘《ひじ》でつついた。

「あ、は、はい、そう、日本国陣郷《じんごう》市冒険者ギルドの者です。私はギルド長を務める五十鈴ニコ」

「九住晴夏です」

「あたしはリュリ。D級冒険者。モンスター退治の経験はそれなり。よろしく」

猫耳少女はきびきびとした口調で、簡潔に自己紹介。

続けて背の高い少女が口を開いた。

「あ、え、えっと、マリナ、です。E級で、討伐《とうばつ》任務の経験はほとんどない、です。ごめ

んなさい！」

　こちらは獣耳のない、ごく一般的《いっぱんてき》な人間だ。

　大きな体にそぐわず、かなり気弱で自信なさそうな印象。

「あの……わ、私みたいな新米でも、本当に構わないんですか？」

「ええ、まずは私たちの街に冒険者さんが常駐するという態勢を整えたいのです。現状、差し迫《せま》った脅威《きょうい》はないのですが、今後状況が変わらないともいえませんし、そのときになって慌てても遅《おそ》いですから」

　ようやく仕事モードを思い出したらしいニコさんは、窓口業務の顔でそう答えた。

「ここで条件等のお話をして、お互《たが》い問題がないということであれば正式決定。幾《いく》つかの手続きを経て、後日、日本へと来ていただくことになりますが……」

　そこで小さく首を傾《かし》げる。

「そういえば、冒険者三名の紹介をお願いしていたはずなんですけど、お二人だけなのですか？　あとの一人は？」

「わからないわ」

　と、リュリはかぶりを振《ふ》る。

「あたしも三人パーティになると聞いてたんだけど、ここで合流したのはこの子だけ。お互い初対面だし、残りの一人がどんな子なのかも知らない」

「わ、私もです。ここで面接を受けるよう指示されただけで……」

そのとき、ぱたぱたと廊下《ろうか》を走る音が聞こえてきた。

何だ？　と思う間もなく、部屋の扉が勢いよく開けられる。

「ごめんなさい、遅れました！」

明るい声と共に、一人の少女が飛び込んできた。

「来る途中《とちゅう》でちょっとしたトラブルがあって、夢中になってつい時間を……あ、ニホンの人たちですね？　わたし、駆け出しE級冒険者のエウフェミア！」

にっこりと俺たちに微笑《ほほえ》みかける。

年頃《としごろ》は先の二人と変わらないくらいか。

豊かな金髪《きんぱつ》と大きな青い眼。ベタな表現だが、まるで天使のような美貌《びぼう》だ。

名家のお嬢様《じょうさま》然とした、これで戦えるのかなという可憐《かれん》な雰囲気《ふんいき》を身にまとっている。

しかし、俺たちの目を引いたのは、そこではなかった。

「ええと……エウフェミア、さん」

ニコさんは顔を引きつらせながら言った。

「はい」

「その……えっと、それは、いったい——？」

指さしたその先。

少女の服は上から下までべっとりとした赤黒い染《し》みで彩《いろど》られている。

「あ、血です」

「血……」

口ごもってしまったニコさんに代わり、今度は俺が尋《たず》ねる。

「もう一点質問を。その荷物は何ですか？」

少女は俺の顔を見て、きょとんと目を瞬《またた》かせた。

「それです、あなたが小脇《こわき》に抱《かか》えてるの」

「あ、これですか。道で遭遇《そうぐう》して仕留めたんです。ほら、見てください！」

エウフェミアはニコニコしながら、手に持ったモノを掲《かか》げてみせる。

「おっきなコカトリス！　珍《めずら》しいくらい大物だったので、首持ってきちゃいました！」

血を滴《したた》らせた肉食鳥の生首、そのうつろな眼が怨《うら》めしそうにこちらを睨《にら》んでいた。

＊　＊　＊

車を運転していると、フロントガラス越《ご》しにファミレスの販促《はんそく》のぼりが見えた。

『ラグナ・ディーン風ステーキフェア』と書かれている。

ずいぶんふわっとした売り文句だな、と思う。異世界の料理にだって、色々な調理法や味付けが存在するんだけど。

ここ一、二年、ラグナ・ディーンを意識した服や食べ物などをちらほら見かけるようになった。一般庶民《いっぱんしょみん》レベルにおいては、お互いの文化や風俗《ふうぞく》に好意的な関心を抱《いだ》いているというところか。

とはいえ、まだまだ交流は限定的なもの。実際に行き来できるのは、正式に両世界の許可を得たごく一部の者だけだ。

そう考えると、ラグナ・ディーンに到着《とうちゃく》したとき、ニコさんがはしゃいでいた気持ちもわかる。自分の意思で螺旋行路《スパイラル・パス》を往復した日本人は、そう多くないだろうしな。

そして、はしゃいでいるといえば――この車に乗っている少女たちも大差なかった。

「は、速い！　速いよ！　すっごい！」

後部座席、興奮した表情で窓の外を覗《のぞ》いているマリナ。

大人びた容姿をしているが、今は幼い子供のように目をキラキラさせている。

「魔術《まじゅつ》ではないのよね。金属と燃料のからくり仕掛《じか》け。『えんじん』とか言ったかしら」

マリナの隣《となり》、小柄な猫耳少女が言った。

声は抑《おさ》えているが、探究心と好奇心《こうきしん》が隠《かく》し切れていない。

「自動車はニホンでは一般的な乗り物なのよね。たくさん走ってるし」

「ええ、そうです。よく勉強してるんですね、リュリさん」

俺的には褒《ほ》めたつもりだったが、ルームミラーの中の猫耳は不快げに眉《まゆ》をひそめた。

「ニホンの基礎《きそ》知識については一通り研修で学ぶのよ。知っていて当然のことを褒めるのは、かえって礼を失しているんじゃないかしら？」

「………すみません」

俺は怯《おび》えた。

怖《こえ》えよ、この子。絶対、仲良くなれねえタイプだ。

「でも、この速さで全然揺れないのはすごいですね。自ら動く車で自動車。馬の居ない馬車みたいなものだと聞きましたけど……かなり違うというか、想像以上です」

助手席から明るい声が聞こえた。

エウフェミア。初対面のときコカトリスの首を引っさげて現れた奴だ。

口調は穏やかで上品、一見非の打ち所のない美少女なのだが、一番得体が知れない。

「この自動車は、ハルカさんの所有物なのですか？」

「市の公用車――えっとつまり、冒険者ギルドの共有財産です」

職探しの役に立つかと免許《めんきょ》は少し無理して取得したが、自家用車を買ったり維持《いじ》したりする財力が俺にあるはずもない。

「そろそろ着きます。あの建物が市役所ですね」

この陣郷《じんごう》市から螺旋行路《スパイラル・パス》の出入り口がある隅戸部市までは、車で1時間弱。

諸手続が完了《かんりょう》し、先日面接した冒険者たちが晴れて日本で活動できることになったので、迎《むか》えに行ってきたところである。

ちなみに生首持参のエウフェミアについてはニコさんも採用を迷ったようだが、

『確かに驚《おどろ》いたけど。もう、すっごく驚いたけど！　――でもまあ、モンスターに怯えず立ち向かえるってのは、冒険者に必要な資質なんだろうしね』

ということで、めでたく合格となった。

「――これがこの地方の冒険者ギルド？　すごい建築技術ね」

「お、おっきいなあ……」

「お城くらいはありそうですねえ。戦を考えた造りではないみたいですけど」

駐車場《ちゆうしやじよう》で車を降り市役所の庁舎を見上げた三人の少女は、口々に感想を述べた。

去年一部改築したので、日本人から見てもなかなか立派な建物ではある。

「ああ、ここはお役所。色んな仕事をする役人が詰《つ》めてる場所です。ギルドはこの建物の一部屋だけですよ。なんせまだギルド長一名、職員一名の出来たてホヤホヤなもんで」

正確に言うと、『陣郷《じんごう》市冒険者ギルド』という組織が創設されたわけではなく（公的に新規の部署を立ち上げるのは、手続きやら予算の配分やら色々めんどくさいらしい）、冒険者に接する担当の俺たちを便宜《べんぎ》上そう呼んでいるだけである。

「んじゃ案内しますんで、はぐれないようついてきてくださいね。こっちです」

俺は先頭に立って歩き出した。

途中、職員や市民の皆《みな》さんから、好奇《こうき》の視線が向けられる。

まあ、目立つよな。俺はともかく、三人の顔立ちと服装は日本人のものじゃねえし。

一応、ラグナ・ディーンから冒険者を招聘するということは事前に告知されているはずなんだが……実際に彼女《かのじょ》たちを目にしてみると、やはり物珍《ものめずら》しさが先に立つのだろう。

奥《おく》へ奥へと進み、旧棟一階の片隅《かたすみ》に到着した。

「ここです。中でニコさ――じゃねえ、ギルド長の五十鈴が待ってますので」

そう言いながら扉を開ける。

瞬間、パァンと破裂音《はれつおん》が響《ひび》いた。

「ようこそ、陣郷《じんごう》市冒険者ギルドへー！」

クラッカーを鳴らしたニコさんが、笑顔で言った。

「元物置部屋ですが、当面ここが我がギルドの本拠地《ほんきょち》ということになります！　どうぞくつろいで……あれ？」

目を瞬かせる。

リュリとマリナは大きく跳《と》び退《すさ》って距離《きょり》を取り、しかもリュリの方は牙《きば》を剥《む》いて敵意をあらわにしていた。

「わあ、大きな音。びっくりしたなあ」

ただ一人動かなかったエウフェミアが、呑気《のんき》な声で言った。

「あー……」

俺は頭を掻《か》きつつ、フォローを試みる。

「歓迎を表すこちらの風習なんすよ。あれはクラッカーって小道具。音だけで危険はないので、力抜いてください。――ニコさんも驚かせちゃだめでしょ」

「う……そ、そうよね。異なる文化圏《ぶんかけん》から来た方に軽率《けいそつ》だった。失礼しました」

ギルド長はしゅんと肩《かた》を落とした。

「――異常に直面すると、反射的に体が動くよう訓練を積んでるのよ。悪気無いのはわかったし怒《おこ》ってはないけど……」

リュリは室内を見回す。

端の方に、古びたデスクが一つ。これはニコさんの執務机《しつむづくえ》。

中央に菓子《かし》とジュースの載《の》った折りたたみ式の長机、その脇《わき》にパイプ椅子《いす》がいくつか。

壁《かべ》や天井《てんじょう》には折り紙で作った飾《かざ》り——小学校の学芸会なんかで見られる、輪っかを繋いで鎖《くさり》にしたやつだ——が取り付けられている。

「こういうのも、ニホン流の歓迎なの？」

「そうです！　なにはさておき、まずは歓迎会《かんげいかい》！　さ、座《すわ》って座って。私のポケットマネーなんで、大したものは出せないけど」

三人がそれぞれの表情で席に着くと、ニコさんは言葉を続けた。

「皆さん、こちらの食べ物は初めて？」

「初めてですよー。これ、甘《あま》い香《かお》りがしますね」

「か、果実水……かな？」

興味津々《きょうみしんしん》という様子でジュースを検分するエウフェミアとマリナ。

対してリュリは一人渋《しぶ》い表情を浮かべていた。

「こういう形式的なことより、仕事の打ち合わせでもするべきだと思うのだけど」

「いいじゃないですか、初日くらい」

エウフェミアはほわほわした笑顔《えがお》で言う。

「新しい世界に慣れるのも大事だと思いますよ？　ねえ、ハルカさん」

「え、ええ、そうすね」

なぜこっちに話を振る。

リュリは欠片《かけら》も納得《なっとく》した様子を見せなかった。

「エウフェミア、だったわね」

目を細めて、新たな同僚《どうりょう》を見据《みす》える。

「はっきり言って、心構えが甘いと思うわ。コカトリス程度には対応できるみたいだけど、世の中にはアレより危険なのがゴロゴロいるからね？　場合によってはそういうモンスターとも戦わなきゃならないってわかってる？」

「もちろん」

「……どうだか。クラッカー、だっけ？　さっきあの大きな音が鳴ったとき、あんたは一人だけ何の対応も取れなかったわよね。緊張感がないのか実力がないのか知らないけど、そんなので――んぐ？」

「ケンカ禁止」

ロールケーキが一切れ、リュリの口に押し込まれた。

ニコさんである。

「えー、このギルドの長であり、あなたがたの派遣《はけん》を要請《ようせい》したものとして、私はまずこの世界を知るところから始めてほしいと思っています。この歓迎会もその一環《いっかん》」

「…………」

反論がなかったのは、単にロールケーキで口がいっぱいになっていたからか、それとも別の理由によるものか。

「もちろんリュリちゃんにはリュリちゃんの信念があるんだろうけど、ひとまずは責任者である私の顔を立ててくれると嬉しいな。おいしいでしょ？」

「……ほいひい」

リュリは不機嫌《ふきげん》そうな顔で認めた。どうやら、矛《ほこ》を収めることにしたようだ。

「よかった。――はい、それでは、改めて自己紹介をしておきましょ。私は五十鈴ニコ、陣郷《じんごう》市役所生活課の職員、えっと、つまりお役人で、陣郷《じんごう》市冒険者ギルドの責任者。気軽に『ニコさん』と呼んでください」

本来は『笑子』と書いて『にこ』と読むのだそうだ。しかし、『しょうこさん？　えみこさん？』と訊《き》かれまくることに辟易《へきえき》して、普段《ふだん》はカタカナで通しているとのこと。

親のセンスを恨《うら》むわ、とよくため息交じりに愚痴《ぐち》っている。

小柄で、下手をすれば高校生くらいに見える童顔だが、二十代半ばくらいのはずだ。

ちなみにニコさんが責任者になっているのは、市役所内で冒険者《ぼうけんしゃ》たちの招聘を最初に提案した人間だからである。

ニコさんは異世界との付き合いについて、ポジティブな考えを持っていた。

遅かれ早《はや》かれ、様々な意味でラグナ・ディーンの影響は拡大するだろう。

であれば、むしろ積極的に距離を縮め、能動的にリスク管理したり地域のために活用したりする手段を考えるべきでは——というような主張をしてみたら、それが正式な企画《きかく》に発展し、冒険者を地元に呼ぶことになってしまったらしい。

基本的にラグナ・ディーンとの交渉《こうしょう》は政府が行う。冒険者の要請も例外ではない。

現在あちらから派遣されている冒険者は日本全国に百数十人というところで、そのほとんどが螺旋行路《スパイラル・パス》のある隅戸部市か、人口の多い都市部に集中配置されている。

しかしニコさんたちが企画を立ち上げたちょうどそのころ、政府が異世界との交流をさらに推進する方針を打ち出したこと、また、ラグナ・ディーン側が新米パーティの受け入れ先を探していたこと、などの幸運が重なり、この平凡《へいぼん》な田舎《いなか》都市に異世界人が派遣されてくることになったそうだ。

「ラグナ・ディーンにはすごく興味がある。勉強もしてる。でも、まだ何も知らないに等しいから、失礼があったらごめん！　あなた方が気持ちよく働けるよう、がんばりますねー！　――じゃあ、次は晴夏くん」

「あー、はい」

俺《おれ》はのっそりと立ち上がった。

「九住晴夏っす。例の世界接続に巻き込まれて、何年かラグナ・ディーンに滞在《たいざい》してました。俺が冒険者さんたちの案内役というか、直接のお世話係になります。何かあれば、とりあえず俺に相談してください。以上」

「陣郷《じんごう》市冒険者ギルドの職員は、この二名ね。私たちが依頼をとりまとめ、あなた方に伝えることになります。改めてよろしくお願いします！」

「よろしく。お互い期待を裏切らないよう、頑張りましょう」

三人を代表するようにリュリが答えた。

改めて観察する。

小柄で猫耳。座っているので今は見えないが、尻尾《しっぽ》もある。

見た目は確かに可愛《かわい》らしい。

が、同時に意識高い系、できる女オーラが見えるような印象。自分にも他人にも厳しいって感じか。やっぱ仕事じゃなきゃあんまり近づきたくないタイプだよなあ。

その隣のマリナ。

三人の中で一番身長が高く、セクシー系グラビアモデルのような体形をしている。とはいえ、経験は一番劣《おと》っているようだ。

性格はやや気弱そうだが癖《くせ》のない感じ。ちなみに今は、甘い！　おいしい！　と感激しながら、菓子やジュースを口に詰め込んでいる。子供か。

そして、最も気になるのが三人目。

「……あの、エウフェミア、さん」

「はい、なんでしょうか？　ハルカさん」

「俺の顔に何かついてます？」

じっとこちらを見ていた彼女は、微笑《びしょう》を浮かべた。

「いいえ。わたし、気に入ったものをじっくり観察してしまう癖があるんですよ。ご不快でしたか？」

「いえ、そういうわけでは」

笑顔でモンスターの首をもてあそぶような女に気に入られてもなあ、とは思うが。

というか、それってまさか『首を狩《か》る獲物《えもの》として』って意味じゃねえよな？　それなりに愛着はあるから、狩られるのは困るぞ？

「そういえば、わたしたちも改めて自己紹介《しょうかい》した方がいいんでしょうか？」

俺の心境にはお構いなく、エウフェミアは可愛らしい声で尋ねた。

「えーっと、一応、情報はあちらの冒険者ギルドからもらってますが……」

とはいえ、こちらの世界の履歴書《りれきしょ》とは比較《ひかく》にならないほど簡潔なものだ。

現時点で俺たちが把握《はあく》しているのは、三人の名前、年齢（全員一六歳《さい》とのこと）、冒険者ランクくらいである。

「何か訊《き》きたいことがあれば、お答えしますよ？　わたしも自分のこと、知ってもらいたいですからね」

そう言って、愛嬌《あいきょう》のある笑みを浮かべるエウフェミア。

こうしてみると、ほんと整った顔してるんだよなあ。冒険者なんてヤクザな職業に就《つ》かなくても、貢《みつ》いでくれる男がいくらでも現れそうだ。

と、そこで俺は尋ねるべき事を一つ思いついた。

「あー、よかったら、どなたか神具を見せてもらえませんか？　うちのギルド長は多分、見たことないはずなんで」

「神具……？」

ニコさんは少し考え、ポンと手を打った。

「あ、資料で見たかも！　神具と魔具《まぐ》、だっけ。どっちもマジックアイテムって理解でいいのかな？」

「まあ、そっすね。とはいえその二つは結構違《ちが》いますけど。――まず神具は、一点物のメインウェポンだと考えてください。代々一族に伝えられてたり、遺跡《いせき》の中から発見されたりする希少品です」

名前の通り神から与えられた武具と言われ、少なくとも現在では、人の手で造り出すことができない。

剣、槍《やり》、短刀、斧《おの》、杖《つえ》などその形状は様々。神具一つにつき適合者一人しか扱《あつか》えないという制約はあるが、いずれも性能は一般《いっぱん》の武器を大きく上回っている。切れ味や耐久性《たいきゅうせい》が優《すぐ》れているのはもちろん、自在に出したり消したりすることも可能だ。

そして最大の特徴《とくちょう》は、適合者に様々な恩恵《おんけい》をもたらすこと。

まず基礎体力が跳ね上がり、さらに神具の種類によっては魔法や奇跡《きせき》のような特殊《とくしゅ》能力を使えるようになる。大地を裂《さ》くとか嵐《あらし》を呼ぶとか伝えられているものもあるくらいだ。

唯一無二《ゆいいつむに》の国宝級から類似品《るいじひん》多数の二級品、三級品まで存在するが、常に適合者が現れるとは限らないので、神具遣《づか》いは正規軍でも冒険者の中においても重宝される。

ある程度経験があるというリュリはともかく、駆け出し冒険者のエウフェミアとマリナが最低クラスのFではなくE級スタートなのも、神具遣いであるためだ。

ちなみに現在、ラグナ・ディーンから日本へと派遣される冒険者は、一六歳以上の神具遣いであることが最低条件とされている。

「んー、つまり装備キャラが限定されるかわり、ステータスアップと特殊効果《とくしゅこうか》の付いたレア武器？」

「大体そんな感じすね」

もしかしてRPGとか好きなのかな、この人。

「神具に対して、魔具と呼ばれるアイテム群は人の手で作られたものです。携帯《けいたい》していると便利なお役立ちツールって感じかな」

術師によるハンドメイドでそれなりに貴重ではあるが、神具に比べると効果はささやかなものだ。例えばロウソクほどの明るさで光る棒切れとか、薪《まき》に着火させるための小さな炎《ほのお》を出す指環《ゆびわ》とか。

「なるほど。――神具かあ。興味あるなあ。そのお菓子ごちそうしたお礼ってことで、ちょこっとだけでも見せてくれると嬉しいんだけど、どう？」

「あ、じ、じゃあ、私が！」

もっとも大量に菓子を消費していたマリナが立ち上がった。

席から数歩離《はな》れ、無造作に腕《うで》を軽く掲げる。次の瞬間《しゅんかん》、そこに無骨な大剣が現れた。

うわ、と声を上げ、ニコさんは目を丸くした。

「び、びっくりした。ほんとに何もないところに突然《とつぜん》出てくるんだ。それ、重くないの？ 片手で持ってるけど」

「普通《ふつう》の人が持ったら重いと思います、たぶん。神具遣いは力も強くなっていますから」

マリナは大人の身長くらいはある鉄塊《てっかい》を軽々と振り上げ、振り下ろした。

ぶおんという低い音。室内につむじ風が舞《ま》う。

「これが私の神具。名は《青嵐《せいらん》》。魂言《アニマ》は〝断《たつ》〟。えっと、つまり色々なものを斬《き》ることができます」

「魂言《アニマ》って何？」

「え、えっと、説明が難しいですけど……得意分野、みたいなものでしょうか？」

マリナは自信なさそうに首を傾げた。

魂言《アニマ》――その神具の本質を現す言葉。

ざっくり言えば、どういう方面の能力、特性を持っているのかを示すものだ。

『得意分野』というのはいまいち神秘性に欠ける表現だが、まあ間違《まちが》ってはいない。

と、そこでリュリが口を挟《はさ》んだ。

「いきなり魂言《アニマ》まで教えてしまうの？　それは軽率じゃないかしら？」

「え？　ダ、ダメだった？」

「協調すべき相手とは言え、ほとんど初対面の人に手の内を明かすのはどうかと思うわよ。責任を取るのはあんただから、好きにすればいいけど」

魂言《アニマ》だけで神具の能力が全《すべ》て明らかになるわけではない。

とはいえ、推測する手がかりになるのは確かだな。

例えば〝燃《もやす》〟という魂言《アニマ》が事前にわかっているなら、熱や炎による攻撃《こうげき》を警戒《けいかい》し、対策を練っておくことができる。

〝断《たつ》〟なら――受けた武器や盾《たて》ごと両断するとか、あるいは遠距離《えんきょり》に斬撃《ざんげき》を飛ばす、といったあたりだろうか。

「でも、わかりやすくて私は助かったよ。ありがとう。ただ、その神具なんだけど……できれば、普段は消しておいて、極力出さないようにしてもらえるかな？」

少し申し訳なさそうにニコさんが言った。

「こっちって、武器の携帯にすんごく厳しいのよね。刃物《はもの》類は持ってるだけで捕《つか》まったりするんだ。仕事で使う分には問題ないんだけど、何もない街中で剣なんかを目にすると、市民の皆さんもびっくりするだろうし」

「覚えてはおくけど、確約はできないわよ？　人目があろうがなかろうが、モンスターがいたら戦わなきゃならないんだし。ラグナ・ディーンで勇者ノインが果たした役割を、今度はニホンで冒険者がやる。あたしはそのつもりで来てるから」

「勇者、ノイン」

俺の呟《つぶや》きが耳に届いたらしく、エウフェミアが視線をこちらに向けた。

「ニホンからやってきた剣士《けんし》様です。ご存じですか？」

「……いえ、その、あまり詳《くわ》しくは」

もちろん嘘《うそ》だが。

「わ、私たちの世界を救ってくださった方なんですよ！」

マリナが熱のこもった声で言った。

「四、五年前まで、私たちの世界では悪いドラゴンたちが大暴れしていて、ひどい状態だったんです。それを、あの『大接続』のときにニホンから渡《わた》ってきたノイン様が、聖剣《せいけん》《ユニベル》という神具を使って、退治してくださったんです！」

「ああ、竜《りゅう》退治の話は聞いたことあるなあ」

と、ニコさん。

「こちらにも伝わっていることは伝わっているけど、確か事実の確認《かくにん》やその勇者の特定はできていなかったはず。――だよね？　晴夏くん」

「そうすね」

ええー、とマリナは悲しそうに肩を落とした。

「それは、何だか寂《さび》しいお話です……。私たちの世界では、小さな子供でも知ってる伝説なのになあ」

「つまりね、ラグナ・ディーンはこちらの世界に大きな借りがあるのよ。だから、今度はあたしたち冒険者がこちらでモンスターを退治して、人々を守るの」

「でも見たところ、モンスターはそんなに多くなさそうですよね？　このあたり」

意気込むリュリとは対照的に、エウフェミアはのんびりと構えている。

「そうだね。面接のときに『差し迫った脅威はない』って話をしたけど――って、エウフェミアちゃんは遅《おく》れて来たんだっけか」

異世界と接続されてから七年、日本人も環境《かんきょう》の変化に適応しつつある。

見たことないような異形の生物も、殺せば死ぬのだ。であれば、多少の危険があったところで、大きなハチが巣を作ったとか、クマが人里で目撃《もくげき》されたとかと大して変わるところはない。

最近、モンスター絡《がら》みで話題になった出来事といえば、『スライム燃やしてみた』というタイトルで実況《じっきょう》配信しようとしてたバカが、うっかり自室を全焼《ぜんしょう》させたという事件くらいのものだった。

「もちろんゼロってことはないんだけど、ここ、螺旋行路《スパイラル・パス》からはそこそこ距離があるし、あんまり危険なのは出ないのよね。この街に関しては、モンスター狩《が》りがメインの仕事になることはないかな」

「なら、何のために呼ばれたのよ、あたしたち」

「それはね、えっと、単に戦うだけじゃなくてもう少し違う方面での――」

そのとき、部屋の電話が鳴った。内線である。

受話器を取って二言三言話すと、ニコさんは再び三人に向き直った。

「テレビ局の人が来たって。まあ、仕事については移動しながら説明しましょうか」

「……てれびきょく?」

リュリは釈然《しゃくぜん》としない様子で、眉間《みけん》にしわを寄せた。

＊　＊　＊

テレビ局のクルーが帰った後、俺とニコさんでこれからの業務について簡単なオリエンテーションを行い、初日はお開き。

俺は公用車で三人を宿舎に送っていくことになった。

「――要するに、両世界の友好に一役買ってほしいってことよね」

後部座席のリュリがむすっとした顔で言った。

「外交使節団みたいなものですかねー。何かの式に出席したりとか、民の皆さんとお話ししたりとか」

と、エウフェミア。

「で、でも、それ、変なことやっちゃうと、ラグナ・ディーン全体のイメージが悪くなるよね。責任も重大なような……」

「深刻に考えることはないですよ、マリナさん。別に国や世界の命運がかかるような決定を迫られることもないでしょうし。ね、ハルカさん？」

「そっすね。まあ、お互いを知り、仲良くやりましょうって活動なんで」

少なくともこの企画にGOを出した上層部の思惑《おもわく》は、そのあたりだと思う。

人前に出て広報活動、あわよくば地域振興《しんこう》にも一役買ってもらう。『ラグナ・ディーン友好の街！　陣郷市《じんごう》』みたいな感じで。

俺の役割はこいつらのスケジュール管理&雑用係。つまりはタレントにとってのマネージャーみたいな立ち位置だ。

「正直、あたしは納得いかない」

まあ、リュリの気持ちもわからなくはない。

人々のためモンスターと死闘《しとう》を繰《く》り広《ひろ》げる覚悟《かくご》で来てみれば、最初の仕事が市長との握《あく》手《しゅ》シーン撮影《さつえい》とか（ニュース番組で流すらしい）、拍子抜《ひょうしぬ》けもいいところだろう。

「もちろん、機会があればモンスター退治もお願いしますよ」

「でも、あるとは限らないのよね？　あたしはあくまで冒険者。害になるものを殺すのが仕事であって、住人と仲良しこよしするために来たんじゃないわ。エウフェミア、マリナ、あんたたちはこの扱いで満足なの？」

「え？　わ、私は、こういうのも、経験かなあ……と」

マリナは長身を縮めるようにしてぼそぼそと答えた。

「両世界間の友好に貢献《こうけん》できるなら、良いことじゃないですか。ほらほら、動画というんでしたっけ、わたしたちの姿が見られるようになってますよ？　すごいですよねえ」

エウフェミアはスマホを操作し、後部座席に画面を見せた。

市の公式サイトに、彼女たちの来訪を伝えるニュースがアップされているのだ。

ちなみにスマホは連絡用《れんらく》として、各自に一台ずつ持たせている。

使い方を教えるのに結構苦労したが、とりあえず電話、メールやメッセージアプリの使い方は三人とも飲み込んだようだった。若いと順応が早いね。

「動画とやらはどうでもいいけど……まあ、すごい技術なのは確かよね。この『すまほ』とか『ねっと』とか。こんなのが一般に普及《ふきゅう》してるってのが、まず信じられない」

「ラグナ・ディーンにも遠見や念話の神具、魔具はありますが、普通の人が気軽に使えるようなものではないですからね」

そう言って、エウフェミアは自分の指に目を落とす。

そこには複雑な意匠《いしょう》を施《ほどこ》された指環がはまっていた。

「それは……新種の魔具ですか？」

俺の知識にはないな。

「これですか？　ニホンへの派遣が決まったとき、帝国《ていこく》のギルド本部からわたしたちに支給されたんですよ。『ネフィの指環』という最新式の魔具だそうです」

相互《そうご》通信機能搭載《とうさい》。加えて所有者の位置情報や体調を感知したり、モンスターの退治記録をデータ化し送信することも可能。なんでもあちらの術者がこっちのネットワークシステムに感銘《かんめい》を受け、開発したものなんだとか。

「アクシデントがあってもすぐ救援《きゅうえん》を送れますし、依頼《いらい》の達成記録も正確に取れるので評価の公平性にも繋《つな》がると聞きました。まだ数が少ないから、現状はニホンに来ている冒険者の中でだけ運用されているらしいです」

「とはいえ、あたしたちのは試作品で、使えるのはこの三人内での通信機能だけ。ま、ランク低いから仕方ないいんだけど！」

リュリは盛大に鼻を鳴らした。

そういやこいつら、人員交替の時期でもないのに、急遽派遣《きゅうきょはけん》が決定したんだっけな。

あちらの事情は詳しく知らないが、何かのテストケースなんだろうか。

そうこうしているうち、車は市街地を抜《ぬ》けて郊外《こうがい》に出た。

林や田んぼの中をさらに一五分ほど走り、目的地に到着する。

「はい、着きましたよ。当分ここが皆さんの家になります」

目の前には、古びた一軒家《いっけんや》。

当初は適当なマンションかアパートの部屋を借りる予定だったのだが、ラグナ・ディーン人と聞くと難色を示す大家が多く、選定が難航したのだ。

こちらとしてもどんな種類のご近所トラブルが起きるかまったく予想できなかったので、結局静かな場所に一軒《けん》丸ごと借り、シェアハウスしてもらう形になった。

「い、異国の家だ！　あ、異国じゃなくて異世界か」

「風情《ふぜい》がありますよね」

「ま、悪くはないと思うわ」

予算の都合で結構なボロ家になったのだが、意外にも評判は悪くないようだった。

玄関《げんかん》の鍵《かぎ》を開け、三人に合鍵《あいかぎ》を渡す。

「えー、当然ながら日本にも泥棒《どろぼう》はいますので、外出時は施錠《せじょう》を忘れずに。一階は共用スペース、二階には部屋が三つあるので、そこを個室として使うといいでしょう。ただ借家なんで、勝手に壊《こわ》したり改造したりするのは止《や》めてくださいね。んじゃ、どうぞ」

家の中に招き入れると、三人はそれぞれ、へーとかはーとか感嘆《かんたん》の声をもらしながら、興味深そうに屋内の様子を眺《なが》め回した。

「靴《くつ》はここで脱《ぬ》ぐこと。中の掃除《そうじ》は済んでます。当座の日用品や食べ物は先に届いてるその箱の中。三人で分けてください。その他、風呂《ふろ》や台所の使い方、および基本的な社会常識はオリエンテーションで渡したニコさんお手製のマニュアルに載ってますから、熟読をお願いしますね」

了解《りょうかい》、とリュリは答え、そして同僚たちに向き直った。

「とりあえず、ランクが一番上のあたしがリーダーを務めるわね。まず、それぞれの部屋を決めましょ。その後、全員で共有物の片付け。はい、始め」

ぱしんと手を打つ音を合図に、皆は動き出した。

部屋割りはさほど揉《も》めることなく決まったようだ。私物を置いて三人はまた玄関先《げんかんさき》へ戻《もど》ってくる。その後、全員で宅配便の段ボール開封《かいふう》と中身の整理。

こういう作業をしていると、それぞれの個性が見えてくるよな。

リュリは即断即決《そくだんそっけつ》タイプ。とりあえず目の前のタスクをさっさと処理して先に進む。後で問題が発覚したら、そのときに対応すればいいというスタンス。

エウフェミアは良くも悪くもマイペース。興味のあるものを見つければ気が済むまでじっくり観察し、俺の方にも積極的に質問をしてくる。

マリナは生真面目《きまじめ》に目の前の仕事をこなそうとするが、要領はあまりよくない。手を止めて迷ったり悩《なや》んだりする時間が長いようだ。

なので――

「マリナ、食器はひとまとめで。種類ごとにそこまで細かく分ける必要はないわ」

「う、うん」

「ほらエウフェミア、また手が止まってる！」

「だって色々珍《めずら》しくって。袋《ふくろ》入りのこれは……保存食？　携帯食《けいたいしょく》ですか？　ねえ、カレーってどんな料理かリュリさんは知ってます？」

「知らない。スマホで調べればわかるかもしれないけど、後にして」

「今知りたくないです？」

「知りたくない！」

——と、このようにリュリが一人ストレスをため込む図式になる。大変そうだな。

荷物の整理を手伝いつつ、俺は質問してみた。

「資料によると、リュリさんってずっとソロで冒険者やってたんすよね？　その、こっちではパーティ組んでもらうことが条件になりますけど、大丈夫《だいじょうぶ》ですか？」

「別にパーティ組むことに抵抗《ていこう》があるわけじゃないわよ。ニホン行きを志願したのは、こちらで手柄《てがら》を立てた方が目立つし評価に繋がると思ったから。そのメリットを考えれば、新米二人のお守りなんて何てことない」

「あ、リュリさん、私たちのお守りを引き受けてくれるんだ。実家では私が一番年上だったから、なんだか新鮮《しんせん》だなあ」

「面倒見《めんどうみ》がいいんですねえ。素敵《すてき》です、リュリさん」

「お守りの必要ないなら、そっちの方がいいに決まってんでしょうが！　あんたたちもリーダーの足を引っ張らないよう頑張《がんば》りなさいよね！」

しゃーっと猫《ねこ》のように威嚇《いかく》し、そしてリュリは大きくため息をついて肩の力を抜いた。

「……とはいえ、あたしも同じ年頃《としごろ》の冒険者と組まされるとは思ってなかったのよね。あんたたち、なんでその若さで冒険者なんて選んだの？　しかもいきなり異世界に飛び込むなんて、ハイリスクすぎない？」

ラグナ・ディーンにおいて、冒険者というのはあまりまともではない職業とみなされている。富と名声を得られることもあるが、その確率は高くない。我《わ》が子が『冒険者になる！』と言ったときに、手放しで歓迎《かんげい》する親は多くないだろう。

日本で言えば高一か高二か、そのくらいの年頃の少女がそういう職をなぜ選んだのか、正直なところ俺も多少の興味はあった。

「まずリュリさんはどうしてなんです？」

エウフェミアが尋《たず》ねると、リュリは素っ気なく肩をすくめた。

「他に選択肢《せんたくし》がなかったから。出自の怪《あや》しい獣人《じゅうじん》なんて仕事ないし」

「わ、私はお母さんと弟妹《おとうといもうと》たちにお金を送りたくて」

と、マリナ。

「うち、お父さんが居なくて、生活が苦しいんだ……。幸い、神具に適性があったし、冒険者ならなんとかなるんじゃないかと思ったの。ニホン行きを志願したのは、追加手当がついててお給金がよかったから」

うん、給料は大事だよな。大いに共感できる。

「わたしは、少し事情があって実家に居づらくなってしまったからですね。ニホンへ来た動機は……憧《あこが》れかな？　ノイン様の生まれ育った世界を見てみたかったものですから」

「あ、それ、わかる！」

マリナが大きく肯《うなず》いた。

「私も『勇者ノインの物語』、大好き！」

「かっこいいですよね、ノイン様。邪竜《じゃりゅう》ナーヴを倒《たお》した後、すぐにニホンへと帰還《きかん》されたそうですから、今頃《いまごろ》はこの国のどこかで静かに暮らしているのでしょうね。——ハルカさん、何かご存じじゃありませんか？」

エウフェミアがこちらを見る。

「……いえ、詳しくは何も。昼にも言いましたけど、勇者ノインってこちらではほとんど認知《にんち》されてないんすよ。ノインってのも偽名《ぎめい》だろうし、本人が自分から名乗り出て来ない限り、見つけるのは難しいんじゃないすかねえ」

もちろん俺は名乗り出るつもりなどない。静かに暮らしたいからな。

「残念な話よね。機会があれば会ってみたかったんだけど」

ぼそりと口にしたリュリに、エウフェミアとマリナが意外そうな視線を向けた。

「何よ？」

「え、えっと、リュリさんも勇者様に興味あったんだ、って……」

「あんまり関心ないんだと思ってました」

「だ、だって、ラグナ・ディーンで知らない者はない有名人だもの。顔くらいは見てみたいわよ」

そしてリュリは気恥《きは》ずかしさをごまかすように声を強めた。

「ほら、それより手が止まってるわよ！　この調子じゃ、いつまでたっても荷物が片付かないじゃない！」

三人にインスタントラーメンやレトルトカレーの作り方をレクチャーした後、公用車を市役所に戻す。自転車で自分の家に辿《たど》り着くと、すでに夜の一一時を回っていた。

「おっかえりー。どうだった？　冒険者の女の子たちは」

「疲《つか》れたよ……」

俺は靴を脱ぎながら玖音に弱々しい苦笑《くしょう》を向けた。

いやほんとに疲れた。精神的に。

とりあえず、初日は地味無難キャラを通せたとは思うが、何というか……あいつらのバイタリティには圧倒《あっとう》される。

日本人とラグナ・ディーン人ではあるが……それとはまた別の意味で人種や住んでる世界が違う。生命力溢《あふ》れる若い女性たちとうまく付き合っていく自信ねえわ、俺。

「大変そうだ。お兄ちゃん。おつかれさま」

玖音がよしよしと頭を撫《な》でた。

「……労《ねぎら》われると多少は心が安らぐもんだな。相手がお前でも」

「一言余計。素直《すなお》に甘えればいいのに。ご飯、鶏肉《とりにく》のソテー作ってあるけどどうする？　チンして食べる？」

「ああ、もらう」

「お肉のある生活っていいよねー。ちょっと待ってて」

玖音が台所に向かう。

俺は部屋着に着替《きか》えつつ、ふうと息をついた。

仕事が大変とは言っても、いきなり異世界に突《つ》き落とされたときに比べればどうということはない……と、思う。思いたい。

とりあえず、苦労した分ちゃんとお金がもらえるのは救いだ。

今日一日で三人の性格はおおよそつかめた気がする。

リュリはリーダーシップがあり、向上心旺盛《おうせい》。ただし少し注意が必要。やる気があるのはいいことだが、他人と軋轢《あつれき》を起こしやすいかもしれない。決断の早さや主導権を取りたがるのがいい方向に働けば、俺も楽ができるんだけどな。

マリナは図体《ずうたい》の割に穏《おだ》やかで優《やさ》しくて良い子だ。

モンスターと戦うのには不向きかもしれないが、まあ、陣郷市《じんごう》ではそうそう危険な戦闘《せんとう》も起こらないだろうし、大きな問題にはならないはず。

エウフェミアは上品で明るくて大らか。いかにも育ちが良さそうだ。

冒険者経験が浅いのに単独でコカトリスを仕留めるあたり、度胸もあるのだろう。

「──と、普通ならそれで済むんだろうけどな」

正直、あいつに関しては素顔《すがお》が見えない。

具体的な根拠《こんきょ》があるわけではないが、どうも単なる新米冒険者という印象を受けないのだ。別の一面、それもあまり穏やかじゃないものが隠《かく》れていそうというか──

「お兄ちゃん、ご飯できたよー」

玖音の声が聞こえてきたので、俺は思考を打ち切った。

ま、いいや。あれこれ悩むのは後。今は食って寝《ね》て、体と心を休めるとしよう。

と、そのとき、俺のスマホが小さく音を立てた。メッセージが届いたらしい。

差出人は――

「エウフェミア？」

俺は眉《まゆ》をひそめながら、目を通す。

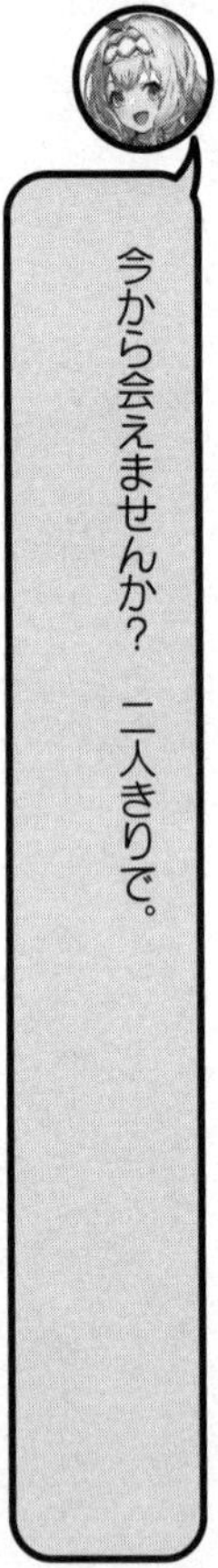

いや、さっきまで会ってただろ？　何の用だよ。
『何か困ったことでも？　電話や明日会ったときじゃダメですかね？』
そう打って送信。
正直、今日はもう動きたくない。気分が完全にくつろぎモードに入っている。

――だが。

返ってきた一文を見たとき、俺の中から呑気《のんき》な気分は消し飛んでいた。

ハルカさんって、勇者ノイン様ですよね？

待ち合わせ場所には、彼女《かのじょ》たちの宿舎の近くにある公園を指定した。

田園地帯のうえに夜なので、人気はない。

「あ、来てくれた！」

一人ブランコに揺《ゆ》られていたエウフェミアは、自転車を飛ばしてきた俺の姿を見るなり顔を輝《かがや》かせて立ち上がった。

「ということは、やっぱりハルカさんがそうなんですね！」

「……いえいえ」

俺は微笑《ほほえ》んで、ゆっくりと首を横に振《ふ》った。

「違いますよ。そんなわけないじゃないすか」

「え？　でも……勇者様だと認めたから、お誘《さそ》いに応じてくれたのでは？」

「誤解があるなら、早いうちに解いておいた方が良いと思っただけです。あんな有名人と俺なんかを間違えては、彼《かれ》にも失礼だ。しかし、それにしても、一体どうして俺が勇者ノインだなんて勘違《かんちが》いを――」

「えい」

不意にエウフェミアのローキックが飛んできて、俺の膝上《ひざうえ》に直撃《ちょくげき》した。

俺は声にならない悲鳴を上げてしゃがみこんだ。

「……あれ？」

少女は不思議そうに首を傾《かし》げた。

「勇者様ならよけられると思ったんですけど」

「だ、だから、違うって言ってんじゃねえかよぉ！」

俺は泣き声で言った。

腰《こし》の入った見事なフォームだった。痛い、マジで痛い。

「あ、あー、えーと……」

エウフェミアは困ったように眉を寄せた。

「その、わたし、すごく失礼なことをしちゃったみたいですね。ごめんなさい」

おや、以外に素直だな。まあ、納得《なっとく》してくれたのならいいんだが。

と、彼女の言葉はさらに続いた。

「こんなふぬけた蹴《け》りじゃ、ダメですよね。勇者様のお力を見せていただこうというんだから、わたしも全力を出すべきだったんです。――おいで、《慈悲なき収穫者《グリムリーパー》》」

「え、ちょ――」

それ以上口にする余裕《よゆう》はなかった。俺《おれ》は即座《そくざ》に飛びすさる。

直後、澄《す》んだ風切り音と共に、漆黒《しっこく》の刃《やいば》がつい先ほどまで俺のいた位置を通過した。

「…………」

言葉を失う。危《あや》うく股間《こかん》から脳天まで真っ二つにされるところだったぞ、おい。

エウフェミアの手の内には柄《え》の長い大鎌《おおがま》が出現していた。

湾曲《わんきょく》したその刃は、影《かげ》を凝縮《ぎょうしゅく》させたような禍々《まがまが》しい闇《やみ》色をしている。

「……くふ」

死神の鎌を持った天使の唇《くちびる》から、歓喜《かんき》の吐息《といき》が漏《も》れた。

「殺意を込めれば、ちゃんと反応してくれるんですね。嬉《うれ》しいな」

可憐《かれん》な微笑《びしょう》。しかし、その眼は命を狩ることに悦楽《えつらく》を覚える狩猟者《しゅりょうしゃ》のものだ。

何か声を掛《か》けようと、俺は口を開きかける。

その瞬間、エウフェミアは大きく踏《ふ》み込み、再び襲《おそ》いかかってきた。

左右から、上下から、息もつかせぬ連続攻撃。

自分の体より大きな鎌をくるくると回し、舞踏《ぶとう》のように華麗《かれい》なステップで飛び跳《は》ねる。

「――――っ！　おいッ！　冗談《じょうだん》じゃ済まねえぞ！　本気で殺す気かよ⁉」

逃《に》げ回りつつ、俺は怒鳴《どな》った。

戦闘技術が駆《か》け出し冒険者《ぼうけんしゃ》のレベルじゃない。熟達した戦士すら上回る域だろう。

「てめえ、暗殺者か何かか⁉　なんで俺の命を狙《ねら》う⁉」

エウフェミアは問い掛けに答えず、代わりに小さく呟いた。

「〝奪《うばえ》〟」

「――――⁉」

その瞬間、体がずしりと重くなり、膝《ひざ》が揺れた。

まるで全身の活力を吸い取られたかのような感覚。

もちろん、エウフェミアは生じた隙《すき》を逃《のが》したりしなかった。

致命傷《ちめいしょう》をあたえるべく、大鎌を振りかぶる。

（くそっ……）

こりゃダメだ、殺される。

だから――俺は少しだけ、力を解放した。

一度地面にくずおれかけたところから強引《ごういん》に体を跳ね上げ、蹴りつける。

「え――」

今度はエウフェミアが驚愕《きょうがく》に目を見張る番だった。

とっさに神具の柄でガード。しかし、威力《いりょく》を殺しきれない。

そのまま吹《ふ》き飛ばされてジャングルジムに衝突《しょうとつ》、動かなくなった。

「……おい、生きてっか？」

「…………………あは」

気絶したかと思ったが、どうやら違ったらしい。

少女は声を上げて笑い出した。

「あはは、ははははは、あはははははは！　すごい、すごいすごい！　負けちゃった！　全然手加減なんてしなかったのに！　こんなの初めて！」

そしてぐいと口元をぬぐう。赤黒い液体が、その細い指に付着した。

「ほら、血ですよ、血！　《慈悲なき収穫者《グリムリーパー》》で受けたつもりだったのに、ダメージ通っちゃいました！　神具の特殊《とくしゅ》能力ってわけじゃないですよね。単純に身体能力の強化幅《はば》がすごいのかな？　うん、想像以上だった。さすが勇者様！」

「…………」

え、なにこの子怖《こわ》い。

突然殺しに来て蹴り倒されたらゲラゲラ笑い出すとか、脳みそ逝《い》ってるのか？

ドン引く俺をよそに、エウフェミアは神具を消してゆっくりと立ち上がった。

「あの、もし良かったら、わたしの攻《せ》め方《かた》について、評価をもらえませんか？　できるだけ速く、隙ができないように一手一手を繋いだつもりだったんですけど、勇者様から見るとやっぱり甘《あま》さがありました？」

「エウフェミア」

「はい？」

「まず俺の話を聞いてくれ」

「はい、聞きます」

俺は天を仰《あお》いで息を吐《は》き、こめかみを揉《も》んで頭痛を紛《まぎ》らせ、口を開いた。

「お前な、もし俺が死んだらどうするつもりだったんだ？」

「？　わたしごときが、勇者様を殺せるわけないじゃないですか」

何言ってるのこの人、みたいな感じでエウフェミアは首を傾げた。

「……質問を変える。お前、勇者ノインの顔を知っているのか？」

「はい」

ラグナ・ディーンにカメラは存在しない。

もちろん肖像画《しょうぞうが》なども描《えが》かせた記憶《きおく》はなかった。

「どこで見た？」

「えっと、わたしの故郷はレオニ公国っていうんですよ。デムテウス帝国から分裂《ぶんれつ》した小国で、現在は属国扱《あつか》いになっています」

あちらにいたころ、名前は聞いたことがある。

確か真っ先に邪竜ナーヴの脅威《きょうい》にさらされ、竜種の絶え間ない襲撃《しゅうげき》を受けていた国だ。

「わたし、そこの第三公女です」

「つまり……お姫様《ひめさま》？」

「そういう言い方もできるのかな？　あんまりピンとこないですけど。まあ、そんなわけで、勇者ノイン様が邪竜ナーヴを倒して帝国で凱旋《がいせん》式典が催《もよお》されたとき、わたしも末席に招かれていたんですよ。そこであなたのお顔を拝見しました」

「他人の空似だよ。俺はただの一般人《いっぱんじん》――」

と、その瞬間《しゅんかん》、突然《とつぜん》宙に現れた大鎌が一閃《いっせん》する。

間一髪《かんいっぱつ》、俺は体を沈《しず》めて回避《かいひ》した。

「ほら、よけた」

「よけねえと死ぬだろうが！」

「ほんとにただの一般人なら、よけられずに死んでますよ？」

「………………」

まあ、それはその通りだろうけど。

「……人違《ひとちが》いの可能性は考えなかったのかよ」

「わたしがノイン様を見間違《みまちが》えるはずないでしょう？　とか言われても。

ないでしょう？　とか言われても。

「一目見たあのときから、あなたのお顔はずっとこの目に焼き付いているのです。憧れの勇者様。とはいえ、最初、あの螺旋行路《スパイラル・パス》の入口のギルドで顔合わせしたときは、さすがに自分の目を疑いましたけどね」

にこにこと微笑《ほほえ》む少女。

どう考えてもこれ以上しらを切り続けるのは無理だった。

「……わかったよ。確かに俺はかつてそっちの世界で、勇者ノインと呼ばれてた」

「ああ、やっと認めていただけました！」

「リュリやマリナもこのことを知ってんのか?」

「いいえ、お二人には話していませんし、気付いてもいないと思いますよ」

それは不幸中の幸い。とはいえ、まったくもって事態が好転したわけじゃねえけどな。

「で、目的はなんだ?」

「目的?」

「最初に会ったときから、俺の正体に気付いてたんだろ? なのに、今日、二人きりになるまでそれを口にしなかった。何か目的があるんじゃないのか?」

「えっと、だって……」

エウフェミアは胸の前で指を組み合わせて続けた。

「ニホンで有名ではないということは、何か理由があってご自分の正体や業績を伏《ふ》せてらっしゃるんでしょう? であれば、わたしが騒《さわ》ぎ立てたらご迷惑《めいわく》がかかるかと」

意外に良識がある……のだろうか。

――いやいや、呼び出していきなり殺しに掛かる方がどう考えても迷惑だろ。お前、なんか優先順位おかしくない?

「それに、わたしだけの秘密にしておきたいという気持ちも少しあって……でも、完全に知らんぷりして普通《ふつう》に接するなんて、我慢《がまん》できなくなりそうだったし、せめて気付いてますってことくらいは伝えたくて」

「ファンかよ」

「普通、大ファンですよ？」

「つまり、普通じゃない大ファンは相手を殺しにかかったりしない」

どうしたらいいんだろ、こいつ。

「……あー、話を戻そう。確かに俺は勇者ノインだという過去を隠してる」

「理由をうかがっても？」

「俺はあっちの世界で、もう十分働いた。今後は日本で普通に、平凡《へいぼん》に、穏やかに、生きて行きたいんだよ。で、当面の目標は、今のこの仕事を無難にこなして安定した収入を確保すること。ラグナ・ディーンの奴《やつ》らに大騒《おおさわ》ぎされると、それが台無しになる」

「はあ、なるほど」

「だから、俺の正体は絶対に喋《しゃべ》るな。――タダでとは言わない。何か要求はあるか？」

「と、とんでもないです、要求だなんて！」

エウフェミアはぶんぶんと手を振った。

「こうしてお話しできるだけで、わたし幸せ！　とても！」

「頼《たの》んでるのはこっちなんだし、遠慮《えんりょ》はいらない。お互《たが》いメリットを作ろうぜ」

というか、頭の中が意味不明すぎて、このままこいつの良心だけに期待するのは怖いんだよな。利害関係を明確にしておいた方が、まだ安心できる。

「うーん……何でもいいんですか？」

「できることとできないことはあるがな」

「じゃあ、あの、厚かましいお願いですけど……ときどきでいいので、わたしと闘ってくれませんか⁉」

「………」

「そしたら元気もらえて、毎日のお仕事も頑張れると思うんです！」

「うすうす気付いてたけど、お前さ」

「はい」

「使命感や責任感じゃなく、戦い殺し合う快楽のために動くタイプか」

「そうです！　命のやり取り大好きです！」

うしろめたさの欠片《かけら》も見せず、エウフェミアは満面の笑《え》みで答えた。

「ギリギリの緊張感《きんちょうかん》、相手を切り裂《さ》く心地《ここち》よい手応《てごた》え、負わされた傷の甘い痛み……ああ、何て素敵なんでしょう」

うっとりした顔で、ほうとため息。

うわあ……こいつ、やっぱヤバい奴だ。一見穏やかな美少女に見えるのがタチ悪ぃ。

とはいえ要求については想定の、というか、覚悟の範囲内《はんいない》ではあった。

「わかった。戦闘訓練って名目で付き合ってやる。万一誰《だれ》かに知られても、業務の範囲内ってことで誤魔化《ごまか》せるしな」

「ありがとうございます！」

「その代わり、くれぐれも口外すんなよ？」

「もちろんですとも。二人だけの秘密ですね、ノイン様」

「あと人前でノインとか勇者とか呼ぶのも禁止。俺はギルド職員の九住晴夏であって、それ以上でも以下でもない。仕事中はそのように接する。いいな？　エウフェミア」

「承知いたしました、ハルカさん」

そしてエウフェミアは少し考え、再び口を開いた。

「あの、わたしのことはミアって呼んでもらえないですか？　愛称《あいしょう》で呼ばれるの、ちょっと憧れてたんです」

なんか、距離《きょり》が縮まったようで抵抗があるな。

いや、ここでへそを曲げられても困るから、余計なことをいうつもりはないが。

「……わかった、ミア」

俺がそう口にすると、少女ははにかむように笑った。

「さて、では今日はもう帰っていいですよね？　ミアさん」

俺は言葉遣《ことばづか》いを仕事モードに切り替《か》えた。

「お互い明日も仕事があることですし」

「あ、はい、おつかれさまでした。おやすみなさい。また今度、お相手してもらえるのを楽しみにしてます。――ねえ、ハルカさん」

「はい？」

立ち去りかけていた俺は振り返った。まだ何かあるのか？

「わたし、この出会いを、多分ハルカさんが想像している以上に嬉しく思ってるんですよ？　全力で切り結んで傷を負ったり傷を負わせたりできるかもと想像すると、胸がワクワクドキドキして、幸せな気分でいっぱいになるんです」

「そうですか、それはよかったですね」

「ああ、もしかして……もしかして、これが噂《うわさ》に聞く人の根源的感情、『愛』もしくは『恋《こい》』というものなのでしょうか⁉」

ミアは熱意だか殺意だかで目をキラキラさせながら言う。

「……破壊衝動《はかいしょうどう》とか狩猟《しゅりょう》本能とかそっち方面だろ、多分」

俺は冷静に答えた。

二章　新人冒険者たち

ナーヴは最後の力をふりしぼり、そのあぎとを大きく開きます。

周囲を焼き払《はら》う炎《ほのお》のブレスを放とうというのでしょう。

しかしノインさまは、かみのけ一すじほどのおそれも抱《いだ》きませんでした。

「悪く思うな、邪竜ナーヴよ。ラグナ・ディーンの平和のため、僕《ぼく》はお前を倒す。これが――とどめだッ！」

振り下ろされた聖剣《せいけん》《ユニベル》からオーラがほとばしり、ナーヴをつらぬきます。

その口から短い悲鳴がもれ……そしてどうと音を立ててその巨体《きょたい》が倒れました。

こうして全世界を恐怖《きょうふ》におとしいれた邪竜たちは、異世界からやってきた勇者さまによって滅《ほろ》ぼされたのでした。


ナーヴとドラゴンたちが倒されたという知らせはすぐにラグナ・ディーン全土へと広まり、ひとびとは涙《なみだ》を流してノインさまに感謝しました。

人間だけでなく獣人やエルフやドワーフ、さらにはオークやオーガやゴブリンまでもが勇者ノインさまをたたえ、その声は日が昇《のぼ》っても沈んでもとぎれることなく、いつまでもいつまでも響《ひび》き渡《わた》っていたということです。

『勇者ノインの物語　～かがやかしき勝利～』より

＊＊＊

長い間、人と竜種《りゅうしゅ》はお互い不干渉《ふかんしょう》を貫《つらぬ》いてきた。

しかし今からおよそ一〇年前、その平穏《へいおん》な関係は終焉《しゅうえん》を迎《むか》えた。

桁外《けたはず》れの魔力《まりょく》と戦闘能力をもって群の統率《とうそつ》個体となった邪竜ナーヴが、凶悪《きょうあく》なドラゴンを多数従え、ラグナ・ディーン全土を蹂躙《じゅうりん》せんと侵攻《しんこう》を開始したのだ。

人も亜人《あじん》も種族を超《こ》えて手を結び、必死に抵抗した。

とはいえ、一人一人はドラゴンよりはるかに脆弱《ぜいじゃく》である。神具遣《づか》いは高い戦闘能力を持つが、全体からみればその数は多くない。

さらにドラゴンたちは人語を解さず、降伏《こうふく》や交渉《こうしょう》は不可能である。

人々は次第《しだい》に窮地《きゅうち》へと追い込まれていった。

一方、勝利をほぼ確実なものとしたナーヴは、ラグナ・ディーンだけでは飽《あ》き足《た》らず、さらに他の並行世界へと版図を広げるため、異界への路《みち》を開いた。

しかし、結果的にこれが竜種の敗北を招くことになる。

彼らにとっては不運、そして人類にとっては幸運なことに、その通路の先『ニホン』には、勇者――つまり伝説級の神具、聖剣《ユニベル》の適合者が存在したのだ。

聖剣の覚醒《かくせい》を察知したナーヴは慌《あわ》てて通路を封鎖《ふうさ》したが、勇者はすでにラグナ・ディーンへと降り立っていた。

ノインと名乗ったその少年は快くドラゴン退治を引き受け、聖剣を手に取った。

そして苦労と困難をいとわずラグナ・ディーン各地を飛び回り、数年にわたる戦いの末、ついに邪竜とその眷属《けんぞく》たちを滅ぼしたのである。

世界は平和になり、人々は再び活気を取り戻した。

邪竜が封鎖した異界の通路はその死によって再び解放され、二つの世界をつなぐ迷宮《めいきゅう》『螺旋行路《スパイラル・パス》』となった。

勇者ノインは熱烈《ねつれつ》に崇《あが》められ讃《たた》えられた。

しかし彼は地位や金銀財宝には興味を示さず、いつしかふいと姿を消してしまった。

勇者の行方《ゆくえ》は誰も知らず、あとにはただ伝説だけが残された。

——とまあ、ラグナ・ディーンにおいて知られている勇者ノインのエピソードは、こんな感じである。せいぜい数年前の出来事なのだが、芝居《しばい》や歌物語、子供向けの絵本などが山ほど作られ、あちらの世界に広まっているそうだ。

とはいえ、語られていること全《すべ》てが真実とは限らない。

当事者として評価するなら、『事実』と『事実にない創作』と『事実を誇張《こちょう》した創作』がちょうど三分の一ずつってところか。

俺が異世界に渡って聖剣《ユニベル》の遣《つか》い手《て》となったこと、そしてドラゴンたちと邪竜ナーヴを退治したことに関しては間違《まちが》いないが——現実はもう少し厳しく醜《みにく》く残酷《ざんこく》で、決して物語のように美しいものではなかった。

ま、今さらいちいち修正を要求しようとも思わないけどな。

なお異世界での呼び名『ノイン』というのは、ドイツ語の『九』に由来する。

言うまでもなく俺の苗字《みょうじ》、『九住』の一字だ。

幼いころ、何かの拍子《ひょうし》に『九＝ノイン』であることを知り、俺はすっかりそのカッコイイ響きを気に入ってしまった。

ハルカという女の子みたいな名前が好きではなかったこともあり、一時期友人たちにあだ名として呼ばせたり、改名して本名にできないか真剣《しんけん》に検討していたほどである。

アホだな、今思うと。

で、わけのわからないRPGみたいな世界に飛ばされたとき、主人公に名前を入力するような感覚でとっさにノインと名乗ってしまい、それがあちらで定着したわけだ。

閑話休題《かんわきゅうだい》。

どうにかこうにか邪竜を倒した後、俺は玖音と共に日本に帰還した。

手に入れた力を隠し、呑気で平和な日本社会に感覚を再適応させるのは大変だったが、それにも慣れてきた。

日本において俺が勇者ノインであったことを知っているのは、ただ玖音のみ。

ニコさんや市役所の上の人たちにも伏せてある。

俺を直接知っている数少ないラグナ・ディーン人がたまたま日本行きを許可され、たまたま俺と出くわすなどという超低確率《ちょうていかくりつ》の偶然《ぐうぜん》が重ならない限り、勇者ノインの名はこのまま消え去ることとなる――はずだったのだが。

俺はため息をつく。その偶然が起こってしまったわけだ。

俺のアパートから市役所までは、自転車で二〇分ほど。

爽《さわ》やかな朝日の中のサイクリングだったが、気分は晴れない。

ギルド部屋には、すでにニコさんが来ていた。

「おはようございます、ニコさん」

「おはよー。彼女たちの今日のスケジュール、スマホに送っておいたから確認《かくにん》してね」

「了解《りょうかい》。――ところで、俺、今すぐ異動できませんかね？」

「え……え？　なんで？」

ニコさんはきょとんと俺を見た。

「あー、その、あんな若い女の子たちと、うまくやっていく自信がないというか……」

「君だって若いじゃない。それに晴夏くんは嘱託員《しよくたくいん》なんだから、異動なんてないよ？」

「ですよねー、知ってました！　じゃあ、あいつら迎えに行ってきまーす！」

ヤケクソ気味なテンションで俺は駐車場《ちゆうしやじよう》に向かった。

要するに、だ。

俺は勇者という過去を捨て普通の日本人として生きるため、ミアとはできるだけ距離を置きたい。しかし、バイトより実入りが良く安定しているこの仕事は辞《や》めたくないし、どこか遠くに引っ越すような金銭的余裕もない。

だから現状、ミアが秘密を外に漏らさないよう注意しておくしか手がないわけである。

「ハルカさん、おはようございます！　今日もよろしく」

助手席に乗り込んできたミアは上機嫌《じょうきげん》だった。

残りの二人は後ろの席。この並びが定着しつつあるようだ。

「……はい、皆《みな》さんおはようございます」

「な、なんかハルカさん顔色が良くないけど……大丈夫《だいじょうぶ》？」

「何の問題もないですよ、マリナさん。ご心配なく」

はっはっは、と笑って車をスタートさせた。ごまかせたかどうかは知らん。

「えー、今日のスケジュールですが、夕方まで外で社会研修、その後市役所に戻《もど》って取材対応となります。新聞からインタビューの依頼《いらい》がありましたので」

「社会研修って、何するの？」

リュリが尋《たず》ねた。

「まずは街を歩きつつ、こちらでの生活に必要な知識を学んでもらいます。例えば、交通機関の利用手順とか、買い物の仕方とか」

「交通はこの自動車があるんじゃ？」

「ええ、基本的には俺が送り迎《むか》えしますけどね。公共の乗り物を使う手順も知っておくと便利ですし、プライベートでの行動範囲《はんい》も広がりますよ」

「む、難しくないといいんだけど……」

「こっちの人が普通にやってるんだから、難しいわけないでしょ。あたしたちだってすぐ覚えられるわよ」

後部座席の会話をよそに、ミアは微笑を浮《う》かべたまま俺の横顔をじっと見つめている。

プレッシャーを感じるな。

「買い物についてはあっちの世界とそれほど変わらないから、すぐ慣れると思います。貨《か》幣《へい》の種類とATMの使い方くらいですかね。これからショッピングモール――えっと、大きな市場みたいなところに行って、何軒《なんけん》か店を回ります」

「大雑把《おおざっぱ》なところは、もらったマニュアルに書いてあったわね」

リュリが言った。一日でしっかりと読破してしまったらしい。

「実際に経験してみることについては、異論ないけど。それで、何を買えばいいの？」

「何でもいいですけど、生活必需品《ひつじゅひん》が優先ですね。食料、雑貨、あと服とか」

「服はやっぱりこちら風のに着替えないとダメですか？」

ミアが首を傾げて問い掛けた。

「ダメということはないんですが……」

あちらの服は、やはり日本のものとかなり異なっている。

一応こっちにも『ラグナ・ディーン風』と称《しょう》するファッションはあるものの、現状は柄や飾《かざ》り付けをそれっぽくした程度のものでしかない。

「目立つのは否定できないですからね。強制じゃないですけど、四六時中注目されたくないなら、こちらの服を持っておくのも悪くないでしょう」

実を言うと、俺自身はそんなところまで全く気が回っていなかった。この辺はニコさんの意見と提案である。

そして程《ほど》なく、俺たちはその正しさを思い知ることになった。

駅の駐車場に車を駐《と》め、切符《きっぷ》を買い、俺たちは電車に乗り込んだ。

十数分揺られて郊外《こうがい》の駅に到着《とうちゃく》、そこからはバスでショッピングモールへ。

「――と、まあ、公共交通機関の利用はこんな感じで」

モール前に設けられた停留所でバスを降りて、三人の顔を見る。

引率《いんそつ》の先生みたいだな、俺。

「定期とか電子マネーだとか他にもいくつかやり方はありますけど、とりあえず現金での乗り降りを覚えれば、全国どこでも通用します」

「む、難しくはなかった、けど……」

マリナは引きつった笑みを浮かべながら言った。

「少し緊張する、よね、これだけ見られると」

電車に乗った瞬間から、いや駅に着いて車を降りた瞬間から、三人の少女は注目の的となっていた。顔立ちの良さも格好の珍《めずら》しさも、とにかく人目を引くのだ。

視線だけに留《とど》まらず、現在進行形でスマホのカメラを向けられたりもしている。

「ま、確かにいい気分じゃないわね」

リュリが煩《わずら》わしそうに呟《つぶや》いた。フードを被《かぶ》って猫耳《ねこみみ》は隠《かく》しているが、それでも一目でラグナ・ディーン人とわかるため、注目を集めるのは変わらない。

「この辺りでラグナ・ディーン人はまず見ないですし、ニュースで皆さんが来たのは伝わってますからね。いずれ落ち着いてくるとは思うんですけど」

「気にしなければ済む話ですよ」

ただ一人、ミアは平然としていた。

「目立つのも注目されるのも、それ自体は別に悪いことではないですからね。ラグナ・ディーンのイメージを良くしたいのだったら、むしろチャンスかもしれませんよ？」

そして、スマホを向ける女子高生に笑顔《えがお》で手を振ってみせる。

そういやこいつ、お姫様だったな。他人の視線を浴びることには慣れてるのか。

「……そう、ね」

短い沈黙《ちんもく》を挟《はさ》んでリュリは口を開いた。

「目立ち過ぎるのは困るけど、マイナス面だけを気にすることもない。いずれにせよ、あたしたちが為《な》すべきことは変わらないのだから――」

突然その両手に短剣《たんけん》が現れ、小柄《こがら》な体が宙を舞《ま》う。

光が閃《ひらめ》いたと見えた次の瞬間、なにかがぽとりと地面に落ちた。

真っ二つにされた異世界種の殺人蜂《キラービー》だ。

「力を示して評価を得る好機でもあるわよね」

動いた弾《はず》みでぱさりとフードが脱《ぬ》げ、猫耳が露《あら》わになる。

周囲からどよめきと拍手《はくしゅ》が沸《わ》き起こった。

＊　＊　＊

大鎌の刃をかいくぐって懐《ふところ》に入ると、俺は相手の腕《うで》を取った。

くるんと捻《ひね》って、少女の体を地面に転がす。

「はい、俺の勝ち」

「んあー、勝てませーん、悔《くや》しー！」

ミアは大の字になって地面に手足を投げ出した。

夜の公園。俺たちの他に人影《ひとかげ》はない。

もちろん夜更《よふ》けのデートなどではなく、昨日約束した口止め条件の戦闘《せんとう》訓練である。

俺は素手《すで》、ミアは神具あり。

とはいえ、このハンデ込みでもかなりの実力差があるので、さほどの負担でもない。

「なんでですかねえ。服に慣れてないから、ちゃんと動けてないとか？」

ぴょんと身軽に跳ね起きながら、ミアはため息をついた。

今の服装は、昼間ショッピングモールで買ったラフなパンツスタイル。

仕事外の時間まであえて目立つ必要はなかろうということで、結局ミアたち三人はそれぞれ日本の普段着《ふだんぎ》を購入《こうにゅう》していた。もちろん俺には女の子の服のことなんてわからないので、チョイスは店員さんにお任せである。

「前の服より、そっちの方が動きやすそうだけどな」

「でも、実はちょっと抵抗《ていこう》あるんですよね、こういう衣服。体の線がはっきり見えちゃいますし……」

確かにラグナ・ディーンの服はもっとゆったりしたシルエットのが多い。王族的な価値観に照らし合わせると、品無く感じられるのかもしれないな。

などと考えていたら、ミアが言葉を続けた。

「つまり、わたしの拙《つたな》い体重移動や予備動作がハルカさんに丸見えになっちゃうってことなんです。せっかく憧《あこが》れの勇者様にお相手してもらってるのに、恥《は》ずかしくて……」

ああ、そういうこと。納得。でも頬《ほお》染めんな。

「それだけ動けりゃ十分だろ。A級冒険者に匹敵《ひってき》するくらいの強さはあるぞ、お前」

「でも、ハルカさんは聖剣出してないのに、この差ですから。いつかお互い全力で、命懸《いのちが》けの勝負がしてみたいんですけど……まだまだ全然そんな資格はないですね」

俺は絶対にごめんだがな。

技量的にもE級のレベルではないが、ミアが真におかしいのはこのメンタルだ。

この歳《とし》にして、殺し合いに全く抵抗がない。

「……お前さ、どんな人生送ったらそんな風になるんだ？」

「わたしの生い立ちに興味があるんですか⁉」

ぱっと顔を輝《かがや》かせる。

「いや、違……わねえのか」

まあ、育ちを知りたいと思ったのは事実だしな。

俺《おれ》は自販機《じはんき》でスポーツドリンクを二本買い、ミアをベンチに誘《さそ》った。

「わたしがレオニ公国の公女であることはお話ししましたよね？　この《慈悲なき収穫者《グリムリーパー》》ってレオニ公国秘蔵の逸品《いっぴん》なんですけど、幼いころ……えっと、確か八歳だったかな？　手に取ってみたら、わたしに適合すると判明しまして」

それなりの数が存在するとはいえ、やはり神具は普通の武器よりはるかに貴重なものである。なので王家であったりその地方の領主であったり、偉《えら》い人のもとにまとめられ管理されるのが一般的《いっぱんてき》だ。

当然ながら遣い手がいなければ宝の持ち腐《ぐさ》れとなるため、定期的に公開し適合者を探す試みも行われている。そこでみごと神具に選ばれた者が出れば、召《め》し抱《かか》えられることになるわけだ。

もちろん神具を管理している一族の中から適合者が出ることもあり、その場合はミアのようにそのまま神具遣いの戦士となる。

しかし……八歳からねえ。

道理でお姫様の手慰《てなぐさ》みに収まるような神具さばきじゃないわけだ。

「当時は邪竜《じゃりゅう》ナーヴの侵攻が始まって一、二年くらいの時期で、レオニ公国も酷《ひど》い被害《ひがい》を受けていました。で、わたしはすぐに志願し、竜種たちとの戦いに臨《のぞ》みます」

「え？　八歳だよな？」

「八歳ですよ。ただ、今思うと、さすがに焦《あせ》りすぎだったかもしれませんね」

そりゃそうだ。日本だと小学校の低学年だぞ。

「いきなり戦いに飛び出したもんだから、ぶっつけ本番で色々覚える羽目になりました。あれは苦労したなあ……。もう少し訓練と観察期間を置いて、ドラゴンの力や特性をしっかり把握《はあく》してからの方が効率よく殺せたでしょうね」

「そこかよ。ってか、八歳でドラゴンと戦わされてる自分の境遇《きょうぐう》をもう少し気にしろよ」

「でも、楽しかったですよ？　戦闘って何をやっても自由で、しかも工夫《くふう》し努力すれば必ず結果に繋《つな》がるんです。わたしにとっては自己表現とか自分の存在証明とか、そういうものなのだと思います」

なるほど、こいつは誰かにそう育てられたのではなく、初めからこうだったんだな。

天然物の戦闘中毒者《バトルジャンキー》。

「んで、ちゃんと戦えたのか？」

「戦えましたとも。じゃないと、ここでこうしてお話しできてませんから。小物でしたけど、初陣《ういじん》でドラゴンを何匹《なんびき》か殺しました」

神具によって与《あた》えられた、大人をはるかに凌《しの》ぐ身体能力。

そして神具自体の破壊力《はかいりょく》と特殊能力。

八歳のミアには、すでにドラゴンを屠《ほふ》るだけの力があったわけだ。

「幸か不幸か、レオニ公国は竜種の侵攻をまともに受け止める位置にありましたし、他に有力な神具遣いも居ませんでした。ですから、わたしはドラゴンを殺すことを求められ、その後の数年間、実際にたくさん殺しました」

もっとも、とミアは続ける。

「立場上、国の防衛を優先しないといけなかったので、首魁《しゅかい》のナーヴに挑《いど》むことは最後までできなくて、それが心残りになりましたけどね」

「あ……そういや思い出した。『レオニの殺戮人形《さつりくにんぎょう》』って、もしかしてお前か？」

邪竜ナーヴとその眷属が猛威《もうい》を振《ふ》るっていたころ、期待と希望を込めて『竜種を駆逐《くちく》しうる神具遣いたち』の噂がラグナ・ディーン人の間に広まっていた。

その中に、レオニ公国の幼い神具遣いの話もあった気がする。

ええ、わたしです、とミアは肯《うなず》いた。

「風情《ふぜい》のない仇名《あだな》ですけどね。ただ、やはりわたしではナーヴに勝てなかったでしょう。ハルカさんがナーヴを屠ったあと、晒《さら》しものにされていた死体を見に行ったんですが、あの大きさと残留魔力から判断すると、挑んだら多分、命を落としていたかと」

「………」

「そんなことない、とは仰《おっしゃ》らないんですね」

「嘘《うそ》になるからな」

実際にアレと戦った人間として言えば、確かにこいつでは無理だっただろうと思う。

ミアは少しだけ口元を緩《ゆる》めた。

「だから、まあ……ハルカさんに挑んで全然歯が立たない自分を確認して、なんだか一区切りつけられたような気がしてるんですよ。ありがとうございます」

「礼には及《およ》ばないさ。そういうことなら、模擬《もぎ》戦闘《せんとう》も今回限りで——」

「いえ、それはそれ、これはこれ」

あっさりと言われてしまい、俺はため息をついた。

「あのさ、戦いたいのなら俺じゃなくて、リュリやマリナに相手してもらえばいいんじゃねえか？　それこそ訓練ってことにすれば、あいつらにも応じない理由はないんだし」

「いえ全然ダメですよ。あの子たち、弱いですから」

蔑《さげす》みも揶揄《やゆ》も含《ふく》まれない、純粋《じゅんすい》に事実を告げるだけの口調でミアは言った。

「多分一秒、もって二秒。それで殺せちゃいますから、戦う意味ありません。逆にフラストレーション溜《た》まりそう」

……まあ、力関係についてはその通りだろう。

駆《か》け出しでE級のマリナはともかく、D級のリュリには自負心に恥じないだけの実力がある。殺人蜂《キラービー》を一振《ひとふ》りで捉《とら》えた動きを見るに、C級やB級のパーティに交ざっても足手まといにならないレベルだ。

しかし、ミアの技量は明らかにその遥《はる》か上を行く。

「わたし、やっぱり強い誰か、あるいは何かと戦うのが好きなんです。戦って戦って、自分が全力を尽《つ》くしてそれでも殺されそうになるって状況《じょうきょう》になって初めて、ああ、自分は生きてるんだって思えます。――ねえ、ご存じですか？　わたしをこんな気持ちにさせる存在って、今はハルカさんだけなんですよ？」

ミアは潤《うる》んだ目で俺を見つめた。

切なそうな声出してるけど、かなり頭おかしい発言だからな、それ。

「……お前が冒険者《ぼうけんしゃ》になったのって、周囲から勧《すす》められたからだろ」

「ええ、その通りです。平和になったらやることがなくて、毎日返り血で真っ赤になるまでモンスターを狩《か》ってたら、ある日、『国を出て遠い遠い異世界を見てくるのも良かろう。手配しておいてやる』ってお父様が」

それは親心か、それとも用済みの戦闘マシーンを厄介払《やっかいばら》いしたかったのか。

――そういや今回は、『新米パーティを派遣《はけん》したい』とラグナ・ディーン側から日本に打診《だしん》してきたんだよな。

レオニ公国から迷宮管理をしているデムテウス帝国《ていこく》に掛《か》け合い、ミアを日本へ派遣する。一人だけだと目立つので、ランクの近い冒険者と組ませてパーティを編成し、新人の試験的な派遣だという体裁《ていさい》を整える。大方こんな感じか？

「一つ提案なんだが」

「はい」

「もう一度ラグナ・ディーンの冒険者ギルドに掛け合って、螺旋行路《スパイラル・パス》近くに配置換《が》えしてもらっちゃどうだ？　そこだったらお前の訓練相手になりそうなA級冒険者がいるし、モンスターも凶悪だし、実力に見合った仕事も回ってくるぞ」

「でも、迷宮周辺はB級以上の担当だと規則で決まっているでしょう？　力がどうあれ現在のわたしはE級冒険者だし、そういうショートカットはよくないと思うんです。ランクに関係なく好みの仕事が割り当てられるような前例を作ったら、まずいですよね？」

「まあ正論だな。で、本音は？」

「ここを離《はな》れたらハルカさんと会いにくくなります」

そう言って、ミアはにっこりと笑った。

「もしかしたら、A級の中にはわたしより強い人がいるかもしれない。でも、勇者ノインはこの世に一人だけ。わたしは、ハルカさんじゃないと嫌《いや》。めちゃくちゃにされるなら、ハルカさんがいいのです」

「マゾか」

「あなた限定で。評価と敬意の一形態と考えていただければ」

全然嬉《うれ》しくねえよ。

とはいえ……俺としても、平穏な人生のためにはこいつを上手《うま》くコントロールする必要があるわけだしなあ。

「とりあえずさ、お前、そのバトルジャンキーな性格と戦闘能力、極力表に出すなよ」

「どうしてですか？」

「神具を見せびらかさないのと同じ理由だよ。『殺し殺されるのが当たり前、むしろ楽しい』なんて刺激的《しげきてき》な言動を市民の皆さんに目撃《もくげき》されると、間違いなくネガティブなイメージを持たれる」

ミアは眉《まゆ》をひそめて渋《しぶ》い表情を作った。

「国元でも同じようなことを言われましたけど、こちらもそうなのですね」

「どこでもそうだろ。ってか、こっちはさらに呑気《のんき》で平和な国だからな」

「んー……ではリュリさんとマリナさんに対しては？」

「そっちにも隠しとけ」

戦闘殺し合い大好きなんてのは、極《きわ》まった特殊性癖《とくしゅせいへき》だ。出会って日の浅い仲間が受け入れられるとは思えない。それを抜《ぬ》きにしても、パーティ内に圧倒的《あっとうてき》な実力差があるとチームワークがおかしくなりがちだしな。

「はあい、わかりました。でも……」

ミアはついと体を寄せ、唇《くちびる》が触《ふ》れそうなくらいまで顔を近づけ、囁《ささや》いた。

「もし色々溜まって我慢《がまん》できなくなったら、ハルカさんがお相手してスッキリさせてくれるんですよね？」

「ストレスとか、フラストレーションの話だよな⁉」

「他に何か？」

「……なんでもない。それは最初の約束通り、俺が相手してやる」

「じゃあ、いい子にしてます。ただ、条件追加されたんだから、わたしからも一つお願いしていいですか？」

「何だよ？」

身構える俺に、ミアは笑《え》みを浮かべた。

「変なことじゃないですよ。アドバイスが欲《ほ》しいんです。もっと強くなるために」

「今のままでも十分強いだろうが、お前」

「でも、ハルカさんほどじゃないですから」

俺は小さく息を吐《は》いた。戦闘アドバイザーなんてやったことないんだが。

「そうだな、お前の《慈悲なき収穫者《グリムリーパー》》だっけか、魂言《アニマ》は〝奪《うばう》〟なのか？」

「はい。相手の活動力や生命力を吸い取る力です。竜を狩るときも役に立ちました」

ミアはこの能力を補助的に使っているようだ。

踏《ふ》み込んだ足から一瞬《いっしゅん》力が抜ける、振り上げた腕が不意に動かせなくなる――拮抗《きっこう》した戦いであれば、勝負を決めるのに十分な隙《すき》となるだろう。

「直接相手の命を奪《うば》うことは？」

「そこまでの力はないです。竜やモンスターで試《ため》したことはありますが、一時的に自由を奪うくらいが限界みたいで」

「ふうん……」

レオニ公国秘蔵の神具だっけか。八歳のミアに竜と戦うだけの力を与えたことを考えると、そのポテンシャル自体は相当に高いはずだよな。

「なあミア、お前もしかして、神具を性能の良い便利な武器だとか思ってねえか？」

「違《ちが》うんですか？」

「違う。わかりやすく言うと、世界の法則を作り変えるもの、世界の在り方に干渉し改変するデバイスだ。まあ、その規模や程度には個体差があるけれどな」

例えば、物理的な力に依《よ》らず鉄を斬《き》り、岩を砕《くだ》く。

熱源もないのに炎を出し、全治数か月の大怪我《おおけが》を即座《そくざ》に癒《い》やす。

神具は世界の法則を上書きし、奇跡《きせき》とも呼べる現象を引き起こすものなのである。

「遣い手の役割は、その力に方向性と持続性を与えること。神具と世界を繋ぐ仲介役《ちゅうかいやく》と言えばいいかな。神具はあくまでデバイスで、基本的には遣い手が力を引き出してやらなければ、性能を最大限に発揮することはできない」

「ん、んー……」

ミアは、どこがわかりやすいんだろう？　という顔で首を傾《かし》げていた。

少し考え、俺はさらに噛《か》み砕いて解説する。

「一口に神具遣いと言っても、いくつかの段階があるんだが、それは知ってるか？」

「えっと……そういえば、そんなことをどこかで聞いたかも？」

「神具に対する遣い手の同調率、要するに馴染《なじ》み具合によって、四段階に分けられる」

第一段階・覚醒《かくせい》。

適合者と出会うことで神具が目覚める。神具を出したり消したりすることができる程度で、固有の特殊能力《とくしゅ》を引き出すことはまだできない。

第二段階・承允《しょういん》。

神具が適合者を主だと認め、力を貸す。魂言《アニマ》に沿った特殊能力を使えるようになる。

第三段階・開翅《かいし》。

翅《はね》を広げ飛び立とうとするかのように神具の能力が一気に解放、拡大される。

第四段階・合一《ごういつ》。

遣い手は神具の持てる最大限の力を完全に自分のものとし、発揮できるようになる。

「ざっと説明するとこんな感じだな。あまり知られてないのは、そもそも上の方まで到達《とうたつ》できる奴《やつ》が少ないからだろう。ちなみに段階が上がるにしたがって、身体の運動能力や強度も向上する。――で、ここでお前に話を戻す」

「はい」

「八歳の時点でお前には竜とやりあうだけの力があり、神具に宿った魂言《アニマ》の力もある程度引き出せていた。ってことは多分、第二段階・承允には届いていたわけだ」

ラグナ・ディーンにおいて、承允に至った神具遣いが雇《やと》われ先に困ることはまずない。

冒険者であればA級も狙《ねら》える立場だ。ただ――

「お前の場合、そこから現在までずっと足踏《あしぶ》みしてる状態だな。同調が進めばもっと多彩《たさい》で強力な特殊能力を発現させられるはずなんだが、そうなっていない。経験を積んでも技術を磨《みが》いても、神具の力を十全に引き出せていないなら戦闘能力は頭打ちになる」

それでもまだ、同年代の遣い手の中では突出《とっしゅつ》した強さではあるだろうが。

戦闘技術は一流、神具も一流、ただし神具の習熟度は二流といったところか。

「つまり、《慈悲なき収穫者《グリムリーパー》》ともっと仲良くなれと？」

「ああ、そりゃ的を射た表現だな。そういうこと。多分、そこが一番伸《の》びしろのある部分だろ」

「具体的には、どうすればいいんです？」

「知らん」

「……冷たい」

「というか、一人一人感覚が違うし相性《あいしょう》もあるし、下手にアドバイスできねえんだよ。俺と《ユニベル》にしても、さくさく馴染めたわけじゃなかったしな」

人が一人一人それぞれ違うように、神具にだって一つ一つ異なった性質がある。

ミアはむう、と口をへの字に曲げた。

「神具の持つ可能性は、お前や他の大抵《たいてい》のラグナ・ディーン人が想定しているより、はるかに大きい。それを引き出せてないのはやっぱり遣い手の問題なんだよ。……ただなあ、八年も相棒やってたら、普通《ふつう》もうちょっと同調してるもんだと思うが。お前、神具に嫌《きら》われてるんじゃねえか？」

「うーん、大切に使ってるつもりですけど……」

手の中に出現させた大鎌《おおがま》に視線を落とし、眉を寄せる。

「嫌われるようなことしましたかねえ。あ、でも、わたしにもまだまだ強くなれる可能性があることは、わかりました。ありがとう、ハルカさん」

「お役に立てて何より」

素直《すなお》ではあるんだよな。

これで相談の内容がもっと穏当《おんとう》で年相応のものなら、可愛《かわい》いと思えるんだが。

と、そこで俺は気付く。

「もしかしてミア、お前さ」

「はい？」

「強くなったら、さらにテンション上げて俺と戦いたがるようになるんじゃね？」

「もちろんですけど」

なぜそんな当たり前のことを？　という顔で、ミアは目を瞬《またた》かせた。

＊＊＊

そんなこんなで、いつのまにか一週間ほどが経過していた。

最大限ポジティブな表現をするなら、きわめて充実《じゅうじつ》した日々だったと言えるだろう。なんせ気の休まる瞬間《しゅんかん》がほとんどなかったのだから。

取材や挨拶《あいさつ》まわりをする三人に張り付き、私生活のサポートを務める。

カリカリするリュリをなだめ、気弱なマリナを励《はげ》まし、俺を殺しにくるミアをあしらい
——時間感覚がぶっ飛ぶほどの忙《いそが》しさだった。

若い女性ばかりの職場（ニコさんもまあ『若い』の範囲に入れて構わないか）というと聞こえは良いが、俺にとっては未知の生物に四六時中包囲されてるようなもんで、常に緊《きん》張《ちょう》しっぱなしである。

もしこの上何か妙《みょう》なトラブルでも起こったら、俺はストレスで死んでしまうだろう。

……起こらないよな？

「合い挽《び》きミンチ、卵、食パン……」

日曜日の午後、俺は呟きながら、自転車を漕《こ》いでいた。

神経をすり減らす仕事とはいえ、腐《くさ》っても公務員。週末や休日にきちんと休めるのはありがたい。

丸一日ごろ寝《ね》していたかったのだが、それはそれで不健康だということで、玖音に買い物を命じられたのである。

やってきたのは、でかくて品揃《しなぞろ》えの豊富な全国チェーンの大手スーパー。

安いうえにお買い得セールも頻繁《ひんぱん》に開催《かいさい》されている、行きつけの店だ。

セールはいい。値引き品を探すのは楽しいし、『次の給料が入ったら国産牛肉を買うんだ！』とか励みにもなるしな。

と、食品売り場に足を踏み入れたそのときだった。

「いやいや、遠慮《えんりょ》することないって！」

場《ば》違《ち》いな大声が聞こえてきた。

「一人じゃ大変だろ？　買い物カゴ持ってあげるって言ってんだよ」

「そうそう、遠慮なんかいらねーし」

汚《きたな》い金髪《きんぱつ》をした二人組の若者が、一人の女性に絡《から》んでいた。

ナンパかな。でかい店だけあって、色んな客がくるものだ。

「で、でも、あの、わ、わ、私、お買い物の途中《とちゅう》で……」

声をかけられた女の方は、妙におどおどとした口調で答えた。

長身でボンキュッボンで、何というか、日本人離れしたスタイルをしている。

そりゃ男どもが放っておかないよな。

……というか、その姿も、声も、顔も、明らかに覚えがあるんだが。

「君さ、アレでしょ？　こないだ日本にやってきたっていう、異世界の冒険者」

「ね、この後ちょっと付き合わない？　俺らが日本案内してやるから」

「こ、困ります……！」

俺はため息をついてそちらに向かった。

「おお、ここにいたんだ、マリナ。悪ぃな、待たせちまって」

わざと陽気な口調を作りながら歩み寄る。

彼女《かのじょ》は驚《おどろ》いたようにこちらを向き、俺の顔を確認して『あ』と小さく声を上げると、親を見つけた迷子のような勢いで俺の腕にしがみついた。

「ってわけで、残念ながら荷物持ちは俺の役目な。はい君たち、解散解散」

二人組は舌打ちを残して立ち去った。

「あ、ありがとうございます、ありがとうございますぅ！」

マリナはじわりと目に涙《なみだ》を浮かべた。

「い、いきなり、声掛けられて、肩《かた》を掴《つか》まれて、私、ど、どうしたらいいのかわからなくなってしまって……」

「あー、うんうん、そりゃ怖《こわ》かったよな」

「その……やっぱり、ラグナ・ディーン人って目立っちゃうのかな？」

「それもあるし、お前らの顔が売れてきたのも大きい」

こいつらの来訪は、マスコミによって報道されている。

加えて、ショッピングモール前でリュリがアクロバティックに殺人蜂《キラービー》を切り裂《さ》いた動画が、結構な規模でネット上に拡散されたのだ。かっけえぇぇぇぇ！　とか、すげえ身のこなし！　とか、猫耳かわええ！　とかコメントがたくさん付いていた。

とはいえ——と、俺はマリナの格好に目をやった。

そういう事情がなくとも、こいつなら注目を集めるだろう。

すらりと伸びた長身に、長い手足。全体的に大ぶりでありながら均整の取れた体形。

特に胸部の豊かな双丘《そうきゅう》は、暴力的とすら言えるほどのインパクトだ。

Tシャツにジーンズというシンプルな格好だが、それが逆に素材の圧倒的な質の高さを引き立たせている。

「ま、迷惑《めいわく》なら迷惑と言ってやりゃいいんだよ。大抵はそれで追い返せるし、揉《も》めても間《ま》違《ちが》いなくお前のが強いから。っつっても、街中で剣《けん》出してずんばらりんするのはさすがに推《すい》奨《しよう》しねえけどな。さっきの男どもくらいなら、デコピンで軽くぶったおせる——」

そこで気付く。仕事モードに切り替《か》えるの忘れてた。

「っと、失礼。少々馴《な》れ馴れしかったですね。気に障《さわ》ったら申し訳ない」

「い、いえ」

マリナはぶんぶんと首を横に振った。

「その、どうか、そのままで。私の方がずっと年下なんだし、あんまり丁寧《ていねい》にされるのも落ち着かない、から」

「そうか？　じゃあ、お言葉に甘《あま》えて。まあ俺もこっちのが楽だしな」

実際敬語は肩が凝《こ》るのだ。

マリナは小さく笑った。

「やっぱり無理してたんだ。普段《ふだん》、何だか窮屈《きゆうくつ》そうだなあと思って見てたの」

「わかるのか？」

「はい。ただハルカさんって、ミアさんとお話ししているときは、妙に力が抜けてるんだよね。ちょっとうらやましかったから、やっぱり今の方がいいな、私」

……口調も含めて他の二人と同じように接していたつもりだったが、言われてみるとミアへの対応はいくらかぞんざいになっていたかもしれない。

あいつとの関係は勘《かん》ぐられたくないしな。気を付けよう。

そのまま、マリナと一緒《いっしょ》に買い物をすることにした。

「そっちも夕食の買い出しか？」

「ええ。相談して、三人で家事の分担を交替していくことにしたの。今週は私が買い物とお料理の当番」

「にしても、ずいぶん買い込んだな」

マリナの買い物カゴには山のように食材が詰《つ》め込まれている。

冒険者は基本的に肉体労働だし、仕事のないときも鍛錬《たんれん》は欠かせないから、女の子とはいえよく食うのはわかるんだが……それにしてもこれはちょっと、という量だ。

「えっと、リュリさんが、スマホ使って調査した結果、ここのジャガイモとタマネギが近《きん》隣《りん》の商店の中で最安値だから、買いだめしておくべきだと」

しっかりしてんな、あいつ。

「こちらの世界の市場は本当にすごいね。特に冷蔵庫とかいう、この冷たくする道具。なんだか冬を切り取って箱の中に押《お》し込んじゃったみたい」

「そっちの宿舎にも確か、小さいのを一台入れてあるよな」

「うん、活用してる。お野菜もお肉もお魚も長い間新鮮《しんせん》なままだなんて、びっくり。不思議がいっぱいで、ほんと、毎日驚きの連続」

「日本の人間から見れば、多分神具のが不思議に見えるぞ。出たり消えたり、持ち主の力が強くなったり、こっちの世界の常識じゃありえねえしな」

「お互《たが》い、目の前で奇跡が起きてるようなものなんだね」

マリナはくすくすと無邪気《むじゃき》に笑った。

顔立ちは大人っぽいが、表情は幼くて可愛らしいんだよな、こいつ。

食材を一通りカゴに放《ほう》り込み終えると、セルフレジの使い方とお得なポイントカードの存在を教えておき、二人で会計を済ませた。

「お付き合いくださって、ありがとうございました！」

巨大《きょだい》なエコバッグを幾《いく》つも提《さ》げ、マリナは言った。

そして少し顔を赤くし、続ける。

「そ、その、男の人に声かけられてるとき、助けてくれたのも、嬉しかった。ほんとに、困ってたから。ほんとは自分で対応できるようにならないといけないんだけど」

「焦ることたねえよ。異世界に馴染むのもなかなか大変だってのはよーく知ってるしな」

「あ、ハルカさんもラグナ・ディーンで苦労したんだよね。でも、リュリさんやミアさんは私よりずっと堂々としてるし……」

いや、その二人も手本としてはどうだろ。バトルジャンキーなミアはもちろん、向上心と上昇《じょうしょう》志向の塊《かたまり》みたいなリュリも結構な特殊例《とくしゅれい》だと思うが。

「確かにあいつらならナンパ程度に動揺《どうよう》したりはしないだろうけど……その代わり、あんまり想像したくない方面のトラブル起こす可能性がな。──あ、ちょっと待ってろ」

俺はフードコートに立ち寄り、ソフトクリームを二つ買った。

「どーぞ。俺のおごり。食ってから帰ろうぜ」

「え、あ、ありがとう！」

もう少し、話したいことがありそうな様子に見えたしな。

ま、こういうメンタルケアも仕事のうち、と。

マリナを伴《ともな》い、適当な席に二人で腰《こし》を下ろす。

「んで、あいつらと自分を引き比べて落ち込んでるのか？」

「そ、そういうわけじゃあ──」

言いかけ、マリナは小さく首を振った。

「いえ、やっぱりそうなのかも。あの人たち、ニホンに来ても平然としていて、すごく立派というか……。それにひきかえ、私はダメなんです。苦手で」

「何が?」

「なじみのない人や、モノが」

気まずそうに大きな体を縮める。

「ひ、人見知りだし、頭がいいわけでもないし……。こちらの便利道具の使い方やしきたりなんかも二人はすぐ呑《の》み込んでしまうのに、私はなかなか覚えられなくて」

「そっちの方が普通だって。だいたい未知のものに対する戸惑《とまど》いや警戒心《けいかいしん》なんて、むしろ持ってない奴の方が早死にするだろ。まあ、仲間の足を引っ張らない程度にうまく立ち回りたいってんなら、一つコツを教えてやれる。——ソフトクリーム食えよ、溶《と》けるぞ」

「あ、う、うん」

マリナは慌《あわ》てて口を付けた。と、その目が見開かれる。

「甘冷たくて、おいしい……！　これ牛乳を凍《こお》らせてるの⁉」

「俺も詳《くわ》しくは知らないが、まあ、多分そんな感じ」

目をキラキラさせながらさらに二口、三口と食べたあたりで、マリナは我に返った。

「あ、それで、あの——」

「コツの話な。簡単に言うと、課題を突《つ》きつけられる前に自分から飛び込むんだ」

飛び込む？　とマリナは繰《く》り返す。

「必要に迫《せま》られてから対応する。覚えなきゃならなくなってから勉強する。――それじゃ時間にも心にも余裕《よゆう》がなくなんだろ？　切羽詰《せっぱつ》まった状態で、苦手なことに手を付けようってんだから」

ほら、と俺は腕《うで》を上げ、ぐるりと周囲を示した。

「ここはお前らにとっての異世界。視界に入る全《すべ》てが未知のものだ。だからどこに飛び込んでも、それだけで新たな知識と経験が得られる。例えば、今持ってるそれ」

「そふとくりぃむ？」

「未知の食い物だろ？　だから、ただ食うだけで未知の体験が味わえる」

「えっと……つまり、何でも食べてみろと？」

「一例だけどな。だいたい日本のこと何も知らない奴が、重要度を判別して効率よく知識を身に着けようなんて不可能だろ。悩《なや》む暇《ひま》があるなら、目に付いたものにどんどん手を出す。元がゼロだからどんな結果でも経験値はプラスになるし、何よりその方が楽しめる」

「楽しめる……か。私にできる、かな？」

「できなきゃできないでいいんだよ。それも経験。あれこれ考えても不安になるだけだから、まずやってみろってこと。――そのソフトクリーム、器っぽいのも全部食えるぞ」

「は、はい」

マリナは肯いて、おそるおそるコーンを嚙《かじ》り始めた。

うん、子供っぽくて可愛らしいなあ。

あとの二人にも、もう少しこういう初々《ういうい》しさがあれば接しやすいんだが。

「おいしかった、です。口の中の甘味《あまみ》が拭《ぬぐ》われて、すっきりした感じ」

「ほら、それだけで知識と経験がプラスされただろ」

「そ、そっか……うん」

納得《なっとく》を心の中へと染《し》み込ませるように、マリナはゆっくり肯いた。

「お仕事のためとか勉強のためとか考えず、まずやってみれば良いんだね。――あ、あの、ニホンのお料理の調理法とか、どこかで教えてもらうことってできるかな？」

「ネットにいくらでも転がってると思うぞ。『食材名　レシピ』で検索《けんさく》すると出てくる。何だお前、料理好きなの？」

「好きというか……実家では良く作ってたので。働いていた両親の代わりに、弟妹《おとうといもうと》の世話をするのが私の役目だったから。田舎《いなか》の家庭料理しか知らないけど、少なくとも苦手意識はないし、この辺から始めてみようかなって」

「出身はどのあたり？」

「デムテウス帝国の端《はし》っこ、海沿いのカダレアっていう小さな港街」

聞き覚えはあるな。確か――

と、そこで俺はその街についての情報を思い出し、眉をひそめた。

マリナは少し寂《さび》しそうな笑みを浮《う》かべた。

「そう、今はもうないの。ドラゴンに焼かれちゃった」

ああ、特に被害のひどかった地域として、俺も何度かその名前を耳にしていた。

やられたのは竜種侵攻《りゅうしゅしんこう》が始まってから数年後――俺がラグナ・ディーンに渡《わた》る、その少し前くらいの話じゃなかっただろうか。

「私のお父さん、街の衛兵隊長で神具遣《づか》いだったんだけど、そのときに戦死してしまって。私と家族は竜を避《さ》けて、内陸へ内陸へと移住を繰り返すことになったの」

「冒険者になったのは、家族に金を送りたいからとか言ってたよな」

「うん。うち、貧乏《びんぼう》だから。私が五人兄弟の一番上で、二歳《さい》下と三歳下に妹、下の妹の一歳下に双子《ふたご》の弟が居るの。お母さんは体が強くないし、私がなんとかしなきゃって」

神具《青嵐《せいらん》》は父親の遺品だったそうだ。

幸いにも、《青嵐》はマリナを次の遣《つか》い手《て》に選んだ。

「神具があると、結構お金が稼《かせ》げるらしいと聞いたんだ。どこか良さそうな冒険者ギルドはないかな、と探し始めたとき、ニホン行きの冒険者を募《つの》ってるって知って」

ダメ元で選抜《せんばつ》試験に臨み、何とか合格。そして現在に至る、そうだ。

「その、今、お袋《ふくろ》さんたちは？」

「平和になったから、帝都《ていと》近くの街に落ち着いてるよ。生活は苦しいけど……せっかく命を拾ったんだから、頑張《がんば》って生きないとね」

えへへ、と口元を綻《ほころ》ばせる。

こいつも人生ハードモードなんだなあ……。

「報酬《ほうしゅう》に関してはきっちり定められてるから、働けばちゃんと金はもらえるさ。そのあたりは保証できる」

当然ながらあちらとこちらでは通貨が異なるが、両替《りょうがえ》のシステムも運用され始めているはずだ。

「さらに稼ぎたいなら……そうだな、できるだけこっちで有名になることだ。そうすると、市役所を通したものだけじゃなく、色んなところから仕事が入るようになるからな。ほら、テレビでおなじみのA級冒険者フェリクスみたいに」

〝勇者〟の称号《しょうごう》を継《つ》ぐとも言われるイケメン冒険者。

あいつなんかは、出演する度にタレント並のギャラをもらっているはずだ。

「A級は遠いなあ……。うん、でも、元気出た。一歩一歩がんばる！」

表情が柔《やわ》らかくなったようだ。多少なりとも気が晴れたかな。

「あ、あの、ハルカさん、何かあったら、また相談に乗ってもらってもいいかな？」

「もちろん。遠慮なく連絡《れんらく》をどうぞ。そのためのスマホだしな」

「ありがとう。——あ、もうこんな時間。思ったより話し込んじゃったね。リュリさんに怒《おこ》られるかなあ」

「そういや、他の二人とは上手くやれてるのか？　特にリュリなんかは、相当キツい性格してそうだけど」

「それは大丈夫《だいじょうぶ》。リュリさん、ああ見えて——ひゃっ⁉」

ポケットの中でスマホが振動《しんどう》したらしい。マリナは慌てて取り出し、耳に当てる。

『——どこで道草食ってんの！』

不機嫌《ふきげん》そうな大声が、こっちにまで聞こえてきた。

「ご、ごめん、リュリさん。今買い物終わったから、もう帰る」

『あんたトロいから、何かトラブルに巻き込まれたかと思ったじゃない！　心配するから、遅《おそ》くなるなら連絡入れなさいよね！　車に気を付けて帰ってらっしゃい！　じゃあね！』

そして、ブツッと通話の切れる音。

「……ああ見えて、意外に優《やさ》しいの」

俺《おれ》の方に視線を戻《もど》して、マリナは苦笑《くしょう》した。

うん、何となくわかる。

＊　＊　＊

「さて、本日の業務ですが……」

と、ニコさんはそこで溜《た》めを入れ、俺たちの顔を見回した。

「なんと！　モンスターをやっつけてくれという依頼《いらい》が入っています！　そう、冒険者ギルドと言えば、モンスター退治！　らしくなってきましたね！」

特に誰《だれ》も反応を示さなかったので、少しがっかりした様子でニコさんは続けた。

「……えー、対象は殺人蜂《キラービー》。林の中に巣があるのを市民の方が発見しました。速《すみ》やかに除去して欲しいとのことです」

ラグナ・ディーンの殺人蜂《キラービー》。

色合いがやや異なり一回り大きいものの、その攻撃性《こうげきせい》はスズメバチと似ている。

当然ながら危険なので、早めに駆除《くじょ》する必要がある。

場所は、先日三人を連れて行ったショッピングモールの近く。

あのときリュリが仕留めた一匹《ぴき》も、その巣からやってきた可能性が高いな。

「さ、刺《さ》されると痛いんだよね、あれ。私、ちょっと苦手かも」

マリナが憂鬱《ゆううつ》そうに言った。

「どう？　あなたたちで退治できそうかな？　難しいなら別のところに連絡して、もっと上級の冒険者を回してもらうことも可能だけど……」

「まったく問題ないわ」

パーティを代表してリュリが答えた。

「あちらでもよく遭遇《そうぐう》するし、手こずるような敵じゃない」

「そうですね」

と、ミアも同意する。《慈悲なき収穫者《グリムリーパー》》の能力は生命力の吸収。蜂くらいの大きさなら片《かた》っ端《ぱし》から無力化できるだろう。

ただ、こいつにとっては戦いとも呼べない容易な作業なわけで、つまんないなー、もっと強いの来ないかなーという内心が表情から透《す》けて見える。

「とりあえず、巣の規模と状態を自分の目で確認《かくにん》したいわね。まあ多分、その場ですぐ駆除できるだろうけど」

「じゃあ俺、車出してきますね」

リュリの言葉に応じて部屋を出ようとする。

すると、ちょっと待って、とニコさんから声がかかった。

「蜂の方は私が同行するよ。実は晴夏くんには別件で呼び出しがかかっててさ、そっちに回ってほしいんだ」

「呼び出し？」

不穏《ふおん》な響《ひび》きの言葉だな。俺、何か怒られるようなことやっちまったか？

「どこに行けばいいんです？　係長？　それとも課長のとこ？」

「ううん、警察」

ニコさんは笑顔《えがお》のまま さらりと言った。

駐輪場《ちゅうりんじょう》にマイチャリを駐《と》め、俺は目の前の厳《いか》めしい建物を見上げた。

警察といっても、その辺の交番ではない。

市内の治安維持《いじ》を統括《とうかつ》する陣郷《じんごう》警察署である。

「……心当たりはねえんだけどな」

何というか、『あとで職員室に来なさい』と教師に言われたときの、あの気分だ。

いきなり逮捕《たいほ》されたりとか、ないよな？

受付で名乗るとミーティングルームらしき殺風景な部屋に通される。

しばらく待っているとノックがあり、スーツを着た小太りの中年男が入ってきた。

「あーすみません、ご足労おかけしました。陣郷《じんごう》市冒険者《ぼうけんしゃ》ギルドの九住さんですね？　私、陣郷《じんごう》警察署生活安全課の栗橋《くりはし》と申します」

「はあ」

「実はちょっと、手を貸していただきたいことがありましてね」

あ、よかった。別に俺が何かやらかしたわけではないらしい。

「えーと、もしかして、ラグナ・ディーン絡《がら》みで？」

「ええ、ええ」

栗橋は何度も肯《うなず》き、ハンカチで汗《あせ》をぬぐった。

「詳しい方が市役所におられるという話を聞きまして、助言をいただけたらと。えっと、ご説明しますね。実は今、ラグナ・ディーンの冒険者だという男の事情聴取《ちょうしゅ》をしているんですが……」

「冒険者、ですか？」

俺は眉《まゆ》をひそめた。この陣郷《じんごう》市に配属されたのはミアたち三人だけのはずだが。

「ああ、所属はここじゃなくて、隅戸部《すみとべ》市の冒険者ギルドだと主張してますね。B級冒険者で名前はペトル。年齢《ねんれい》は二五。現在隅戸部ギルドに身分を照会中。——事件が起きたのは、今朝、陣郷《じんごう》駅前。数人の若者たちとトラブルになったんです」

肩が当たっただの何だのというところから、ケンカに発展したのだそうだ。

若者たちも素行のよろしくないグループに所属しており、しかも五、六人連れであったことが事態をややこしくした。

「この悪ガキども、ペトル氏が自分たちにビビらなかったことで、舐《な》められてると感じたらしいんですな。で、路地裏に連れ込んでボコってやろうと」

「そりゃまた、無謀《むぼう》な……」

冒険者というのは、日常的に命のやりとりをしているような連中だ。

もちろん体は鍛《きた》えているし、しかも日本に派遣《はけん》されているなら神具遣いだろう。

街のケンカ自慢《じまん》程度では、一〇対一でもまず相手にならない。

「ええ、まさに無謀な挑戦《ちょうせん》だったようです。悪ガキどもは一方的にぶちのめされ、救急車が来る騒《さわ》ぎになりました」

鼻やあばらをへし折られていた者もいたとのこと。

ペトルの方は悠然《ゆうぜん》とその場から立ち去ったが、通行人からの通報を受けて周囲の捜索《そうさく》をしていた警官が発見し、任意同行を求めた。

「と、ここまではいいんですが……ぶっちゃけて言うと、我々も異世界人を引っ張ってくるのは初めてで、どう扱《あつか》ってよいものか見当がつかんのですよ」

「普通に事情聞いて、日本人と同じように扱えばいいのでは？」

「基本的にはそのつもりですけど、文化的にも社会的にも全然違うところの人間なわけでしょ？　何か致命的《ちめいてき》なすれ違いや軋轢《あつれき》が起きてはまずい。万が一にも日本とラグナ・ディーンのお付き合いに影響《えいきょう》を出すわけにはいかんので」

ああ、なるほど、大体わかった。

コミュニケーションが成立するとはいっても、文字通り別世界の人間である。どうしたって価値観や常識は食《く》い違う。例えば無知ゆえに相手の宗教上の信条を踏みにじったり、侮辱《ぶじょく》と取られるような行為《こうい》をしてしまったりは避けたいというわけだ。

「当署が原因で日本政府に抗議《こうぎ》が行ったとか、最悪、異世界戦争の引き金を引いちまった、とか、洒落《しゃれ》にもなりませんからな」

栗橋は半分冗談《じょうだん》、半分本気という表情で肩をすくめた。

「もっともな用心ですね。といっても、あまり神経質に考えることはないすよ。俺の知る限り、そこまで大きな常識の隔《へだ》たりはないかと」

　ただ、と続ける。

「冒険者ってのは社会の表と裏を行き来するような職ですから、その意味で、カタギの常識は通用しないかもしれない。そうですね、今回のケースだと――相手をぶん殴《なぐ》るのが悪いことだと納得させるのは難しいでしょうね」

　ラグナ・ディーンにおいて、冒険者同士のケンカに公権力が介入《かいにゅう》してくることはまずない。そして冒険者たちもそのことを受け入れている。

　弱い方が、あるいは相手の力を読み誤った方が悪い、というわけだ。

　栗橋は唇《くちびる》をへの字に曲げた。

「あー、確かにペトル氏、威圧的《いあってき》な態度の大男で、正直、柄《がら》はよろしくないです。こちらでいうヤクザに近い雰囲気《ふんいき》というか」

　一応、ヤバそうな経歴の奴は日本への派遣前に弾《はじ》かれるはずなんだが――その辺の審査《しんさ》はあっち側任せなんだよな。どの程度信用できるんだろ。

「まあ、法律上こちらでの監督《かんとく》責任は所属ギルドが負うことになってますから、隅戸部市に身柄《みがら》を引き渡して、あとは任せちゃってもいいんじゃないすかね？」

「ははあ、なるほど。やはりそれで問題ないですか」

露骨《ろこつ》にほっとした表情を見せ、栗橋は言った。

「事情は伝えていますから、そろそろ向こうのギルドから連絡があるかと――」

言葉を遮《さえぎ》るように、栗橋の携帯《けいたい》が鳴った。失礼、と電話に出る。

「はい栗橋。ああ、隅戸部市の……わざわざすみません。そうです、B級冒険者ペトルさんの件で。はい？　ええ、はい、それは構いません。では、今日の何時ごろにいらっしゃる……は？」

眉をひそめ小さく首を傾《かし》げると、栗橋は通話を切った。

「どうかしました？」

「いえ、確かに該当《がいとう》する人物は在籍《ざいせき》しているそうです。ただ、彼《かれ》について相談したいことがあるので、そちらに伺《うかが》うと。――三〇秒後に」

「三〇秒？」

隅戸部市までは車で一時間ほどかかる。

たまたますぐ近くにいたとしても、三〇秒はないだろう。と、いうことは――

その瞬間、パシュンと音がして空間に亀裂《きれつ》が走る。

気付くと、俺たちの前に四人の男女が姿を現していた。

いずれもラグナ・ディーン風の衣服に武装。冒険者だ。

「失礼。栗橋さんというのは？」

リーダーらしきイケメンが快活な口調で問いかけた。

本人は口をぽかんと開けて茫然自失《ぼうぜんじしつ》だったので、俺が手で差し示す。

「どうも、先ほどお電話したフェリクスです。この度はご面倒《めんどう》をお掛《か》けして申し訳ありません」

「あ、ああ、じ、陣郷《じんごう》警察署の栗橋です。その、い、今のは、いったい……？」

「僕《ぼく》の神具《胡蝶《こちょう》》の力ですよ」

にこやかに言って、フェリクスは腰の剣をぽんと叩《たた》いた。

ゆるく湾曲《わんきょく》し、細身の鞘《さや》に収まっている。形は日本刀に近いだろうか。

ワープ能力、ということは空間操作系神具かな？　かなり希少なものだったはずだ。

いや、それより――

「フェリクスというと――もしかして、あのA級冒険者〝勇者〟フェリクス？」

俺は尋《たず》ねた。

現在、日本に来ているラグナ・ディーン人の中でトップクラスの知名度と活躍度《かつやくど》を誇《ほこ》る冒険者。毎日テレビの中で見る顔である。

フェリクスは悪戯《いたずら》っぽく笑った。

「おそらく、そのフェリクスでしょう。ただ勇者と呼ばれるのは気恥《きは》ずかしいですね。あれはテレビ局に付けられた宣伝文句みたいなもので、僕自身はその称号にふさわしい何かを成《な》し遂《と》げたわけではないですから。――それで、あなたは？」

「あ、すみません。陣郷《じんごう》市冒険者ギルド職員の九住っす」

「よろしく、九住さん、栗橋さん。こちらは僕のパーティのメンバーです」

フェリクスは一歩下がって、他の三人を紹介《しょうかい》した。

暗色のローブを着た細身の女性がグレーテ。

あとの二人は特徴的《とくちょうてき》な長い耳をそなえている。

革鎧《かわよろい》の、どこか軽薄《けいはく》そうな男エルフはテオ。肌《はだ》が浅黒く、もしかしたらダークエルフの血が混じっているのかもしれない。

白いローブを纏《まと》った穏《おだ》やかそうな女エルフがネフィ。

装備から判断して、テオは軽戦士、女性二人は術師系かな。

外見年齢はみな二十歳《はたち》そこそこ。全員がA級冒険者とのこと。

「それで、その……」

ようやく自分を取り戻し、栗橋が口を開いた。

「ご相談というのは、どういうことで？」

「今こちらにご迷惑を掛けているペトルの扱いについてです」

そう言って、フェリクスは小さくため息をついた。

「ラグナ・ディーンの恥《はじ》をさらすようで残念なのですが……現在、彼には、とある不正に関与《かんよ》した疑いがかかっていましてね」

「不正？」

「あんたたちも知ってるだろうけどさ、ラグナ・ディーンからニホンへ渡る人間にはそれなりに厳しい選考が課されてる。変な奴《やつ》を送るとトラブルの種になるからな」

テオが皮肉っぽい口調で話を引き取った。

冒険者なら一六歳以上の神具遣いで、人格に問題がないことが最低条件。実技、面談などで候補者はさらに絞《しぼ》り込まれ、最終的に日本行きの許可が下りるのは一握《ひとにぎ》りだ。

「ただ、普通《ふつう》に選考を受けたんじゃ絶対に落ちるが、どうしてもニホンに渡りたいなんて奴らも存在するわけだ。例えば身を隠《かく》したい賞金首、異世界の物品をこっそり持ち帰り一攫千金《いっかくせんきん》を目論《もくろ》む悪徳商人。そういう奴らの手引きをする裏の組織が存在するんだよ。担当者を買収したり、許可証を偽造《ぎぞう》したりしてな」

こっちで言うと、密入国の仲介《ちゅうかい》をするコーディネーターみたいなもんか。

「その最大手が『黒狼《こくろう》』。反帝国《ていこく》勢力の資金源になってるって噂《うわさ》もある犯罪組織だ」

「ペトルさんが、その一員だと？」

「そ。ニホン側での連絡や工作を担当している可能性が高ぇんだよな」

「腕の良い神具遣いで、優秀《ゆうしゅう》な戦士であるのは確かなんですけどね。だからといって不正に荷担《かたん》していいという道理もないですから」

小さく肩をすくめるフェリクス。

「で、つい昨日、捕縛《ほばく》せよという命令がデムテウス帝国から届きまして、機をうかがっていたところだったんです」

「えっと、もしかして……この場で捕《と》らえるということですか？」

栗橋は不安そうに顔を曇《くも》らせた。

「はい、そのために僕たちが来ました。現状はあくまで任意の事情聴取中であり、逮捕されているわけでもないのでしょう？　であれば、障害は特に存在しないかと思われますが、いかがでしょう？」

〝勇者〟は柔らかな表情を浮かべつつ、有無《うむ》を言わせない口調でそう言った。

覗《のぞ》き窓から見るペトルは、厳《いか》つい顔をした大男だった。

パイプ椅子《いす》に腰を下ろしているから正確にはわからないが、身長は少なく見積もっても二メートルを軽く超《こ》えているだろう。

皮膚《ひふ》が所々薄緑色《うすみどり》に硬質化《こうしつか》しており、頭に角のような突起《とっき》がある。

「半鬼人《ハーフオーガ》という種族らしいですな」

ぼそりと栗橋が教えてくれた。

オーガの血を引く人間で、数は多くないが力と耐久性《たいきゆうせい》に優《すぐ》れた種族である。

総じて気性《きしよう》も荒《あら》いと聞くが、なるほど、確かにチンピラヤクザって雰囲気だ。ケガした奴ら、よくこんなのにケンカ売る気になったな。

栗橋が上司に相談した結果、フェリクスたちへの引き渡しにはあっさりOKが出た。

一度解放するふりをして駐車場《ちゆうしやじよう》まで誘導《ゆうどう》し、そこで彼らが取り押さえる手はずである。

部屋から待ち伏《ぶ》せ地点に連れ出すまでは栗橋の担当、俺もそれに同行する。

「――しかし、九住さんもご協力いただけるんですか？　いえ、ラグナ・ディーンや冒険者に詳しい方が居て下さると、こちらは助かりますけど」

「こういうのも経験ですからね。仕事柄《しごとがら》、色々なラグナ・ディーン人と色々なシチュエーションで接しておきたいんすよ」

「仕事熱心ですねえ。いや、見習いたい」

栗橋ははははと笑った。

いや、呑気《のんき》に構えてるけど、一番危険なのはあんただぞ？

武装したA級冒険者が四人も来るってのは、それなりの抵抗《ていこう》を予想してるってことなんだが……警察は神具遣いの戦闘《せんとう》がどういうものかわかってないんだろうし、多分、フェリクスたちもこちらの『慣れてなさ』を甘く見積もってる。

俺たちが扉《とびら》を開けて部屋に入ると、ペトルは不機嫌そうに目を細めた。

「なあ、なんで俺様が監禁《かんきん》されねえといけねんだよ。先に手を出してきたのはあのガキどもだぞ？　しかも、慈悲深《じひぶか》くぶっ飛ばすだけで済ませてやったのに」

見境なく暴れないだけの分別はあるんだな。

「いやいや、監禁だなんてとんでもない。何事においても、まず話を聞いて記録に残すというのがこちらのやり方なんですよ。ご協力ありがとうございました。もう手続きは全て終わりましたから、お帰りいただいて大丈夫です」

栗橋に続いて俺が口を開いた。

「どうも、陣郷《じんごう》市冒険者ギルドの者です。駅かバス停までお送りしますよ」

ペトルは返事の代わりに舌打ちし、立ち上がって部屋を出る。

俺たちは慌てて後を追った。

「事情はうかがってますよ。いやあ、災難でしたねえ」

愛想《あいそ》良く声を掛けてみたが、返事はない。

「ところでペトルさん、なんで隅戸部市からわざわざこの陣郷《じんごう》市に？　観光ですか？　あんまり見るものもないと思いますが。ああ、もしかしてお知り合いでも訪ねて――」

「うるせえよ」

ペトルは俺を睨《にら》んだ。

「俺に知り合いが居ようが居まいが、てめえには関係ねえだろうが。さっさと駅までの道順を教えろや、グズ」

「ああ、失礼。ではまず、そちらの出口から外に出てください。駐車場を抜《ぬ》けたところに駅行きのバス停がありますから」

ふんと鼻を鳴らしながらも、ペトルはその方向に足を向ける。

そして、駐車場へと出たところで、立ち止まった。

目の前に二人の男が姿を現したのだ。

「……フェリクスにテオ？　てめえら、なんでここにいやがる？」

「君こそ、こんなところで何をしているんだい？」

フェリクスは穏やかに尋ね返した。

「トラブルを起こすと、ニホンにもラグナ・ディーンにも迷惑《めいわく》がかかるんだよ」

「非番中にどこで何をしてようが、俺の勝手だろうが」

「真っ当な冒険者ならその通りなんだけどね。今、君にはある疑いがかかっている。ラグナ・ディーンに連れ帰れって命令が出たんだ。一緒に来てくれるかな？」

「…………」

ペトルは無言のまま半歩下がり、わずかに腰を落とした。

「ま、嫌《いや》だって言っても、力ずくで連れてくけどなぁ」

テオが軽い口調で言う。

三人の視線が交錯《こうさく》し、火花を散らす。

しかし睨み合いは長く続かなかった。ペトルがふっと息を吐《は》き、降参するように両手をあげたのだ。

「わかったわかった、ラグナ・ディーンに戻るよ。ただし――」

そのゴツゴツした右手に、赤銅色《しゃくどういろ》の戦斧《せんぷ》が現れた。

「お前たちを消し炭にしてからなぁッ！　――灼《や》けッ！　《フレイミィ》！」

声と同時に、炎《ほのお》の渦がぶわっと駐車場に広がる。

しかしA級冒険者たちは髪《かみ》の毛《け》一筋ほどの動揺も見せなかった。

「テオ」

「ほいよ、《不壊《ふえ》》」

テオの手に大振《おおぶ》りの短剣《たんけん》が出現。鍔《つば》が広く、握《にぎ》りにガードが付いている。

西洋剣術《けんじゅつ》の防御《ぼうぎょ》用左手剣によく似ている。マン・ゴーシュと呼ばれるようなやつだ。

テオが神具を一振《ひとふ》りすると、炎が見えない壁《かべ》に阻《はば》まれたように押し戻された。

その背後から絶妙《ぜつみょう》のタイミングでフェリクスが飛び出した。

《胡蝶》の一閃《いっせん》ごとに、炎がまるで固形物であるかのように切断され、消滅《しょうめつ》する。

「絵になる戦い方するなあ。さすが〝勇者〟」

俺は建物の陰《かげ》からその様子を見物していた。

「はわ、わわわ、い、いい、一体、な、何、何が――」

傍《かたわ》らでは栗橋が目を白黒させていた。

俺が襟首《えりくび》ひっつかんで安全地帯に放り投《な》げてなけりゃ、巻き込まれてたかもな。念のため傍《そば》についていて正解だった。

戦闘はフェリクスたちが優勢のようだ。攻守《こうしゅ》の役割分担が絶妙で、まったく隙《すき》がない。

何度目かの応酬《おうしゅう》の後、ペトルは自分とフェリクスたちの間に大きな火炎《かえん》の嵐《あらし》を発生させた。ダメージ狙《ねら》いではない。二人の視線を遮《さえぎ》っておき、くるりと身を翻《ひるがえ》すとフェンスを飛び越えたのだ。

徹底抗戦《てっていこうせん》と見せかけての逃走《とうそう》か。脳筋に見えて結構冷静なんだな。

しかし、その背中が角を曲がって見えなくなった瞬間《しゅんかん》、轟音《ごうおん》と男の悲鳴が響いてきた。

二段構えの待ち伏せである。

「——ああ、こちらからも聞こえた。捕《つか》まえられたかい？」

フェリクスは指環《ゆびわ》にそう話しかけていた。

「殺してないよね？　気絶させただけ？　——そう、おつかれさま、グレーテ」

そういえばあの指環、通信機能付きの魔具《まぐ》だとかミアが言ってたっけか。

会話を終えるとフェリクスは俺たちの方に向き直り、まるで春の青空のように爽《さわ》やかな微笑《ほほえ》みを浮かべた。

「任務完了《かんりょう》です。どうもご協力ありがとうございました。もしペトルの神具によって何か被害《ひがい》が出ているようでしたら、後日、僕の方に請求《せいきゅう》していただければ」

市役所に戻って部屋で留守番をしていると、ほどなく三人とニコさんも帰ってきた。

「おかえり。蜂退治はどうでした？」

「うん、ばっちり！」

満面の笑《え》みでマリナが答えた。

「リュリさんが、ほとんど一人でやってくれたの！　すごかったんだよ？　こう、見えない壁みたいなので、巣を囲んでそのままぎゅーっと――」

「ちょっとマリナ、人の神具の能力、勝手にばらすのはマナー違反《いはん》」

「あ、ごめん……」

「まあ、使えばどうせ一目瞭然《いちもくりようぜん》だから、いいと言えばいいんだけどね」

別にリュリも本気で気分を害したわけではなさそうだ。

「あたしの神具は《銀の双翼《そうよく》》。ハルカも一回見たわよね」

リュリの両手に銀色の刃《やいば》が現れた。それぞれ刃渡《はわた》り四〇センチくらいの小剣だ。

「見ての通り、二本で一組の双剣《そうけん》。魂言《アニマ》は〝翔《かける》〟。見えない力場を生じさせるのが主な能力。足場にして空中を翔《か》けたり、あるいは今回みたいに動きを制限する壁として使ったり」

「ははあ、便利そうすね」

「それは遣《つか》い手次第《てしだい》。もちろんあたしは使いこなせてるけど。だから、殺人蜂《キラービー》くらいのものの数ではないし、マリナが大げさに騒ぎすぎなのよ」

台詞《せりふ》はクールだけど、猫耳《ねこ》が得意げにピコピコと揺《ゆ》れている。

案外チョロい性格なんだな、こいつ。

「わたしは暇でした」

一方、ミアは不満そうな表情を浮かべていた。

「対象はちゃんと始末できたんだから、問題ないでしょ。あんたも気を抜かずに常に心構えをしておきなさい。あたし一人で対処できる依頼ばかりとは限らないんだし」

「そうします。——ところでハルカさん」

ミアの視線がくるんとこちらを向いた。

「何か悩みごとでも？　どことなく、ぼんやりしている印象ですけど」

「あ、ああ、いえ。別に、大したことでは」

目ざといな。

「そういえば、警察の方は何だったの？　トラブルでもあった？」

ニコさんが尋ねた。

「いえ、ちょっとラグナ・ディーン人との接し方について助言を求められただけで、それ自体は全然問題なかったんすけどね」

少し考え、俺は先を続けた。

「実は、警察でラグナ・ディーン人の男が一人事情聴取されてまして。ペトルといって、隅戸部市に配属されてるB級冒険者なんですが……その男、実は『黒狼』とかいう犯罪組織の一員だったんすよ。向こうから捕縛命令が出てたそうです」

「あら、それはまた物騒《ぶっそう》だね」

ニコさんが眉を上げた。

「ですよね。だから、『異世界との行き来が増えれば、モンスターだけじゃなく人間絡みのトラブルも増えるんだろうなー』なんてことを考えてました。現状でも、少数ながら不正なルートでやってくる人間が居るって話ですし」

そう言いながら、俺はその場にいる全員の顔を見回した。


「何か悩《なや》みごと？　お兄ちゃん」

帰ってきた俺の顔を見るなり、玖音はそう言った。

「……なあ、俺、もしかして顔に出やすいのか？」

「別にそんなこともないけど。よーく見ると注意が目の前に向いてるのか、他のこと考えてるのかくらいはわかるかな」

まあ、悩んでいるのは正解だ。

警察でペトルの素性《すじょう》を聞いてから、気になっていることがあった。

日本行きを不正に仲介していたというあの男は――いったい、何のためにわざわざこの陣郷《じんごう》市を訪《おとず》れたのだろうか？

顧客《こきゃく》との接触《せっしょく》である可能性はかなり高い。そして俺の知る限り、この街にはミア、リュリ、マリナの三人しかラグナ・ディーン人はいない。

「はい、今日の夕ご飯は豚肉《ぶたにく》の生姜《しょうが》焼き」

玖音は俺の前に皿を置いた。

「食材が豊かだと、腕《うで》の振《ふ》るい甲斐《がい》があるよね。お兄ちゃん様々だよ。でもね――」

「うん?」

「あんまり無理しないでね」

「……してねえよ。する趣味《しゅみ》もねえしな」

そう言いながら箸《はし》を手に取ったとき、スマホがぴろんと鳴った。

もちろんデートではなく、戦闘のお誘《さそ》いである。

少し考えた後、今日はちょっと気が乗らない、と断ることにした。

弱みを握られてる身ではあるが、まあ一回断ったくらいであいつも俺の正体を触《ふ》れ回ったりはしないだろう、多分。

（……ミアはおそらく無関係だよなあ）

豚肉と生姜ダレのハーモニーを味わいながら考える。

一国のお姫様《ひめさま》だし、そもそも父親である公王の意向でこちらに送られている。日本へ渡《わた》るために犯罪組織の手を借りる必要はまったくない。

残るのはリュリとマリナ。

俺が市役所で『黒狼』とペトルの話をしたとき、より大きな反応を示したのは――

と、またスマホが音を立てた。

「今日、連絡多いね。お仕事？」

「仕事関係ではある、かな」

俺は画面を見てため息をつく。

今度はミアからではない。本文はただ一行、

――今から二人きりで会えないかな？

と、あった。

待ち合わせ場所には、コンビニの駐車場を指定。

俺が到着《とうちゃく》すると、すでに相手は待っていた。

「あ、あの、わざわざ来てもらって、す、すみません」

礼儀《れいぎ》正《ただ》しくマリナは言った。心なしか声が上ずっている。

「いや、それは別に良いけどな。で、用件は？」

「え、えっと、あの、その……」

視線が泳いだ。

「お、お昼に聞いた、その、ラグナ・ディーンの犯罪組織のお話なんだけど……ち、ちょっと、興味があって。いや、興味があるというより、怖《こわ》いから、もう少し詳《くわ》しく、し、知っておきたいなあ、と……」

俺はため息をついて、口を開いた。

「マリナ」

「は、はい？」

「探《さぐ》りを入れるならもっと自然な方法を考えるべきだし、しらばっくれるなら最初から無関心を貫《つらぬ》くべきだ。そういう反応は最悪。やましい事があると白状してるも同じ」

市役所でこの話題を出したときも、一人露骨に動揺《どうよう》してたしな。

マリナは、うう、と呻《うめ》いて肩《かた》を落とした。まるでしおれたヒマワリだ。

ってかさ、もう少し上手《うま》くすっとぼけてくれたら、俺だって見て見ぬ振りを決め込めたんだよ。なんでわざわざ呼び出した上で、目立つ尻尾《しっぽ》をぼろんと出して見せつけるようなマネすんの？

「で、お前、不正手段に頼《たよ》ってこっちに来たのか？」

「…………はい」

ああ、認めちまったかあ……

「ペトルって男は知り合い？」

「お名前やお顔は、知らない。ただ、ニホンでも『黒狼』の人が様子を見に行くことがあるかもしれない、とは聞いてた」

アフターケアでもないだろう。マリナには不正をしたという弱みがあるわけだし、脅迫《きょうはく》も交えて継続的《けいぞくてき》に搾《しぼ》り取っていこうってあたりかね。

こいつ自身は、犯罪組織のそういう悪辣《あくらつ》さにまったく考えが及《およ》んでいないようだが。

「あの、や、やっぱりニコさんとか上の人に報告するん、ですか？」

「そりゃな」

「私……ど、どうなるのかな？」

「俺《おれ》にお前の処分を決める権限はねえよ。ただ、資格がないのに潜《もぐ》り込んできたんだとしたら、大問題になる。少なくとも、ラグナ・ディーンへ送り返されるのは確定だ。おそらく冒険者資格も剥奪《はくだつ》」

最悪、あっちで罪人として裁かれることもありうる。

「ひ……」

マリナは短い悲鳴を上げ、がしっと俺の腕を掴《つか》んだ。

「ハ、ハルカさん、どうか内緒《ないしょ》にして！　クビになるわけにはいかないの！」

「そう言われてもなあ……」

これでも一応、職業倫理《りんり》らしきものは持ち合わせているのだ。

選考を不正に通過したというのは、つまり実力が一切《いっさい》保証されていないということである。陣郷《じんごう》市が怪物《かいぶつ》退治ではなく親善大使的な役割を求めてるとはいえ、さすがにこれは許容できない。本人にとっても周囲にとっても危険すぎる。

「わ、私にできることなら、何でも、何でもしますからぁ！」

泣き声と共に、肘《ひじ》にむにっとした感触《かんしょく》。

二つの大きく柔《やわ》らかい塊《かたまり》が押《お》しつけられていた。

いや、当人は必死なだけで別に妙《みょう》な意図はないと思うんだが、台詞と相まって色々危ないな。具体的には俺の理性とかが。

「あーもう、何だこの状況《じょうきょう》……。とりあえず、いい女がそういう言動すんな。落ち着け」

「は、はい」

マリナは目に涙《なみだ》を溜《た》めて、一歩下がった。

「そもそもさ、なんでこんな危ない橋渡ったんだ?」

「……お母さんに早く楽をさせてあげたかったの。うち、生活にあんまり余裕《よゆう》がないってお話したよね? 実際はもうちょっと深刻で、限界が近くて……」

ぐすん、と鼻をすする。

「そんなときに、とんでもなく良いお手当の出るニホン行きの話を知って、しかも今回に限り低ランク冒険者も募集《ぼしゅう》すると聞いたもんだから……」

「で、もうこれしかないって?」

「うん。《青嵐《せいらん》》は四つのときからずっと相棒だったし、お父さんの知り合いから剣術や格闘《かくとう》術も習ってた。もしかしたら選考に受かるんじゃないか、というくらいの思いはあったの。だから私は、申し込んで、可能性に賭《か》けることにした」

「なるほどな。でも現実は厳しく、期待通りには進まなかったということか。だから、『黒狼』に依頼《いらい》して、合格という結果をでっちあげて――」

「え？」

マリナはきょとんと目を瞬《またた》かせた。

「うん？　どうした？」

「え、えっと、いいえ、そうじゃないよ？　あれ？　もしかして、私が何をやったのか、正確なところはまだ伝わってなかった？」

「えーと、悪い、どういうことだ？　説明してくれ」

賄賂《わいろ》なり何なりで、選考を不正に通過したのだとばかり思っていたんだが。

「えっとね、螺旋行路《スパイラル・パス》を通るには、デムテウス帝国皇帝《ていこくこうてい》陛下の許可がいるの。で、その許可を申請《しんせい》するためには、身元の証明書を提出しないといけない」

つまり名前、生まれ、住所、性別、年齢などが記載《きさい》された書類だ。

普通は所属する冒険者ギルドや、住んでる街の長に頼《たの》んで発行してもらうものらしい。

「合格すればニホンに行くわけだから、選考への参加にもこの証明書が必要。だから、私は『黒狼』の手を借りて、ニセモノを作ってもらわないといけなくなったの」

「え、なんでだ？　普通に申請して発行すれば済む話じゃ――」

そこまで言い、俺は眉をひそめた。待て、ちょっとおかしい。

「お前、神具は亡《な》くなった親父《おやじ》さんから受け継《つ》いだって言ってたよな？」

「はい」

「前に聞いた話だと、それは港街カダレアが竜《りゅう》に滅《ほろ》ぼされたとき」

「うん、そう」

マリナが神具を手に取ったのが四歳《さい》のとき。カダレアが滅んだのは七、八年前。

「とすると……え、あれ？」

指を折って計算し、そして目の前の長身グラビアモデル体型の少女を見る。

簡単な足し算だ。しかし、そこから導き出された結論が信じられない。

「じゃあ、もしかしてお前、今、年齢……」

「一二歳、です」

マリナは気まずそうに言った。

じゅうに、さい。

身長は俺とそう変わらないから、一七〇センチ台の半ばから後半だよな？　んで、出るところは出て引っ込むところは引っ込んでる、パーフェクトなプロポーション。

これが、一二歳。

「昔から背が高くて、よく男の子たちにからかわれてたの。この一年くらいで、また一気に成長して」

マリナは恥《は》じ入るようにうつむき、さらに身を縮めた。

「偽《にせ》の身元証明書が必要になるわけだ……」

日本行きの資格があるのは、一六歳以上。どんなにでかくても、一二歳じゃなあ。

で、マリナの能力を惜《お》しんだ周囲の大人たちが伝手《つて》を頼って『黒狼』に接触し、証明書の偽造を依頼したとのこと。

「つまり不正に頼ったのはエントリーまでで、選考本番ではズルしてないんだな」

「うん、強い人は何人か居たけど、私、神具との同調率がかなり高いらしくて、そこが評価されたみたい」

そりゃ四歳から神具いじってりゃね。

つまり、能力的にはちゃんと審査に合格してるってことか。

「で、ニコさんやハルカさんと面接して、ニホンにやってきた。これで全部、です」

「金に困ってたんだよな？　『黒狼』への支払《しはら》いはどうしたんだ？」

「ツケでいいって言われた。お前なら後でどうとでもなるって」

俺は顔をしかめた。いざとなったら体で返せというやつだ。

確かにそういう意味での商品価値は高そうだが。

ってかこれ、このままラグナ・ディーンに強制送還《そうかん》ってことになったら――こいつの人生、詰《つ》んじまうよな？　罪人になるか、犯罪組織にしゃぶり尽《つ》くされるか……

「それで、あの、ハルカさん……」

マリナはうつむきながらそっと俺の服の裾《すそ》をつかんだ。

「その、内緒にしてもらうわけには、いかないですか？」

「………」

「勇者ノイン様も、ラグナ・ディーンにやってきたときはまだ一二か一三くらいだったって、聞いたことある。あんな偉大《いだい》な方とは比べものにならないけど……わ、私にだって、お役に立てることはあると思うの」

ああ、思わぬところで俺の名前が出てきた。

確かに俺は当時中一の一三歳だった。あのころのラグナ・ディーンに比べれば、こっちの環境《かんきょう》はぬるま湯もいいところだ。

俺は改めてマリナを観察する。

気弱そうに身をすくめる癖《くせ》はあるものの、立ち姿歩き姿は基本的にきれいなもんだ。

体格はもちろんだが、筋力のバランスもいいのだろう。

現在の戦闘能力でいえば、ミアはもちろん、おそらくリュリにも及ばない。が、ちゃんとそれなりの訓練を積んだ人間の動きではある。

幼いころから神具に馴染《なじ》んでいる者は貴重だし、年齢《ねんれい》も考慮《こうりょ》に入れれば、素質と将来性は十分だ。

(とはいえ、さすがに一二歳はなあ)

明るみに出た場合、問題になるのは確実。

では……俺はどうするべきだ？

黙《だま》っていて後でばれた場合、俺もマリナも何らかの形で処分されるだろう。

しかし、その瞬間が来るまで、こいつは日本で金を稼《かせ》ぐことができる。

一方、上に報告した場合、マリナは即刻《そっこく》ラグナ・ディーンに帰され、どこかに売り飛ばされ、一家は散り散りになるだろう。暗黒の未来しか見えない。

「あああああ！　くそッ！」

大声を出すと、マリナは怯《おび》えたようにびくっと顔を上げ、こちらを見た。

「俺はさ、食うに困らない程度の、安定した暮らしを求めてるだけなんだよ」

「は、はい」

「んで、不祥事《ふしょうじ》発覚するとクビになったり、下手すると陣郷《じんごう》市の冒険者《ぼうけんしゃ》ギルド自体消滅しちまったりするわけだ。なあ、わかるか？」

「わ、わかります。申し訳ないです」

「だからこれは俺自身のためだ！　俺にとって、お前の話は都合悪かった！　だから、聞かなかったことにする！」

「え………？」

マリナは絶句し、ぱちぱちと目を瞬かせる。

そのまましばらくしてようやく俺の言葉を理解すると、泣き顔になった。

「あ、ありがとうございます！　ありがとう、ございますぅ！」

「礼はいらない。あとな、俺が黙ってても捕まったペトルが洗いざらい喋《しゃべ》ったら、さすがにどうしようもねえ。それは覚悟《かくご》しとけよ」

正直なところ、この辺はどうなるか読めない。向こうの取り調べ次第《しだい》だ。

悪事の一つ一つがどこまで細かく追及《ついきゅう》されるか不明だし、ペトルだってそう簡単に吐いたりしないだろうしな。

「うん……」

ぐすんと鼻をすすると、マリナは俺の腕をぎゅっと抱《かか》え込んだ。

「……優《やさ》しい、よね、ハルカさんって」

「ああ？」

「最初は、とっつきにくい人かなと思ったけど……ハルカさんが、私たちの担当で、ほんとによかった……」

「だから全部俺のためだっての。こんなことで、いちいち感激すんな」

その後、ぐしぐし泣いて離《はな》れたがらない一二歳児を苦労してなだめすかし、どうにか家に帰した。

「どっと疲《つか》れたよ、まったく……」

大きく息をついて自転車にまたがる。

と、そのとき、スマホのランプが点滅《てんめつ》してるのに気付いた。

マリナと話している間に誰《だれ》かからメッセージが届いていたらしい。

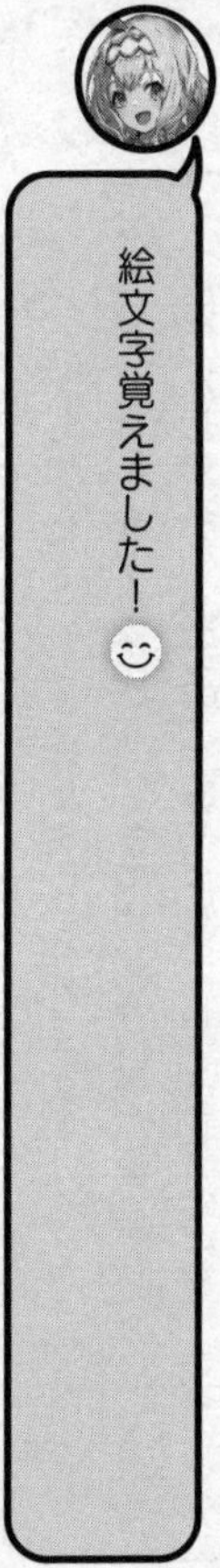

そのまま本文を読み進める。

これ、いいですね！ 文面が明るくなります！
ところで、さっきマリナさんがどこかに出かけていきました
今日のハルカさん、彼女のことずっと気にしてましたよね？
もしかして今、二人きりで会ってたりしますか？

………怖《こえ》えよ('-';)

三章 ささやかな不協和音

話がある。二人きりで会いたいんだけど。

「…………」

「何スマホ見たまま固まってんの、お兄ちゃん」

玖音は怪訝《けげん》そうな声で言った。

「ほらほら、早く食べないと、くーが全部もらっちゃうよ？」

「…………ああ、うん、そうだな」

俺は昼食を再開した。メニューは鶏《とり》の唐揚《からあ》げ。

鶏モモを玖音特製の醤油《しょうゆ》ダレにじっくりつけ込みからりと揚《あ》げた、絶品である。

パリっとした衣《ころも》とカリっとした皮の歯応《はごた》え。肉は軟《やわ》らかく口の中でとろけ、同時に肉汁《にくじゅう》とニンニク醤油の香《かお》りが弾《はじ》ける。これだけで白飯がいくらでも食えそうだ。

しかし、このところ急激に料理の腕を上げたよなあ、玖音の奴《やつ》。

それとも経済状態の改善により材料に不自由しなくなって、本来持っていたポテンシャルが解放されたということなのだろうか。それならそれで喜ばしいことだ。

「またお仕事関係の連絡《れんらく》？」

「……現実に引き戻《もど》さないでくれ」

「逃避《とうひ》して解決できるなら、何も言わないけどさ。お休みなのに大変だね」

大変は大変なのだが、問題は休日か平日かではない。

最近の経験を鑑《かんが》みるに、『二人きりで会いたい』と女の子から呼び出されたあと待っているのは、間違《まちが》いなく俺の胃が痛めつけられるような事態なのだ。

マリナ（一二歳）の相談に乗ってから、五日ほどが経過していた。

年齢詐称《ねんれいさしょう》の件については誰にも話さないことに決めたわけだが、とりあえず今のところ、特筆するような動きはない。

まあペトルの取り調べから何か判明してそれがこちらに通達されるとしても、もう少し先の話になるだろうから、まだ何とも言えないが。

ミアにはあの後、『他の子のフォローもしないといけない立場だから、お前の相手をできないこともある』とやんわり伝えた。

ミアはニコニコと笑っていた。

多分、こいつは上機嫌《じょうきげん》でも不機嫌《ふきげん》でも笑う性格だと思う。

このときがどっちなのかはあえて考えないことにした。怖いし。


で、今日のお誘いである。

指定された待ち合わせ場所は、スーパーの入口前。

先週マリナと一緒《いっしょ》に買い物をしたところだ。

それにしても……と、俺はため息をついた。

本来もっとドキドキワクワクするイベントではないのか、女の子からの呼び出しというのは。なぜ、こんなにも重い気分になるのか？

まあ、理由の一端《いったん》は相手があのリュリだということだろう。

パーティのリーダーを務める猫耳娘《ねこみみむすめ》。小柄《こがら》ながら気の強い性格と辛辣《しんらつ》な物言いが特徴《とくちょう》。

つまり、何か怒《おこ》られるかクレームをつけられる可能性大。休日にわざわざ直接会いたいというくらいだから、覚悟を決めておかなければならないだろう。

だが、これも仕事のうち。すなわち給料のうちだ。

乗り越《こ》えるべき試練なのである。

さあ、来るなら来い！　ふは、ふははははははは！

「――何一人で笑ってんのよ、気味が悪い」

声の方に視線を向けると、パーカーのフードを被《かぶ》ったリュリが立っていた。

「しかも、すんごく荒《すさ》んだ目をしてるし。何か嫌なことでもあったの？」

「それはこれから起こる可能性が……いえ、何でもないです。気にしないでください」

「待ち合わせの相手が人混《ひとご》みの中でヤケクソ気味に高笑いしてたら、普通《ふつう》気にするわよ。あたしも同類だと思われたら困るじゃない」

そこでリュリはすっと目を細めた。

「あ、もしかして、何か仕事の文句つけるために呼び出されたと思ってる？」

「いえ、そんなことは……」

まあ普通にあったりするが。

俺は追及される前に、話を進めることにした。

「それで、ご用件は？」

「身構えるほどのことじゃないわよ。ちょっと一緒に買い物してほしいの」

なんでだ。

「えっと……もしかして、買い方がわからないとか？」

「馬鹿《ばか》にしてるの？」

「あ、じゃあ荷物持ちが必要なんですね？」

「……あんた、あたしを理不尽《りふじん》なワガママ女か何かだと思ってるでしょ。荷物くらい一人で持てるし、自分でできることを他人にやらせる趣味もないわ」

リュリはふんと鼻を鳴らした。

「今週はあたしが買い出しと炊事《すいじ》の当番なの。ぶっちゃけて言うと、こちらの食べ物について学びたいのよ。あんたこの間、ここでマリナにアドバイスしながら買い物したんでしょ？　だったら、あたしにも色々教えてくれないと不公平じゃない？」

そういうもんだろうか。

「ネットで調べることもできるけど、現地の人に聞くのが一番早いと思うのよね。どんな味がするのかとか、適した調理法は何かとか。休日に悪いかなと思ったけど、休みじゃないとゆっくり買い物できなそうだし」

「いやまあ、それは構いませんよ」

神具で真っ二つにされかけたり、不正をして潜り込んだ一二歳ですなんて告白を聞かされるよりは、はるかにマシだ。

そんなわけで、俺たちは並んで食料品売場に向かった。

「家事は当番制にしたんですよね。うまく回ってますか？」

「まあ、半分くらいは。マリナは割と何でもこなせるみたい。エウフェミアの方はひどいもんね。大雑把《おおざっぱ》だし不器用だし。何なのあの子、貴族のお嬢様《じょうさま》か何かなの？　出自訊《き》いたら笑ってごまかされたけど」

貴族というか、もう少し格上の家柄《いえがら》かな。まあ家事ができないのは単にお姫様だからではなく、幼いころからひたすらバトルに明け暮れていたせいだと思うが。

「リュリさんは得意なんですか？　家のこと」

「孤児院《こじいん》で散々やらされたから、一通りは。元々親なし子だったの、あたし」

重い生い立ちをさらりと口にする。

「結局、エウフェミアのときはあたしがつきっきりで見ないといけないから、仕事を分担する意味があんまりないのよね。で、あの子の仕事で特に大惨事《だいさんじ》になるのが、ご飯作りなの。野菜を丸ごとお湯に放《ほう》り込んだものを料理と言い張ったり、せめて切れと言ったらまな板ごと叩《たた》き割《わ》ったり」

おおう……それはひどい。

「できない子を鍛《きた》えてできるようにするのもリーダーの務めなんだけど、こちらの世界の食材や調理法についてはあたしの知識も不足してるし。それで、もっと勉強する必要があると思ったわけ」

「立派な心がけだと思いますよ」

「当然のことだわ」

と言いつつも、嬉《うれ》しそうに口元を緩《ゆる》めるリュリ。

薄々《うすうす》気付いてたけど、割とおだてに弱いなこの子。

「それにしても……」

リュリはぐるりと周囲を見回した。

パスタ、レトルト、乾物《かんぶつ》、缶詰《かんづめ》──背の高い棚《たな》に、ぎっしりと食料品が並んでいる。

「食べ物に不自由しないのはいいことだけど、選択肢《せんたくし》が多すぎるのも困りものね。生産や流通システムがしっかりしてるのはわかるけど、なんでこんな宮殿《きゅうでん》みたいな市場が必要なのかしら、この世界」

「人口が多い分、好みも多種多様ですから」

そのとき、お一つどうですかー？　と、爪楊枝《つまようじ》に刺《さ》したソーセージが俺たちの目の前に突《つ》き出された。

「これは……腸詰《ちょうづめ》？　もらっていいものなの？」

「大丈夫《だいじょうぶ》です。試食は無料。気に入ったら買ってくれってことすね」

ふーん、とリュリはソーセージを口に運んだ。と、同時に目を見張る。

「……すごい、美味《おい》しい」

「ゆでてもいいし焼いてもいい。火を通せばすぐに食べられますよ。ラグナ・ディーンにもありますけど、こっちではさらに一般的《いっぱんてき》な食べ物です」

「あっちのはもっとぶよぶよで生臭《なまぐさ》くて塩辛《しおから》いわ。はー、すごいわね、これ」

聞けば、日本の加工食品の類《たぐい》はほとんど口にしていないらしい。

これまでは主に生肉や生魚を買い、煮《に》たり焼いたりしていたのだという。

「調理調味済みの食品もたくさんありますから、いくつか教えときます」

そう言って、インスタント食品のコーナーに案内する。

「まず、一番お手軽に作れるのがこの辺り。温めたり、湯を注ぐだけで食べられます。カレーやラーメンは最初にお渡しした荷物にもありましたよね」

「日持ちしそうだったから、まだ手をつけてないのよね……。つまりは保存食とか携帯《けいたい》食《しょく》でしょ？　野営時の糧食《りょうしょく》としてなら便利そうだけど、日常食としての需要《じゅよう》があるの？」

「調理の手軽さとジャンクな味わいを好んで、こういうのばかり食べる者もいます。あんまり褒《ほ》められた食生活じゃないですけどね」

「そういえば、この『いんすたんとらーめん』だっけ？　栄養的には問題があるってネットで見たわね。体に悪い食品の代表みたいな扱《あつか》いだった」

へえ、ほんとに色々調べてるんだな。

「といっても、本当に害が大きいなら販売《はんばい》許可が出ないシステムになってますから」

「つまり、ときどき食べる程度なら問題ない？」

「そういうこと」

何だか勉強熱心な生徒を前にした教師のような気分になる。

「で、もう少し手間のかかるのがこの辺」

カレー、シチューのルーや、『混ぜて炒《いた》める』系レトルトのコーナーである。

「材料の下ごしらえは必要ですけど、味は調整済みなんで楽に作れますね。手を抜《ぬ》きたいときはこういうのを利用するのも一案かと」

「手抜《てぬ》きはあんまり好きじゃないんだけど」

「作業の簡略化とか、時間短縮の一選択肢と考えればいいんすよ」

「……そうね。そういうのはアリかも」

そして手に取り、パッケージを眺《なが》める。

「んー、手軽は手軽なんだろうけど、味が口に合うかどうかは不明よね。まあ、それは自分で確かめてみるしかないか。――んしょ」

レトルト食品がドカドカとカゴに放り込まれた。ミアとマリナは、今週いっぱいコレ食わされんのかな？　まあ別に不味《まず》いもんでもないが。

「なかなか収穫《しゅうかく》があったわ。どうもありがとう」

会計を済ませると、リュリは微笑《ほほえ》んでそう言った。

そして帰りがけ、フードコートの前で足を止める。

「あたしたちの世界の感覚で言うと、屋台が集まってるような場所ね、ここ。ね、何か食べていかない？　付き合ってもらったお礼におごるわよ」

「別にいいですよ」

「あたし、貸し借りを作らない主義なの。無償《むしょう》で何かやらせるのってよくないと思うし。どうせ大した値段でもないんだから、遠慮《えんりょ》しないで」

まあそれなら、ということで、たこ焼きをご馳走《ちそう》になることにする。

荷物番を俺に任せたリュリは、しばらくすると両手に色々抱えて戻ってきた。

「タコヤキってのはこれよね。はいどうぞ」

ソースのにおいがするスチロール製の容器を渡される。

もしかして、残りの焼きそばや鯛焼き《たいや》きやソフトやクレープ、全部お前が食うの？

「何、その目は。ニホンの食文化の研究よ。参考資料よ」

「何も言ってませんよ」

「言ってないけど、思ったでしょ？」

そりゃまあ、豚《ぶた》になるぞ？　くらいのことは。

やや乱暴な手つきで買ってきたものをテーブルに置くと、リュリは俺の向かいに腰《こし》を下ろした。

「いい機会だから言っておくけどさ、あんた、そのウソ臭《くさ》い敬語やめない？」

「……でも、そうするとリュリさん、怒りません？」

「なんでよ」

「馴《な》れ馴れしいとか、礼儀《れいぎ》がなってないとか」

ぶっちゃけミアとはまた違《ちが》った意味で怖いんだよ、この子。言葉がきついし、いちいちアグレッシブだし。

「ほんと、あんたの中のあたしはどんなイメージなのかしらねー。口調だけ丁寧《ていねい》なのに、言ってることや態度が皮肉っぽい方が印象悪いっての」

そういいながら、自分の分のたこ焼きを口に入れ、眉《まゆ》をひそめる。

「ああそれ、中の方は熱々なことが多いんです。考えなしに食べると火傷《やけど》しますよ」

「はひに――先に言いなさいよ！　あと口調！」

「いやまあ、お前がいいのならそうするけどさ。そんなに皮肉っぽかったか？」

俺もたこ焼きを食べながら尋《たず》ねる。ん、まあ、平均的な味だな。

ちなみに玖音は粉モノもよく作ってくれる。もちろんうまい。

「なんか他人から距離《きょり》を置いて、観察とか傍観《ぼうかん》とかしてる感じ。そういうのって印象悪いどころか、はっきり腹立つからね？」

「タメ口なら腹立たないのかよ」

「立つわよ。でも、腹の中であれこれ考えるより、堂々と『ムカつく』って口に出せる関係の方が健全でしょ？」

なるほど、と思わず苦笑《くしょう》が漏《も》れた。それはそれで理解できる主張だ。

リュリは喋る合間にも、買ってきた物を口に送り込んでいる。

「うまいか？」

「んぐ――悪くないわね。食べ物の種類が豊富なのはいいことだわ。特殊《とくしゅ》な調理方法、調理器具が必要なものも結構ありそうだけど」

「ほとんどは家でも作れるよ。気になったのがあったら、スマホでレシピ調べてみればい

い。材料も器具も、大抵《たいてい》はここで買える」

「そうね……いえ、今日はもう買い物済ませちゃったから、また今度」

少し残念そうに言って、リユリは取り出したスマホをテーブルに置いた。

「こっちに来て一番驚《おどろ》いたのが、この『すまほ』ね。調べれば何でもわかるんだから」

「そういや、リユリは上手くスマホを活用してるってマリナが言ってたな」

「優秀《ゆうしゅう》なの、あたし」

謙遜《けんそん》の欠片《かけら》もなく言い切ったな、こいつ。

「マリナは結構苦労してたわね。どうにか不自由なく使える程度にはなったみたいだけど。エウフェミアは何だか動画さいと？　とかいうの、よく見てる」

どんな動画見てんだあいつ……。いや、知らなくていいや。

そういえば、とリユリは何かを思い出したかのように言った。

「情報網《ねっとわーく》に接続できる、これよりもっと大きい機械があるんでしょ？」

「パソコンのことか？」

「そう、それ。できれば欲《ほ》しいんだけど、手に入らない？」

「さて、どうかな。結構高価なもんだし。中古のノートパソコンを調達するくらいはできると思うけど。スマホだけだと不便か？」

「これはこれで携帯性《けいたいせい》に優《すぐ》れてるわね。ただ、もう少し大きな画面と操作しやすい入力装置があると便利だと思って。ネットって、帝国《ていこく》の書庫を軽く上回るくらいの情報が転がってるのよね？　あたし、もっともっと知らないことに触《ふ》れてみたいの」

「まあ、申請はしてみる。……それにしても、異世界の冒険者がネットにハマるかあ」

「なに、その含《ふく》みのある口調」

「イメージのギャップがすごいなと思って。こっちだと暇人《ひまじん》や引きこもりの代表的な趣味《しゅみ》だなんて揶揄《やゆ》されたりするしな」

「消極的、非生産的な印象があるってこと？」

は、とリュリは鼻で笑った。

「わかってないわね。当たり前になりすぎてこっちの人たちには実感がないんだろうけど、大量の情報が手に届く場所にあるってのは、とんでもないことなのよ」

クレープ片手にぐいと身を乗り出す。心の何かに火が着いたようだ。

「ラグナ・ディーンでは、あたしたち庶民《しょみん》、特に下層の貧民がものを知る機会はほとんどないの。皇帝《こうてい》のまつりごとや、国境の戦況《せんきょう》、市場で取引される商品の値段――地位と能力と手段に恵《めぐ》まれないと手に入らない情報がいっぱいある。文学、史学や算術みたいな学問なんかもそうよね」

まあ、一時期暮らしてた者として、それには同意する。

アナログな伝達手段しかないので、情報が広がらないのだ。

「だから、『いんたーねっと』というシステムは特に興味深いのよ。実用化、一般化《いっぱんか》されたときは、こっちにとってもちょっとした革命だったんでしょ？　情報の量と伝わる速度が爆発的《ばくはってき》に向上したとき社会にどういう変化が起こるのか、あたしもリアルタイムで観察したかったわ」

「へ、へえ……」

妙な角度からものを考えるんだな。学者とか政治家っぽい視点？

「と、まあ雑談はこのくらいで」

クレープの最後の一口を食べ終えると、リュリは表情を改めた。

いつのまにか、テーブルの上は空容器ばかりになっている。

「ねえハルカ、あなたと少し腹を割って話したいんだけど――」

「クリーム付いてる。口の右端《みぎはし》」

唇《くちびる》をぬぐうと、リュリは何事もなかったかのように続けた。

「腹を割って話したいんだけど――あなたやニコさんは、あたしたち三人の働きに満足してるの？　今のところ、あまり凶暴種《モンスター》と戦う機会がないけど」

「戦いたいのか？」

「違うわよ。でも取材とか誰かと和《なご》やかにお話しするとかそんなのばっかりだと、これでいいのかな、って気分になるじゃない」

「最初にニコさんが言ったろ？　この辺は比較的《ひかくてき》安全で危険なモンスターはほとんど出ねえよ。お前たちは、ちゃんとこっちの期待通り役に立ってる」

最近、インタビューの申し込みやイベントへの出演依頼も増えてきたしな。

「そう。つまりこの状況も想定通りなのね。やっぱり親善大使なんだ」

リュリは少しだけ渋《しぶ》い表情になった。

「給金はちゃんと支払われるし、危険な仕事は少ないし、悪くない環境じゃね？」

「待遇《たいぐう》に不満があるわけじゃないの。ただちょっと不安はある」

トントンとテーブルを指で叩きながら、続ける。

「まず、こんなぬるま湯に浸《つ》かってて、必要に迫《せま》られたときちゃんと戦えるのかってこと。あたし自身は問題なく動けるつもりだけど、エウフェミアはふわふわしててやる気があるのかないのかよくわからないし、マリナは体が大きい割に気が小さくてなんだか幼い。つまり頼《たよ》りないのよ、どっちも」

「ああ……」

二人に対する印象は、なかなか鋭《するど》いところを突いてるんじゃないかと思う。戦闘《せんとう》機械であるミアにとって、現在の仕事は退屈《たいくつ》なものだろう。俺《おれ》とのバトルを唯一《ゆいいつ》の楽しみと考えている節《ふし》がある。

マリナは家族のため年齢を偽《いつわ》ってこの世界にやって来た。素質はあると思うが、中身の方はまだまだ子供だ。

どちらも俺の口からリュリに教えるわけにはいかないけどな。

「安全なのはいいことだわ。でも、ここまで実戦の機会が少ないと、経験が積めないし力を伸《の》ばすことも難しい。安全だからこそ、あの二人にとっては危険な環境なの。これまでそうだったからといって、これからも強力なモンスターが絶対出ないとは限らないし、いざそうなったときに戦えませんでは済まされない」

「なるほどな。つまりお前は、二人のことが心配なんだ」

「……し、心配とかじゃなくて、リーダーとしての責任上、問題点を確認《かくにん》しておきたいの！それだけの話！」

頬《ほお》をわずかに染めて、リュリは言った。

思わず微笑みそうになったが、ここで笑うと多分不機嫌になるだろうなあ。

「手に負えないようなモンスターが出た場合は、陣郷《じんごう》ギルドじゃなく隅戸部《すみとべ》ギルドのA級冒険者が対処することになる。すぐ協力態勢が取れるようになってるから、お前たちだけでヤバいのに立ち向かうようなことには、まずならねえよ」

少し考え、リュリは肯《うなず》いた。

「……そうね、確かにこちらは連絡、交通手段が発達しているものね。環境については現段階で結論を出すのは早すぎるから、もう少し様子を見るわ」

そしてジトっとした目を俺に向ける。

「勘違《かんちが》いしないで欲しいから重ねて言うけど、あたしは未熟な初心者を心配するほどできた人間じゃないからね。むしろ冷酷《れいこく》非情で、他人なんて上に行くための踏《ふ》み台《だい》としか思ってないから。パーティを上手《うま》くまとめ上げて、実績を挙げたいだけだから」

「はいはい、わかってるよ」

なんかちょっと可愛《かわい》く見えてきたぞ、こいつ。

「しかし、成り上がるために選んだのが冒険者ねえ。軍に入った方が将来は安定したんじゃねえの？　確か神具遣《づか》いは無試験で入れて、食事や住処《すみか》が保証されるんだよな？」

「軍は性に合わない。あたし、孤児院に放り込まれるまでは貧民街にいたから、偉《えら》そうな衛兵どもに散々苛《いじ》められたんだよね。そんな奴らと同僚《どうりょう》になるのはごめんだわ」

リュリは肩《かた》をすくめた。

「冒険者は軍より不安定だけど、神具遣いだから仕事には困らない。冒険者になったおかげで、憧《あこが》れのニホンにも来れたしね」

「ん？　憧れてたのか？　前に『ニホンのが目立つし評価に繋《つな》がりやすい』とか言ってたから、実利をとってこっちに来たんだと思ってたけど」

リュリは失言を悔《く》いるように顔をしかめた。

「……勇者ノインの故郷だから、見てみたいと思ってはいたのよ。こういう言い方すると、エウフェミアやマリナみたいな、ただのファンっぽくなるから嫌《いや》なんだけど」

「ファンじゃねえの？」

「違う。あたしにとっての勇者ノインは目標、クリアすべき一つの基準。――さっき、貧民街にいたって話したよね？」

父親の顔は知らない。母親のこともぼんやりとしか憶《おぼ》えていない。

捨てられたのか、母親が亡《な》くなったからか――いずれにせよ、物心ついたときには路上でネズミを捕《つか》まえて飢《う》えを凌《しの》ぐような生活を送っていた。

「とはいえ、しばらくしたら孤児院に拾われたから、あたしはまだ運が良い方ね。のたれ死んだ顔見知りもたくさんいたし」

竜種《りゅうしゅ》に蹂躙《じゅうりん》されて帝国内がボロボロになっていた時期である。

道ばたで寝起《ねお》きするよりましとはいえ、孤児院での生活も楽ではなかった。

「あたしはここから這《は》い上がろうと思った。この世に生まれ落ちてきた以上、絶対に底辺のクズから脱《だつ》して何者かになるって決めたんだ」

やがてその機会が巡《めぐ》ってきた。

一二歳《さい》のとき、神具の適合判定を受けられることになったのだ。

竜種との戦が長引き一人でも多くの神具遣いを見つける必要があったため、判定対象の身分、年齢が大きく拡大されていたのである。

かくしてリュリは《銀の双翼《そうよく》》の所有者となった。

「ホントは軍属になって、すぐ竜種との戦闘に出されるところだったんだけど……その前に邪竜《じゃりゅう》ナーヴが勇者ノインに倒《たお》されちゃってね。あれは驚いたなあ」

「だから、勇者ノインみたいに強くなってやると？」

「んー、ちょっと違う。何ていうか……すごく衝撃《しょうげき》を受けたの。その後の変化を見て」

「変化？」

「世界の変化。彼《かれ》が現れるまで、ラグナ・ディーンでは生き残るためドラゴンから逃《に》げまどうか、でなければ必死に戦うのが当たり前だった。でも、勇者ノインはドラゴンの脅威《きょうい》を消し去り、人々の表情を明るくし、怯えを除き去り、対竜軍を不要なものにした」

つまり、とリュリは言う。

「彼はたった一人で世界を変えた」

「……そこまで大層な意図はなかったんじゃねえの」

「意図はどうでもいいのよ。実際にやったというその一点がすごいの。あたしは底辺から這い上がるため、強くなって手柄《てがら》を立てることしか考えてなかった。自分を高めるってところで止まってた。でも、そこからさらに踏み込めば、世界の方を変えることも可能なんだって知って、価値観がひっくり返されたようだった」

少しずつ声が熱を帯び始める。

「状勢があのままだったら、あたしは戦場に駆《か》り出されて多分そこで死んでたと思う。冷静に考えると、未熟な子供がドラゴンの群れ相手に手柄を立てるなんて無茶《むちゃ》な話よね。だから命を助けてくれたこと、貧しさのなかでいっぱいいっぱいになってた孤児《こじ》の視野を広げてくれたこと、二重の意味で勇者ノインはあたしの恩人なの」

「………………」

「ドラゴンが去っても孤児院は相変わらずやりくり苦しいし、貧民街は相変わらず貧民街のままで、餓《が》死《し》する子供たちも大勢。でも、あたしが活躍《かつやく》して勇者ノインくらい名前を上げれば、そういう仕組みごと変えられる。あたしはそう信じてる」

そっか。こいつの世の中を見る視点ってのは、その志に由来するわけか。

俺は返答に困り無言で頭を掻《か》いた。尊敬されてるな、勇者ノイン。

「……あのさ、ハルカ」

と、そこでリュリは急に少し気まずそうな表情になった。

「うん？」

「その、あたしが勇者ノインについて、こう、長々と語ったことは、他の二人には絶対内《ない》緒《しょ》にしといてね」

ああ、好きな漫画《まんが》とかゲームとかを語るときついつい熱くなっちゃって、我に返ったあとで恥《は》ずかしくなるあの感じな。わかるわかる。

「え、えっと、話が長くなったわね。だからまあ、評価されやすいからニホンに来たってのも、事実ではあるのよ。あたしはこれからもどんどん冒険者ランクを上げていく。もっと強く、もっと有名に。勇者ノインすら越えて、その先へ」

褒めちぎられてるのが自分でなければ、もう少し素直《すなお》に応援《おうえん》できたと思うが……まあ、こいつの心根のまっすぐさは伝わったし、いくらか印象も変わったな。

「そういえば、結局彼はニホンに戻ってしまったのよね。ラグナ・ディーンに居れば富も地位も名誉《めいよ》も思いのままだったはずなのに……。所在は本当に誰も知らないの？」

「少なくとも、公にされてはいないな」

それはウソではない。

「そっか。何かの間違いで会えたり、もしかしたら言葉を交《か》わす機会なんかがあるかも、と思ったんだけど……そんな都合の良い話はないわよね」

リユリは少し残念そうに言った。

その願いならもう叶《かな》ってんぞ。

お前が思ってるほど立派な人間じゃねえけどな、憧れの勇者様は。


「しっかし、つくづく三者三様だよな、あいつら」

リユリを見送って一人になると、俺は小さく呟《つぶや》いた。

あれだけ性格が異なっていて、うまくいくものなのだろうか？

とりあえず、今のところは特に険悪なわけでもないようだが……

気になるのは、リユリの意欲と職業意識が突出《とっしゅつ》して高いことである。

もちろん、基本的には良いことなんだが、他の二人との間に溝《みぞ》を作ってしまう可能性は軽視できない。特にミアとの相性《あいしょう》はちっとばかし不安だな。あいつ、強者との戦闘以外のことになると、露骨《ろこつ》に興味失うし。

――そんな俺の心配は、割と順当に現実のものとなった。

＊　＊　＊

「だーかーらー、気を抜きすぎなのよ、エウフェミアは！」

仕事帰り、後部座席からリュリは不機嫌そうに言った。

「あたしたちはモンスター退治を任された。当然、確実に仕留めると期待されている。取り逃がすなんてあってはならないの！」

「取り逃がしてはいないですよ。さっきも説明しましたけど」

ミアは助手席から振《ふ》り返り、反論というには呑気《のんき》な口調で続ける。

「あの程度ならフォローに回っていたリュリさんが片付けられると思ったから、任せただけです。事実その通りでしたし」

本日の業務は、異世界種の大ムカデ退治だった。

形は日本人の知っているムカデと変わりない。ただし体長は一メートルを超え、気性《きしょう》も荒《あら》い。モンスターとしては雑魚《ざこ》の部類だが、放置しておくのも危険な生物だ。

庭先で見かけたという通報を受け、ミアたちがその駆除《くじょ》に向かうことになった。

標的は意外なほどあっさり見つかり、マリナの大剣《たいけん》で真っ二つにされた。

しかし、隠《かく》れ潜《ひそ》んでいた二匹《ひき》目がいたのである。

冒険者《ぼうけんしゃ》たちに気付いた大ムカデBは、ミアの脇《わき》をすり抜け民家の塀《へい》伝いに逃げようとした。そこをリュリに追いつかれて、切り刻まれた。

結果的にはきっちり退治できたわけだが、リュリはミアの働きに不満を覚えたようだ。

「人任せじゃなく、倒せるときに倒せって言ってんの！　あんた本当に神具遣い？」

「神具遣いですよ？」

「だったら、それにふさわしい力と働きを見せるべきじゃない？　大ムカデ程度処理できないようじゃ困るのよ」

何言っても無駄《むだ》だなあ、というようにミアはため息をつき、それを見たリュリの顔がさらに険しくなった。

どうやって仲裁《ちゅうさい》しようか、と内心で頭を抱《かか》えたとき、マリナが声を上げた。

「だ、だめだよ、ケンカしちゃ。無事にお仕事も終わったんだし、今日のところはそれでいいじゃない。ほら、そろそろお家につくよ？」

「…………」

「…………」

二人はしばらく視線を絡《から》め、そしてどちらからともなくふいと顔を背《そむ》ける。ひとまず矛《ほこ》を収めることにしたようだった。

まあ、面倒事《めんどう》が起きないよう本性《ほんしょう》と実力を隠せ、とミアに言ったのは俺なんだが……こんなケンカが今後も起こるようだと、正直困るな。

その日の夜、ミアに稽古《けいこ》をつけてやった後、俺は尋ねてみた。

「お前さ、マリナやリュリと同程度の実力を演じるってできねえの？　駆け出し冒険者っぽく、ちょっと苦労しつつ大ムカデを倒してみせるとか」

「んー、どうでしょう」

ミアはかくんと首を傾《かし》げて思案顔。

「わたし、力の加減って苦手なので。多分、四割くらいの確率で成功しなくもないかなあと思うんですけど」

「四割ね……。ちなみに失敗するとどうなるんだ？」

「道路に大きな裂《さ》け目《め》ができるとか、ブロック塀が細切れになるとか？」

「市民の生活を守る立場として、それは避《さ》けたい。だったら、何もしない方がマシだ。ただ、今後リュリの機嫌《きげん》がどんどん悪くなっていくのも、問題あるよなあ」

「もしかしてハルカさん、彼女《かのじょ》のような小柄なタイプが好み？」

「……いきなり何言ってんだお前」

「違うの？　なら逆にマリナさんのような――」

「好みの問題じゃねえよ。なんでそんな発想になるんだ」

「だって、このところ、あの子たちとぐっと仲良くなったみたいですから。わたしの父様、恋人《こいびと》がいっぱい居るんですけど、『好みだったり落としたい女には積極的に近づくもんだ』ってよく言ってますよ？」

「異世界王侯《おうこう》貴族の倫理《りんり》観《かん》を現代日本に適用すんな。あのな、お前たちをうまくマネジメントするのが、今の俺の仕事なの。変に仲たがいされても困るんだよ」

最年少のマリナ一人に潤滑油《じゅんかつゆ》役を押《お》し付けるわけにもいかないしな。

「別に仲たがいのつもりはないです。リュリさんもそうだと思いますよ？　ただ、言わずにはおれない気性というだけで」

「リーダーゆえの責任感ってやつか。まあ、姿勢も言ってることも間違《まちが》ってないしなあ」

「ただ実際、この辺りに出没《しゅつぼつ》するモンスターって、リュリさんやマリナさんが一人で何とかできちゃうレベルでしょう？　下手にわたしが手を出すより、二人に任せておいた方が問題起きないんじゃないかなあ」

「そりゃまあ、そうだろうけどさ。リュリは納得《なっとく》しねえだろ」

「じゃあいっそ、直接力の差を思い知らせて黙《だま》らせましょうか？」

「……お前、あいつのこと嫌《きら》いなの？」

「いえ？　別にそんなことないですよ？」

ミアはきょとんとした顔で答えた。

「というかわたし、好きとか嫌いとかよくわからなくて。リュリさんに対しては……『興味ない』というのが一番近いかな？　戦っても面白《おもしろ》くなさそうだし」

バトル脳極《きわ》まってんな、こいつ。

「とりあえず、お前らがやり合うのはなし、俺がすごく困ることになるから」

リュリが鋭利《えいり》なナイフだとしたら、ミアは核《かく》ミサイルだ。ステージが違いすぎる。

戦わせれば、リュリの心がへし折られるか、溝がさらに深まるか、あるいはその両方か……いずれにせよ、問題の解決からは遠ざかるだろう。

要はミアが自分の力の片鱗《へんりん》を見せればいいわけだ。

周囲に被害《ひがい》が出ないような場所で、十分に強い敵と戦って、そこでミアが役に立つことを示せたなら、リュリも納得するはず。

（って、そんなシチュエーションが都合良くあるわけねえよ）

自分の考えを笑い飛ばそうとし、そこでふと俺は思いついた。

「……ないのなら、いっそ作ってしまうという手もある、か？」

頭の中でスケジュールを確認する。来週、小細工にうってつけの予定があったよな。

「ミア」

「はい？」

「ちょっと策が浮《う》かんだんで、計画を練ってみる。何日か後に連絡《れんらく》するから、またそのとき会って詳《くわ》しく相談しよう」

「…………」

ミアは驚いたように目を見張った。

「何だよ」

「だって、ハルカさんから会おうって言ってくれたの初めてでしたから。……あ、なんかぞくぞくするくらい嬉しい。声を上げて暴れ回りたくなる感じ」

「……俺が連絡するまで、くれぐれも穏便《おんびん》にな」

「わかってますよ。ちゃんといい子にしてます。ですから――」

にっこりと微笑み、ミアは《慈悲なき収穫者《グリムリーパー》》を出現させた。

「ですから、あと一回、わたしをぐちゃぐちゃにしてください。思いっきり激しく」

＊＊＊

「……なに、これ」

駅の改札を出たリュリは、あっけにとられた様子で声を漏らした。

マリナもミアもぽかんと口を開けている。

三人の視線は俺のさらに向こう、駅前の通りに向いていた。

無数の老若男女《ろうにゃくなんにょ》。賑《にぎ》やかなBGMの流れるなか、大勢の人間がまるで大きな川の流れのように一方向を目指して進んでいる。

「みんなテーマパークの客だ」

「てーま、ぱーく……」

マリナが繰《く》り返した。

「これから俺たちが向かう娯楽施設《ごらくしせつ》。ニコさんが言ってたろ」

「あ、う、うん、それは覚えてるけど……。でも、遊び場だっていうから、酒場とか賭場《とば》みたいな、薄暗《うすぐら》くてちょっと怖《こわ》いような雰囲気《ふんいき》を想像してました、私」

「街一つ丸ごと使って、お祭りを毎日開催《かいさい》してる感じでしょうか」

「実状としてはミアの言葉が近いかな。とにかく、大勢の人間が集まる場所だ」

「大勢って、具体的にどのくらい？」

「一日当たり数万人ってところ」

すうまん、と平坦《へいたん》な口調で繰り返し、リュリは眉間《みけん》に皺《しわ》を寄せた。

おそらく上手くイメージできなかったのだろう。

陣郷《じんごう》市から電車を乗り継《つ》いで数時間。やってきたのは、数々の有名娯楽《ごらく》映画をモチーフにした、日本でも指折りの規模を誇《ほこ》るテーマパークである。

連休中なので、おそらく混雑はピークに近いだろう。

『えー、税金でそんなところに行けるの？　いいなー』などと玖音にはうらやましがられたが、もちろん遊びに来たわけではない。

「これから俺たちも入場するけど、当然ながら中も人でいっぱいだ。そういう状況《じょうきょう》で問題が起きたとき、どうやって一般人《いっぱんじん》の安全を守るか考えてもらうのが、今日の課題」

ラグナ・ディーンにおいて、一か所に万単位の人間が集まることはそうそうない。

しかし、こちらでは事情が異なる。こういうテーマパークの他にもコンサートやスポーツの試合会場など、決して珍《めずら》しいケースではないのだ。

異世界との交流が深まると、冒険者が大規模イベントの警備に関《かか》わる機会も出てくるだろう。対応を考えておかなければならないというわけである。

「後で警備担当者から話を聞くことになってるけど、その前に中を一回りしてみるか」

俺が先頭になってチケットを買い、大きなゲートをくぐる。

すると、周囲の景色が一変した。

複数の異世界がミックスされたような、ファンタジックかつ混沌《こんとん》とした建造物群。

日常からかけ離《はな》れた衣装のスタッフと、着ぐるみたち。

「つまり……」

しばらくその光景を眺めた後、リュリが口を開いた。

「こちらの最新技術を惜《お》しげもなく注ぎ込んで、お芝居《しばい》の舞台《ぶたい》を再現してるってことなのよね？　贅沢《ぜいたく》というか何というか」

「いいことなのでは？　贅沢は平和と余裕《よゆう》の象徴《しょうちょう》ですよ。あ、お城がありますね」

「あそこ、おっきいサメが吊《つ》られてる！　……作り物、だよね？　動かないよね？」

「……研修に来てるんだってこと、忘れてないかしら、この子たち」

リュリは大きなため息をつき、入口でもらった園内マップをバサッと広げた。

「とりあえず、人の多さと動きにくさを身をもって体験しないといけないわね。であれば、まず人気のアトラクションから順番に回っていく必要がある。あたしの事前調査によれば、ものによっては数時間行列しないと乗れないみたい。ただし、予約のような制度もあるみたいだから、これは活用すべきよね」

よく調べてるなあ。仕事への熱意ゆえ、ということにしとこう。

今日の三人はラグナ・ディーンの冒険者装束ではなく、それぞれ日本風のカジュアルな服装をしている。それでもなお目立つ容姿ではあるが、外国人や仮装をしたゲストに紛《まぎ》れてしまうおかげで、人々の注意を引くことはほとんどなかった。

この分なら、こいつらも普通《ふつう》に楽しむことができるだろう。

――では、始めるか。

「さて、俺は仕事の電話を幾《いく》つか掛《か》けなきゃならないんで、ここからは別行動だ。昼過ぎには終わるから、そのあと合流な。しばらく好きに見て回って、飯でも食っててくれ」

そして三人を見送ると、俺はパークを出た。

もちろん仕事の電話なんてのは口実である。

あらかじめコインロッカーにしまっておいた鞄《かばん》を取り出し、適当な商業ビルのトイレへ。

そこで鞄の中の服に着替《きか》える。古着屋で適当に買った安物だ。

「……別人に見えるかねえ？」

帽子《ぼうし》と眼鏡《めがね》、そしてマスクをつけた自分の顔を鏡で確認。

んー、遠目にはごまかせても、近寄るとばれるかもな。パーク内で仮装用のフルフェイスマスクでも買うか。

ミアとリュリの関係を改善するために、俺はある計画を立案していた。

といっても、大げさなもんじゃない。単純な小芝居《こしばい》だ。

まず、変装した俺が、あいつらに見えるところで不審者《ふしんしゃ》——例えば置き引きとかスリとか——を演じる。

おそらく、まっさきに反応するのはリュリだろう。飛んでくるはずだ。

しかし、俺はそれをあっさりと一蹴《いっしゅう》する。

その後、ミアが出てきて俺とやり合う。俺なら本気のミア相手でもある程度状況《じょうきょう》を制御《せいぎょ》できるし、周囲の人や物に被害が及《およ》ばないよう立ち回ることも可能だ。

そしてミアは俺に一撃《いちげき》を入れ、追い払《はら》う。

残念ながら犯人は取り逃がしたが、周囲のお客さんたちは守れた。ミアのおかげだ。すごい！

——となる予定である。

重要なのは、ミアがリュリの失敗をフォローする立場に回り、貸しを作ることだ。助けられた以上、リュリとしてもその力を認めないわけにはいかなくなるだろう。

バッグをコインロッカーに戻《もど》し、俺は再びパーク内へと向かった。

時間を潰《つぶ》していると、ミアから現状報告のメッセージが届く。幾つかアトラクションを楽しんで、これから昼食だそうだ。仕掛《しか》けるには良いタイミングだな。

さて行こうか、と足をそちらに向けたそのときだった。

「…………？」

俺は思わず眉をひそめた。

何か毛むくじゃらの大きなものが、早足で歩く俺を追い抜《ぬ》いていったのだ。

パークをうろついてる着ぐるみ——の一体だよな。なんかのキャラクターの。

ただ、あの速さは何だ？　急いでるにしても異常だぞ。

そうして見ている間にも着ぐるみはどんどん加速し、すぐに陸上選手の全力疾走《しっそう》くらいのスピードに達した。そのまま勢いをゆるめることなく突《つ》き当たりの柵《さく》にぶち当たり、乗り越《こ》え、そして派手な水飛沫《みずしぶき》を立てながら池に転落する。

俺も含め、大勢いる客たちは唖然《あぜん》としてその光景を眺《なが》めていた。

「だ、大丈夫《だいじょうぶ》です、か？」

近くに居た家族連れのお父さんが、おそるおそる声を掛けた。

が、すぐにあれ？　と声を上げて立ちすくむ。

着ぐるみは頭部と胴体《どうたい》に分かれ水面にぷかぷかと浮かんでいるのだが……中に入ってい
たはずの人間の姿が、どこにも見当たらなかったのだ。

池の水は浅く、人が隠れられるような場所も見当たらない。

「中の人、こっそり立ち去ったりした？」

「ううん、それなら絶対目に付いたはずだけど……」

隣《となり》のカップルがそんな会話を交わしている。

だよな。透明《とうめい》人間でもない限り不可能なはず。

と、少し離れたところで、何かが割れるような音がした。

視線を向けると、建物の大きなガラスが粉々に砕《くだ》けている。

どうやら別の着ぐるみが走ってきて突っ込んだらしく、足だけが覗《のぞ》いていた。

……いや。あれは着ぐるみじゃないな。どっかのアトラクション内に飾《かざ》ってあった、人間大のキャラクター人形だ。

中に人が入れる構造にはなっていないはずだが、地面に転がったまま、狂《くる》ったようにガッシャガッシャとランニングの動きを繰り返している。……怖ぇ。

気付けば、園内のあちこちから驚きと戸惑《とまど》いの声が聞こえるようになっていた。

同様のことが複数の場所で起こっているようだ。

（神具の力か？　ラグナ・ディーン絡《がら》みの何かなのは間違いないだろうが……）

いったい、誰《だれ》が何のためにこんなことを？

首を傾げていると、右手側やや遠くでひときわ大きなどよめきが起こった。

見ると、巨大《きょだい》なサメの模型がびたんびたんと飛び跳《は》ねている。

まずいな。一般人があれの下敷《したじ》きにでもなったら、ケガでは済まないだろう。

舌打ちして地面を蹴《け》ろうとした、その瞬間《しゅんかん》——

「離れて！」

鋭い声と共に飛び出した人影《ひとかげ》があった。

リュリは双剣《そうけん》を出現させると、一瞬《いっしゅん》でサメを細かい破片《はへん》に変える。いい腕《うで》だ。

ミアとマリナの姿も確認した俺は、とりあえず見つかる前に人混《ひとご》みの中へ身を隠した。

ここはあいつらにまかせて大丈夫、か。

しかし、呑気にそんなことを考えている余裕はすぐになくなった。

この日一番の叫《さけ》び声《ごえ》と怒声《どせい》が背後から聞こえてきたのだ。

「げ……」

振り向いてその光景を目にした俺は、思わず顔をしかめる。

人間の数倍はあろうかという巨大な影《かげ》が複数、壁《かべ》を倒し柵を踏みつぶし、こちらにやって来ようとしていた。

あそこにあるのは、人気映画を再現したこのパークの目玉アトラクションの一つ。

設置されているのは――現代に甦《よみがえ》った白亜紀《はくあき》の恐竜《きょうりゅう》だ。

「……しゃーないか」

顔バレしないよう売店で買った蜘蛛男《くもおとこ》のマスクを被《かぶ》り、そして俺は建物の屋根に飛び上がった。なんか、ほんとに映画みたいだな。まったくもってシチュエーションを楽しむような気分じゃねえけど。

幸いというか何というか、周囲の目は突然《とつぜん》動き出したサメだの恐竜だのに引きつけられていて、こちらには向いていない。

「《ユニベル》、最低限でいいからこっちに力を回せ」

呟くと、右手に簡素な剣が現れた。

雪崩《なだれ》をうって逃げてくる群衆の頭上を屋根伝いに飛び越え、俺は恐竜へと迫る。

仕組みはわからないが、おそらくリアルタイムで操作されているわけではないのだろう。

一頭一頭の動きが単調だ。なら、止めるのはそんなに難しくない。

俺は下に飛び降り、恐竜の足元を駆け抜けざまに刃《やいば》を閃《ひらめ》かせた。

下肢《かし》が切断されたことでバランスを崩《くず》した巨体《きょたい》は、無様に横転する。

まだジタバタもがいているが、さしあたって移動を封《ふう》じるならこれで十分。

と――俺が剣を振るう前に、隣の恐竜がどうと地面に倒れた。

「大きいのは下を叩《たた》くと脆《もろ》いんですよね。ドラゴンとやり合ってたころを思い出すなあ」

「あっちは大丈夫なのか？　ミア」

「リュリさんとマリナさんに任せてきました」

そう言って、ぐるんと大鎌《おおがま》を一回転。

恐竜の下半分がズタズタに裂かれ、金属の骨格が剥《む》き出しになった。

「想定外のアクシデントですけど、こうなったら以上、楽しまないと損ですよね。ほらほら、まだ大きいのが残ってますよ。一緒《いっしょ》にやりましょう、ハルカさん」

ミアは正面のティラノザウルスを指さし、無邪気《むじゃき》に笑った。

この非常時に軽いなあ。とはいえ説教している余裕もない。

覆面《ふくめん》のおかげで誰にも俺の正体はバレないだろうし、さっさと片付けるか。

だがそのとき、声が掛かった。

「そこの二人、下がって！」

逃げ惑《まど》う客をかき分けて一人の女性が進み出た。

彼女の掲《かか》げた杖《つえ》の先端《せんたん》から青白い光球が撃《う》ち出され、パークの上空で分裂《ぶんれつ》し、園内全域に降り注ぐ。光の矢は正確に標的――動き出した人工物を射貫《いぬ》き、巨大な氷柱《つらら》へと変化して地面に縫《ぬ》い止《と》めた。

「……わ、すごい、凍《こお》り付いてますね」

ミアが感心したように言った。

ただ一体、巨大なティラノサウルスだけは、氷を蹴散《けち》らして再び前進を始める。

「あらら、こいつは大きすぎたか。テオ、お願い！」

「はいよ、グレーテ。デカブツ君、そっから先は立ち入り禁止だ。《不壊《ふえ》》展開」

駆けてきたエルフの男が短剣《たんけん》型の神具をかざす。

見えない障壁《しょうへき》に激突《げきとつ》したかのように、恐竜の足が止まった。

間髪《かんはつ》をいれず、声が響《ひび》く。

「フェリクスの名において命じる。切り裂け《胡蝶《こちょう》》」

ティラノザウルスの頭上に男の姿が出現、落下の勢いを利用しつつ剣を振り下ろす。

機械の巨獣《きょじゅう》は頭から尻尾《しっぽ》まできれいに真っ二つにされ、崩れ落ちた。

俺は小さく息を吐《は》いた。

以前、警察で会った隅戸部ギルドのＡ級パーティだ。あとは任せて大丈夫だろう。

「ケガをされた方はこちらへ！　手当します！」

声を上げる女エルフの術師――ネフィといったっけか――を横目に、俺はそっとその場を離れ、群衆の中に紛れた。

その後、救急車とパトカーが到着《とうちゃく》し、パークは閉鎖《へいさ》された。

幸いにも死者は出ず、重傷者もあらかた治癒《ちゆ》術師のネフィが治してしまったそうだ。

動き出した諸々《もろもろ》は小一時間ほどで停止し、元の物言わぬ無機物に戻った。念のため、うちの三人とフェリクスたちが一回りして確認したが、もう危険はないということだった。

俺はというと、外に出て素早《すばや》く元の服に着替えた後、いったい何事が起こった？　みたいな顔でミアたちと合流した。できればそのままさっさと帰りたかったのだが、警察が事情聴取《ちょうしゅ》をさせろと言うので居残っている。

そんなこんなで、事後のあれこれが一段落するころには完全に日が暮れていた。

パーク職員の休憩室《きゅうけいしつ》を借りて四人で一息ついていると、フェリクスたちがやってきた。

「九住さん、それにエウフェミア、リュリ、マリナだったたね。ご協力ありがとう」

フェリクスは疲労《ひろう》の片鱗も見せず、にこりと笑った。

「当然のことをしたまで。お役に立てたのなら幸いだわ」

リュリが答えた。Ａ級相手にも物怖《ものお》じしないな、こいつ。

「いや実際、安全確認《かくにん》や避《ひ》難誘導《なんゆうどう》手伝ってもらえて、すごく助かったよ。ただ――んー、君たちは三人パーティなんだよね？　とすると……もう一人はどこの誰だったんだろう」

「ああ、いたよね。なんか妙《みょう》な覆面してた男」

グレーテが肯く。

はい、いましたね。ってか、今もここにいるけどね。

頑張《がんば》ってタダ働きさせていただきましたとも。

「エウフェミアが援護《えんご》に向かった人よね？」

「ええ。顔を隠していましたから、どんな方かはわかりませんでしたけど」

ミアはしれっとした口調でとぼけた。

「わ、私たちからは遠目で、顔や姿まではよく見えなかったんだけど……あの、そちらの仲間の方ではなかったんです？」

マリナが尋《たず》ねた。

「違《ちが》うなあ。僕《ぼく》たちのパーティはここにいる四人だけだよ。あの身のこなしからして、間違いなく神具遣いだとは思うんだけど」

「たまたまどこかの冒険者が遊びに来ていて、手を貸してくれたのかしら？」

「かもしれないね、ネフィ。ただ、姿を隠す必要はないと思うんだけど」

「きっと、奥《おく》ゆかしい方なのでしょう」

女エルフは微笑《ほほえ》んだ。

「まあ、それはそれとして――いったい何が起こったんです？　いきなり着ぐるみだの模型だのが動き出したそうですけど」

話題逸《そ》らしも兼《か》ねて俺《おれ》は問い掛けた。

あたしも知りたい、とリュリが同調する。

「あれ、多分神具の力よね？」

「さて、それについては……どうしようか、話してしまってもいいかな？」

フェリクスは意見を求めるように仲間の方を向いた。

「巻き込んで迷惑《めいわく》かけちゃったし、いいんじゃないの？」

「そうね、それが誠実じゃないかしら」

グレーテとネフィが言う。

「簡単に言うとな、オレたちは犯罪者を追ってたんだ」

男エルフ、テオが軽い口調で解説を始めた。

「ラグナ・ディーンにはいくつも国があるが、その中でもっともでかいのがデムテウス帝《てい》国《こく》。ニホンとのやりとりも、基本的にここが担当してる。ただまあ、その横暴さとか利益を独占《どくせん》するやり口とかを恨《うら》んでる勢力も多くてさ。中には過激な手段を取る連中――こっち風に言うと、テロリストかな？　そういうのもいるわけ」

「その一人が、『黒狼《こくろう》』の手引きでこっちの世界に潜入《せんにゅう》したらしいの」

グレーテが話を引き継いだ。

『黒狼』というのは、先日俺も関わったあちらの世界の犯罪組織だな。

「通称《つうしょう》『傀儡師《くぐつし》』。もちろん神具遣《づか》い。こっち方面に潜伏《せんぷく》してるんじゃやって情報があったんで、少し前から探《さぐ》ってたんだけど……多分、逃げられたかな、これは」

追っ手に気付いたテロリストが騒《さわ》ぎを起こし、その隙《すき》に逃亡《とうぼう》したってことか。

「そいつ、日本に来て何をやらかそうとしてるんですかね？」

「さあ？　イカれてる奴《やつ》の考えることなんて、私わかんないし」

説明をぶん投げたグレーテに代わり、小さく苦笑《くしょう》しながらネフィが後を引き取った。

「帝国《ていこく》への間接的な攻撃《こうげき》じゃないかと思うの。例えば、冒険者の派遣《はけん》制度は、デムテウス帝国が中心になって推進しているわよね？　トラブルからニホンの人々を護《まも》るという名目で。逆に言うと、ラグナ・ディーンから来た誰か、ないしは何かによって、ニホンの人々が危険に晒《さら》されれば――」

「役に立ってないじゃないか、となるわけね」

リュリが言った。

「そう。私たち冒険者の責が問われるのは当然だけれど、それは同時に帝国が信用を失うことも意味するのね。ニホンからも、そして他のラグナ・ディーンの諸国家からも」

こちらの世界との交流は、ラグナ・ディーンにとっても一大事業だ。日本から派遣された専門家が、竜《りゅう》にやられた国土の立て直しや経済の安定化などを援助《えんじょ》しているとも聞く。

そこに不手際《ふてぎわ》があれば、巨大帝国《きょだいていこく》といえど突き上げは免《まぬが》れない。

「帝国の信用が揺《ゆ》らげば、ラグナ・ディーンの反帝国勢力が結託《けったく》する隙を与《あた》えることになる。だから、帝国も躍起《やっき》になって追ってるわけ。――今回は力及ばず、ニホンの人々にご迷惑をかけてしまったわ」

「被害者《ひがいしゃ》がさほど出なかったのは幸いだけど、結果的に取り逃《に》がしちゃったしねー」

ネフィとグレーテは揃《そろ》ってため息をついた。

「まあ事情はそういうことだ。君たちが居合わせて助力してくれたのは、不幸中の幸いだった。今後はさらに警戒《けいかい》を強め、『黒狼』へも圧力をかけていかないとね」

「『黒狼』といえば……あのペトルとか言うB級冒険者、その後どうなりました？」

マリナとの関わりとか、もう口を割ってしまっただろうか。

フェリクスはしばらく沈黙《ちんもく》し、声を落として言った。

「殺された」

「……はい？」

「ラグナ・ディーンへ送還《そうかん》する途中《とちゅう》で、何者かに刺《さ》されてね。おそらく口封《くちふう》じだろう」


結局、陣郷《じんごう》市に戻って来られたのは、真夜中近くになってからだった。

疲労のせいか、皆《みな》口数が少ない。

マリナなど、電車の中でずっとうとうと船を漕《こ》いでいた。駅から車に乗り込んだ今も、自分よりずっと背の低いリュリにもたれかかり、寝息《ねいき》を立てている。

「素敵《すてき》な日になりましたね」

ただ一人、ミアだけは妙に上機嫌《じょうきげん》だった。

「相手が作り物とはいえ実戦を経験できましたし、A級の人たちの戦い方も間近で見られました。なんて充実《じゅうじつ》した一日だったのでしょう！」

「……元気よね、あんた」

マリナの頭を肩《かた》に乗せたまま、リュリは呆《あき》れたように言った。

「そんなに楽しかったの？」

「楽しかったですよ？」

「そう。普段《ふだん》はあんな――」

皮肉な口調で何か言いかけたリュリだったが、なぜかそこでふっと黙り込んだ。

少し引っ掛かるものを覚えたが、そのときちょうど車は三人の家の前に到着した。

「……んあ？　着いたの？　おかあさん」

「誰がおかあさんか。ほら、玄関《げんかん》まで頑張って歩きなさい。今日はさっさとお風呂《ふろ》入って寝《ね》るのよ」

リュリは眠《ねむ》たげに目をこするマリナを促《うなが》して車から降ろし、それじゃおつかれさま、と俺に声を掛けてドアを閉めた。

「ほんと、みんな疲《つか》れてんな」

「わたしは全然ですよ」

ミアはニコニコと笑《え》みを浮かべて言った。

「敵と戦うハルカさんの姿、格好良かったです！　思い出すとテンション上がります！」

「そりゃどうも。ああ、念のため言っとくけど、今日は相手しねえぞ。色々起こりすぎて俺もぐったりだ。とにかく、早く帰って寝てえ」

「そうですか……」

ミアはため息をついた。本気でこの後付き合わせるつもりだったのか。

「残念だけど、わがままは言わないことにします。じゃ、おやすみなさい」

車を降り、そして玄関へ歩く途中でもう一度振《ふ》り返って手を振る。

ほんと、元気だな。

あいつの場合、若いからとかじゃなく単にバトルジャンキーなだけなんだろうが。

さて、市役所に車を戻して、俺も帰ろう。

＊　＊　＊

テーマパークの一件は翌朝のニュースでも報じられたが、その扱《あつか》いは特段大きなものではなかった。

機械の不調により『事故』が起きた。原因究明と対処のため、しばらく休園する。

——そんなことが簡潔に伝えられたのみだ。

両世界にとって微妙《びみょう》な問題をはらんでいるということで、もしかしたら報道機関に対して何らかの圧力がかかったのかもしれない。ま、その辺は俺のような下《した》っ端《ぱ》地方公務員の関知するところじゃないけどな。

SNSには客の撮影《さつえい》した動画が幾つかアップされ、それなりに話題になった。

とはいえ死者が出たわけでもなく、いいかげんラグナ・ディーン由来のトンデモ現象に慣れてきたネット民たちの話題を独占するには至らなかったようである。

事後処理はフェリクスたちがほぼ全面的に引き受けた。

異世界テロリストの追跡《ついせき》などという物騒《ぶっそう》な任務がD～E級の冒険者に回ってくるはずもなく、結局、俺たちは手伝ってくれた部外者という扱いになったわけだ。

こちらに求められた仕事はレポートの提出程度。そんなわけで、俺は朝からパソコンのキーボードを叩いている。

ちなみにミアたちはテレビ番組のインタビュー収録（付《つ》き添《そ》いはニコさんに任せた）に出ているので、ギルド部屋には俺一人しか居ない。

レポート作成に一段落付けて、大きく伸《の》びをする。

「ミアほど喜ぶ気にはなれねえけど……ま、結果的には悪くなかったかもな」

三人は手柄《てがら》を立て、A級冒険者に名前を覚えてもらうことができた。

昇級《しょうきゅう》の材料になるだろうし、リュリあたりにとっては喜ばしい展開だろう。

視察やミアの印象向上計画は台無しになったが、これらはまた後日ということで問題ない。混乱の収拾《しゅうしゅう》に関してはミアもちゃんと役に立っていたから、リュリだって文句はないはずだ。

あとは……『黒狼』のペトルが死んだという情報を得ることができた。

あの男にとっては不本意な結末だっただろうが、少なくともマリナの秘密が奴の口から外に漏《も》れることはなくなったわけだ。一つ肩の荷が下りた。

あいつらとの付き合いが始まって二か月くらい。

色々苦労もしたけど……うん、なかなか良い方向に回り出してるんじゃね？

この調子なら、これからも何とか上手《うま》くやっていけるかもしれない。

と、そのとき、スマホに電話が掛かってきた。ニコさんからである。

「もしもし？」

『あ、私。今収録終わったよー』

「お疲れ様っす。じゃあ、もうすぐ市役所に戻って来ます？」

『それがね、さっき連絡があって、モンスター退治案件が回ってきたのよね』

何でも隣の市でイノシシに似たモンスターが目撃《もくげき》され、市境の山間に逃げ込んだらしい。

こっちの担当区域に出没する可能性もありそうなのだという。

なので、その近辺まで見に行って、糞《ふん》や食餌《しょくじ》の痕跡《こんせき》などを確認してみるとのこと。

おそらく、大猪《ジャイアントボア》かな。

面構《つらがま》えが凶悪《きょうあく》で鱗《うろこ》のような表皮を持つことを除けば、生態も危険度もこちらのイノシシとさほど変わりない。戦力的に言えば、ミアたち三人なら十分対処できるはずだ。

『引き続き私が付いてくから、晴夏くんは時間になったら帰っていいよ』

了解《りょうかい》です、と答えて通話を切る。

ありがたいことに、今日は早めに上がれそうだった。

ま、たまにはこういう穏《おだ》やかな一日があってもいいよな。

家に帰って玖音とのんびり夕飯を食ってると、スマホの着信音が鳴った。

今度はミアからだ。

「どうした？　何かあったのか？」

『ううん、何も。無事にお仕事終わったというご報告ですよ。今、ニコさんの運転でお家に帰る途中です』

「おつかれ。やっぱ大猪《ジャイアントボア》だったか？」

『ええ。調査中に姿見せたから、わたしがさっくり狩《か》っちゃいました』

「お前が？　……市民や家屋に被害出てないだろうな」

『それは大丈夫。山の中でしたからね』

「そうか。んじゃ、帰ってゆっくり休めよ」

俺は通話を切った後、じっとスマホを眺める。

玖音は首を傾《かし》げて問い掛けてきた。

「問題なかったんでしょ？　なんでそんな複雑な顔してんの？」

「んー、いや、後からまた連絡あるかもと思ってな」

妙にハイテンションだったし、今晩相手しろとか言われそうな予感がする。

予想通りというか、夕食を食い終えようとするころ、またスマホが鳴った。

ほら来た——と思って表示された相手の名前を確認し、俺は眉《まゆ》を寄せた。

リュリ？　珍しいな。

「——おう、どうした？　もううちに着いたのか？」

『ええ、少し前にね。ニコさんは帰ったわ』

そこで短い沈黙。俺が用件を尋ねようとしたとき、リュリは再び口を開いた。

『あんたには報告しておくわね。——あたし、今からエウフェミアと立ち合うことにした。本気で』

「…………は？」

一瞬、何を言ってるのかわからなかった。

俺の混乱をよそに、リュリの言葉は続く。

『死ぬまでやるつもりはないけど、結果的にそうなることはあり得る。どちらかが大怪我《おおけが》して、しばらく仕事できなくなる可能性もね。その場合はごめんなさい。それじゃ』

「おい、ちょ――待て、俺も今からそっち行くから、ちょっと待て！」

返事はなかった。通話はすでに切れていた。

「ど、どうしたの？　血相変えて」

立ち上がって上着を引っつかんだ俺に、玖音は目を丸くする。

「出かけてくる！」

「こんな時間から？　どこへ――お兄ちゃん⁉」

答える余裕もなく、俺は家を飛び出した。

自転車では遅《おそ》い。俺は屋根伝いに最短距離《きょり》を通って、三人の家に到着した。

庭先ではリュリとミアが睨《にら》み合っていた。幸いまだ始まってはいないようだ。

二人の間でおろおろしていたマリナが、俺の姿を見て安堵《あんど》の表情を浮かべる。

「あ、は、ハルカさん……二人のケンカを止めてくださーい！」

「だからケンカじゃないってば」

ふう、とリュリがため息をつく。

「ハルカも来たことだし、始めるわよ。お互《たが》いの力の差をはっきりさせましょう。神具を出しなさいな」

「だから、わたしの方にはリュリさんと戦う理由は無いんですけど……」

ミアは困惑《こんわく》の表情で言った。

「わたしたちは敵じゃないし、ハルカさんにも迷惑かかるでしょう?」

「承知の上だわ」

いや承知されると困るんだっての。

「だいたい、わざわざ戦わなくても結果は見えてますよね? 力の差があることは、リュリさんにもわかっているんでしょう?」

「………」

ぎりっとリュリが奥歯《おくば》をかみしめた。

「……なあ、いったい、何がどうなってこんなことに?」

俺は隣のマリナに尋ねた。

「え、えっと、大猪《ジャイアントボア》を倒《たお》したの。ミアさんが。あっさりと」

「あっさりとか」

「うん、すごかったんだよ！　くるんと大きな鎌が動いたと思ったら、猪の体が真っ二つになって！　しかも周りの大木ごと！」

ああ……ミアの奴、力をセーブし損《そこ》ねたんだな。

そういや昨日俺と共闘《きょうとう》してから、ずっと変な具合に浮《う》かれてたんだよなあ。もう少し注意して見ておくべきだったかもしれない。

「あんたがあの機械仕掛《じか》けの巨獣と戦うのを横目で見てから、引っかかりを覚えてたの。今日の動きを見て確信した。今までは手を抜いて遊んでたのね？　エウフェミア」

「ん？　んー、まあ、そうなるでしょうか」

ミアがバカ正直に答え、俺は頭を抱《かか》えたくなった。

その言い方だと火に油だろう。ちっとは取り繕《つくろ》えよ。

いや、そんな感情の機微《きび》がわかる奴だとは思ってねえけどさ。

「楽しそうに大猪《ジャイアントボア》を斬《き》り捨ててたわね。あんた、戦うことや殺すことをこのうえない娯楽だと考えるタイプでしょ？」

正確な人物評価だな、と思いつつ、俺は口を挟《はさ》むことにした。

「なあ、何も戦うことはないんじゃね？　パーティメンバーの実力が思ったより高かったってんなら、別に悪い話じゃないわけで――」

「統率《とうそつ》する立場として、仲間の実力が把握《はあく》できてないってのは問題あるでしょ。それに仲間より弱いリーダーってのも格好付かないし？」

そこでリユリは挑発的《ちょうはつてき》な笑みを浮かべた。

「ああ、そうだ。何だったらこの勝負にリーダーの座を賭《か》けようか？　あんたが勝ったら、あんたなりの理想に沿って仕事を進めればいい」

対してミアはため息をついた。

「どうでもいいですよ、そんなの。リーダーなんて面倒《めんどう》ですし」

それは多分、嘘偽《うそいつわ》りのない本心だったのだろう。

ただしこの場合、相手にとってはこれ以上ないくらいの地雷《じらい》だった。

「そうよね」

リユリの顔から表情が消えた。

「間違《まちが》いなく、あんたにとってはどうでもいいこと。依頼《いらい》を果たすことも、人々の安全を守ることも。だから、我慢《がまん》できないのよ」

ああ――そうか。俺は理解した。

これはリーダーとしてのプライドの問題なんかじゃない。

この二人は、根っこのところで相容《あいい》れないのだ。

リュリは『成り上がることにしか興味ない』という本人の主張より、はるかに利他的な理想家だ。世界を変えたいと願い、それが可能だと信じるくらいに。

一方、ミアは自身を一介《いっかい》の戦闘《せんとう》機械とみなしている。強くあること、戦うことがすなわち生きる意味。

おそらくリュリは仲間が弱くても受け入れるし、心が挫《くじ》けても許すだろう。ただし、冒《ぼう》険者《けんしゃ》として任された仕事を『どうでもいい』と言ってのける価値観は、絶対に認めない。

そしてミアは自身の強さが全《すべ》て。リュリの考えは理解できないし、興味も持てない。

「でも、その……だから戦って白黒つけるってのは、短絡的《たんらくてき》じゃねえか？　話し合いで何とか平和的な解決をだな」

「ただの訓練よ。問題あるかしら？　それとも、後日、あんたの目の届かないところで派手に『訓練』した方がいい？」

だめだ。こいつ、はなから引く気がまったくねえ。

「なあ、リュリ、一回やり合えば本当に納得《なっとく》できるのか？　自分が負けたとしても？」

「弱い冒険者に発言権がないことは納得するわよ。強くないと務まらない仕事なのは確かなんだから」

俺はあきらめの吐《と》息《いき》をついた。

「……わかった。そこまで言うなら仕方がない。やってみろ。ミアもいいな？」

「ハルカさんがそう仰《おつしや》るなら、異存はありませんよ。――《慈悲なき収穫者《グリムリーパー》》」

ミアの手に、黒い大鎌が現れる。

「やっとやる気になったのね」

リュリも双剣を構えた。

「手加減なしの全力で来なさい。後で言い訳されたくないし、あんたの力がどれほどか確認できないと意味がない。――ケガしてもうらみっこなし、で！」

言い終えるや否《いな》や、リュリは跳躍《ちょうやく》した。

空中で二度三度と不規則に跳ね、ミアに襲《おそ》い掛《か》かる。

不可視の力場を自在に作り出すのが、神具《銀の双翼《そうよく》》の能力。

身のこなしも無駄《むだ》のない剣《けん》の軌跡《きせき》も、十分賞賛に値するものだった。

しかしミアは二本の剣による連撃を、わずかに体を揺らすだけでかわした。

そして着地の瞬間、完璧《かんぺき》なタイミングでリュリの足を大鎌の背で払《はら》い、地面に転がす。

即座《そくざ》に跳ね起きて距離を取るリュリ。ただ、その目は驚愕《きょうがく》に大きく見開かれていた。

命中はしないまでも、体勢を崩す程度のことはできると思っていたのだろう。ミアの対応能力が、リュリの想定を超《こ》えていたのだ。

対照的にミアは一片《いっぺん》の動揺《どうよう》も見せてはいなかった。

「やり合うのはともかく、全力でというのは賛成できませんよ。だってリュリさん死んじゃいますし、そうなるとハルカさんも困るでしょう？　ですから——」

口《くち》の端《は》がきゅっと三日月のように吊《つ》り上がる。

「全力を出さず、でも、できるだけ力の差を思い知ってもらえるように、勝ちますね」

＊　＊　＊

「……上の人、めっちゃ怒《おこ》ってた」

唇《くちびる》をへの字に曲げて、ニコさんは言った。

「怪我《けが》させるなんて監督《かんとく》不行き届きだ、せっかく異世界の冒険者を招致《しょうち》できたのに、活動に支障が出るのは困るじゃないか、ってさ」

「俺の責任です。いやもう、ほんっと申し訳ない」

こっちとしては平身低頭するしかない。

リュリ対ミアの決闘《けっとう》は、予想通りミアの完勝という結果に終わった。

ただ一つ、計算違いがあった。

リュリがとんでもなく頑固《がんこ》だったことだ。指一本触《ふ》れることすらできないのに、ボコボコにされ気絶するまで決して負けを認めなかった。

で、その代償《だいしょう》として入院することになったのである。

「いーよいーよ、上司なんて責任取るために居るんだから」

ニコさんは手をひらひらと振《ふ》る。

「それより、リュリちゃんとミアちゃんの方が問題。ケガはこのまま訓練中の事故で通すけど、あの二人、あんまり上手くいってないんだよね？　スケジュール調整や各所への連《れん》絡《らく》は私がやっとくから、晴夏くんはお見舞《みま》いに行って、よく話しておいで」

そんな言葉に送られて、俺たちは陣郷《じんごう》市民病院にやってきた。

見舞いのケーキと花を持って、外科病棟《げかびょうとう》の個室を訪《おとず》れる。

「よお」

「お、お邪魔《じゃま》します」

俺とマリナが病室に入ると、退屈《たいくつ》そうにテレビを眺《なが》めていたリュリは顔を上げた。

「ああ、わざわざどーも。……二人だけなのね。エウフェミアは？」

「行きたくないから行かない、だそうだ。会いたかったか？」

別に、とリュリは肩をすくめた。

「え、えっと、大丈夫《だいじょうぶ》なの？　痛くない？」

気遣《きづか》わしげにマリナが尋ねる。

「もう平気よ。治癒神具の処置を受けられたし。固定する必要も特にないって」

あばら二本と右腕《みぎうで》の骨折、その他にも無数の打撲《だぼく》や傷をこしらえていたのだが、幸いなことに治癒の神具を持つ冒険者の力を借りることができたのだ。

「とはいっても、外出は控《ひか》えてるんだけど。散歩に出たら子供たちが寄ってきて大騒《おおさわ》ぎになったから。なんであいつら、耳とか尻尾とかベタベタ触《さわ》りたがるのかしら」

そりゃまあ、猫耳猫尻尾《ねこみみねこしっぽ》の人間が珍《めずら》しいからだろうなあ。あと可愛《かわい》いし。

「念のため、あと一日二日は入院してくれってこっちのお医者さんには言われたけど、この感じだと退院後すぐに仕事に戻《もど》れるわね」

「焦《あせ》ることはねえよ。もう少し休んでてもいい。あとその……」

俺は大きく息を吐いて、頭を下げた。

「すまん」

「なんであんたが謝《あやま》るのよ」

「やっぱり無理にでも止めておくべきだったかな、と。まあ、責任上、な」

リュリとミアの噛《か》み合わなさを甘《あま》く考えていたのは、間違いない。

ミアが有用性を示せばうまくいくとか、そういう問題じゃなかったんだよな。

「責任の話なら、そもそもエウフェミアにケンカ売ったのはあたしだわ。どっちにしてものんびり寝てる暇《ひま》はないし、さっさと復帰するわよ。勇者ノインだって、一度や二度の挫《ざ》折《せつ》で諦《あきら》めたりはしなかったでしょうしね」

「……すまん」

お前が思ってるよりへたれで怠《なま》け者《もの》だぞ、勇者ノインは。

「まあ、予想より元気そうで安心したよ。ケガもそうだが――」

「もっと落ち込んでるとでも思った？」

「……ああ、その通り」

リュリは自負心が強くプライドが高い。だから、圧倒的《あっとうてき》な実力差に心が折れてもおかしくないとは思っていた。

「別に自分が世界最強だなんて思ってないわよ。強い奴なんていくらでもいるんだし。命は残ってるんだから、努力してもっと強くなればいいだけ。とはいえ、勝てなかった相手が、まったくもって価値観の合わない奴だってのは、すんごく癪《しゃく》ではあるけど」

ふんと鼻を鳴らす。

「ま、エウフェミアとはどうにかして折り合いを付けるとして……ハルカには訊《き》きたいことが幾《いく》つかあるのよね。あんた、最初からエウフェミアの力を知ってたの？　あれ、どこの何者？　なんであんな怪物《かいぶつ》がＥ級冒険者なんかやってるわけ？」

「わ、私も知りたい！　ミアさん、なんであんなに強いんですか？」

二人に迫《せま》られ、俺は一瞬《いっしゅん》言葉に詰《つ》まった。

「あー……そうだな、お前らの選抜《せんばつ》はラグナ・ディーン任せだったから、俺やニコさんのところにはそこまで詳《くわ》しい個人情報は下りてきてねえんだよ。ただ、ミアについては色々あって、個人的に知ることになった」

「じゃあ――」

「ただし、俺の口からは教えない。知りたいなら、自分で直接訊くこと。他人の事情を勝手にばらすのは信義にもとるからな」

このあたりが妥当《だとう》な対応だろう。

少々不満げながら、リュリとマリナは俺の正しさを認めたように口をつぐんだ。

と、そのとき、病室のドアがノックされる。

どうぞ、とリュリが応じると、見覚えあるエルフ男女の二人組が入ってきた。

俺たちの顔を見、女エルフがあらあら、と声を上げる。

「お見舞いかしら、陣郷《じんごう》ギルドの皆さん」

「はい。えっと……ネフィさんと、テオさん、すね」

フェリクスのパーティメンバーであるA級冒険者たちだ。

「お二人とも、どうしてこんなところに——って、ああ、もしかしてリュリの傷を治した治癒神具の遣《つか》い手《て》って」

「ええ、私なの」

ネフィはおっとりと微笑んだ。

彼女《かのじょ》たちの所属する隅戸部《すみとべ》ギルドは、日本の冒険者たちを統括《とうかつ》する中心的役割を担《にな》っている。そこへリュリがケガをしたという知らせが入ってきたので、力を提供することにしたのだそうだ。

「それは、わざわざ申し訳ない」

「いえいえ。テーマパークで手を貸してもらった件のお礼も兼ねてるから」

気さくに言うネフィ。

フェリクスあたりもそうだが、A級なのにあまり偉《えら》ぶる印象がないんだよな。

なんだかんだ言っても連携《れんけい》や連帯が大切な稼業《かぎょう》なのだ。コミュ力重要。

「何かを受けたら、何かで返す。人間関係を円滑《えんかつ》にする秘訣《ひけつ》だよな。あ、ちなみにオレは付《つ》き添い兼《けん》道案内ね。姉貴、すごい方向音痴《おんち》でスマホがあっても迷子になるから」

「……もう、テオ、余計なこと言わないで」

ネフィが頬《ほお》を膨《ふく》らませて抗議《こうぎ》した。

そういう表情をすると、聖女めいた美貌《びぼう》が一気に可愛らしくなるなあ。和《なご》む。

「あの、お二人はご姉弟《してい》なんですか？」

「歳《とし》はほとんど変わらねーけどな。腹違《はらちが》いなんだ」

マリナの問いに、軽い口調でテオは答える。確かにあまり似ていないな。

「さて、リュリさん」

ネフィはベッドに視線を向けて言った。

「今、主治医の先生とお話ししてきたわ。後で直接お話があると思うけど、骨はきれいにくっついているので明日退院しても大丈夫だろうということです」

「それは嬉《うれ》しいわね。どうもありがとう」

「どういたしまして。私にとってもこちらの世界の病院やお医者様と関《かか》わるのは、勉強になるしね」

「ネフィさんは、こっちの医学に興味が？」

俺は尋ねた。神具が使えるならその方が手早いし、便利だと思うんだが。

「治癒《ちゆ》神具って、そんなに数が多くないから。幅広《はばひろ》い状況《じょうきょう》に適用可能で、かつ誰《だれ》もが活用できる知識や技術を浸透《しんとう》させることはとっても重要なの。――《絲月《いとつき》》」

ネフィの手の内に、細長い杖《つえ》が現れた。

「幸いにして私はこの子を扱えるわけだけど、単体で使うよりニホンの医療《いりょう》と組み合わせた方がより効率的なのよ。例えばほら、『れんとげん写真』ってあるでしょう？　あれで負傷個所《かしょ》を詳しく見ることができれば、治癒神具もより正確に働かせることができる」

ただし、とネフィは少し苦い笑みを浮かべた。

「ニホンで一般《いっぱん》の方に治癒術を使うことは、なかなか許可が下りないんだけどね。安全性が確認されていないとかで」

治癒術、とくに高品質の神具を使うレベルのものは、効果が一目瞭然《いちもくりょうぜん》だ。

だが、それが本当の意味で有用かどうかを確定させるには、多くの症例《しょうれい》を集め、長い年月をかけて観察する必要がある。

副作用は？　時間経過で悪化することはないか？　他の療法《りょうほう》に干渉《かんしょう》して思わぬ症状《しょうじょう》を引き起こす可能性はどうだ？　などなど。

「選ばれし者の力ではなく、汎用的《はんようてき》な技術として確立させるためには必要な手続きなんでしょうね。もどかしい反面、仕方のないことだとも思うわ。――そんなわけで、リュリさん、定期的に通院して、経過報告するのが退院を認める条件だそうよ」

わかった、とリュリは神妙《しんみょう》に肯《うなず》いた。

すぐに次の任務に向かうということなので、マリナをリュリの病室に残し、俺は二人を病院の玄関まで送ることにした。

「お茶でもお出ししようと思ってたんですが」

「残念だけど、モンスター退治の依頼が入っているのよ」

申し訳なさそうにネフィは言った。

「フェリクスとグレーテが合流を待っているから、ちょっと急がないと」

「いやでも、茶菓子《ちゃがし》くらい食っていってもよかったんじゃね？　あいつらなら二人だけでも何とかするでしょ。菓子《かし》に限らずこっちの食い物は旨《うま》いから、もらえるものは遠慮《えんりょ》なくもらって……あいて！」

穏やかな笑顔《えがお》のまま、ネフィがテオの後頭部をはたいた。仲が良いのか悪いのか。

「ごめんなさいね、遠慮を知らない弟で。――陣郷《じんごう》市ギルドが開設されてから、そろそろ二か月かしら。調子はいかが？」

「おかげさまで問題なく、と言いたいところなんですけど、貴重な冒険者がケガをしてしまったのは痛手っすね」

「訓練に熱が入りすぎたんだっけか。若者って加減を知らねえからなあ。特にあの年頃《としごろ》の女の子相手って、大変じゃね？　それとも、九住サンはそういうの喜んじゃう方？」

「ノーコメントで」

俺《おれ》は愛想笑《あいそわら》いを返した。

そういうテオ自身も十分若者に見えるけど、エルフなんだよな。

「失礼ですけど、その、お二人はお幾つなんですか？」

「二〇〇歳前後。エルフとしてはまだまだ若輩《じゃくはい》ね」

「ずっと冒険者を？」

「いえ、冒険者歴はフェリクスたちと変わらないから、四、五年かな。私はもともと学者だったの。魔術《まじゅつ》や魔具《まぐ》の研究をしてて、人体について学ぶのもその一環《いっかん》って感じ」

ラグナ・ディーンにおける魔術、魔具の力は極《きわ》めて慎《つつ》ましいものだ。

小さな火を着けるとか、大して明るくもない光を灯《とも》すとか、その程度。まあ、やり方によっては便利だし、こっちの科学では説明できない超常《ちょうじょう》現象には違《ちが》いないんだが。

RPG的なイメージの魔術、例えば自由に空を飛んだり巨大《きょだい》な火の玉を出したりするようなのは、やはり神具の担当になる。

「そういや、その冒険者が着けてる指環《ゆびわ》、確か『ネフィの指環』というんですよね？　相《そう》互《ご》に通信や位置特定、体調の監視《かんし》などができる優《すぐ》れものだとか」

「うん、私の発明。あ、でも、運用し始めてからまだ日が浅いし、優れものかどうかはまだ何とも言えないんだけど」

ネフィは照れ笑いを浮かべた。

「従来の魔術による通信はね、送受信が一対一の関係で行われ、送信側、受信側をその都度切《き》り替《か》えていく方式が主流だったの。ただ、これだと時間や手間がかかるのよね。そこに工夫《くふう》を加えたのが、この指環」

「はあ」

「複数ある端末《たんまつ》を全て一度中央制御《せいぎょ》機構に接続することで、全ての端末から全ての端末へ切り替え不要で双方向《そうほうこう》通信できるようにしてみたらどうかなって、思いついて。このとき、様々な情報が魔力《まりょく》に乗って同時にやり取りされることになるんだけど、問題となるのが上り方向と下り方向の魔力が衝突《しょうとつ》して、情報が損なわれてしまうことだったのね。なので魔力の波長をずらすことで解決を――」

「姉貴、九住サンが引いてる」

テオの声で、ネフィは我に返った。

「あ……ごめんなさい、専門分野の話になるとつい」

「い、いえいえ、お気になさらず」

「危なっかしいだろ？　こいつ」

テオはおどけたように口の片端《かたはし》を吊り上げる。

「だからオレはお守《も》り役《やく》として、こうしてひっついてるわけ。一人でニホンに行かせるのも不安だったしな」

「もうテオったら、大げさすぎ。まあ、色々助けられてるのは事実だけど……」

「フェリクスさんたちと組んだのは、こちらに来てからですか？」

「ええ、ニホンに派遣《はけん》された冒険者の第一陣《じん》だったの、私たち」

「知らない世界に適応するの、大変だったのでは？」

「大変なのは大変だったのだけど……」

ネフィは少し首を傾げ、続けた。

「そうね。――私の本名、ネフェリフィランテシアデルフィナというの」

「はい？」

突然《とつぜん》話題が変わり、俺は目を瞬《また》かせる。

「ちなみにオレのはテオルティニエルトアイネアス。家族姓《せい》を持たず、代わりに両親やご先祖様の名をちょっとずつ組み込む習慣だから、こんなに長くなるのな」

「エルフは長命で悠長《ゆうちょう》だから、普通《ふつう》は愛称《あいしょう》なんて使わないのよね。効率化とか時間の節約なんて概念《がいねん》、人間社会に出てから初めて知った。でも、そのおかげで新たな視点から発想や研究ができるようになった」

そう言うと、ネフィはにっこり笑った。

「モンスター退治はもちろんだけど、こうして新たな世界の新たな知識や技術を知ることも、人々の幸せに繋《つな》げられるの。大変ではあるけど、私はニホンに来られてよかったと思ってるわ」

隅戸部ギルドの車で次の現場へと向かう二人を見送り、俺は歩き出した。

いやいや、のんびりふわふわした人だったけど、やっぱり一流冒険者なんだなあ。

うちの奴《やつ》らがあの域にまで達するには、どれだけかかるやら。

すぐに病室には戻らず、駐車場《ちゆうしやじよう》へと足を向ける。

「──あ、ハルカさん」

公用車の助手席に座《すわ》っていたミアが声を上げた。

実はここまで一緒《いっしょ》に来たのだが、『やっぱり、リュリさんと顔合わせたくないです』とか言い出したので、車内で待たせていたのである。

「もうお見舞い終わり？　帰りますか？」

「いや、まだ。マリナがリュリのところに残ってるしな」

言いながら、俺は運転席、ミアの隣《となり》に乗り込んだ。

「リュリのケガは治癒術で治してもらった。明日には退院できるそうだ」

「そう、よかったですね」

「元気そうだったし、別にお前を恨《うら》んでる様子もなかったぞ。——で、ほんとに見舞いに行くつもりはないのか？　ミア」

「……んー」

ミアは少し困ったような微笑《びしょう》を浮かべた。

「多分、行くべきなんだろうけど……どうしてかな、なんか胸の辺りがモヤモヤして、そんな気分になれなくて」

「リュリに対してわだかまりが残ってるってことか？」

「いえ、それはないです。そういうのは最初から全然。わたしは戦って楽しい相手となら喜んで戦います。殺して強くなれる相手なら喜んで殺します。リュリさんはどちらでもないから、意識の中に入れる必要がありません。そのはずなのです。でも……」

「でも？」

「すごく、こう……すっきりしない。——わたし、強かったですよね？　勘違《かんちが》いの余地がないくらい、ちゃんと実力差を見せつけましたよね？　なのになぜ、彼女は勝ち目のない戦いをしつこく続けようとしたのでしょう？」

「あいつにとっては、『負けた』と認めることが負けだから、だろ」

「なんですか、それ。意味がわからない」

ミアは眉をひそめた。笑顔がデフォルトのこいつにしては、非常に珍しい。

「つまり認めない限り、絶対負けないということ？　ずるくないですか？」

「かもな」

ま、決して折れないというのは、それはそれで簡単なことじゃないんだが。

ミアは確かにリュリより強かったのだろう。しかし——勝つことはできなかった。

多分、お前もそれを薄々《うすうす》理解してたんだよ。

俺はガシガシと髪《かみ》を掻《か》き回し、ため息をつく。

「なんかさ、お前らの印象が変わってきたよ」

リュリのプライドの高さは子供っぽさや見栄《みえ》に由来するものかと思っていたけど、あいつは俺が思ってたより大人なんだよな。

そして様々なものを見、様々なことを経験してきた人間を大人というのであれば——ただモンスターを殺すためだけに生きてきたミアは、世間知らずの幼い子供だ。

だから異なる価値観にぶち当たったとき、処理しきれない。

生活をサポートするってのは、考え方や生き方にも関わるってこと。

……最初に考えてたより重いな、この仕事。

「あの、ハルカさん？　どうかされました？」

「何でもねえよ。時間と気合いがもっと必要だなと思っただけ」

いつまで経《た》っても気楽な生活にならない。どこで何を間違えたんだろうな、俺。

もっとも、後で思えばこのころはまだ余裕《よゆう》があったのだ。

数日後、俺たちは最悪の事態に巻き込まれることになる。

四章　元勇者は選択する

その日、俺は三人を連れて隅戸部《すみとべ》ギルドに向かうよう指示された。

ニコさん曰《いわ》く、『ニホンに派遣されている冒険者は、一切《いっさい》の任務を中断し即時《そくじ》集合せよ』との命令が帝国《ていこく》の冒険者ギルド本部より飛んできたとのこと。

「こういう非常招集みたいなこと、ラグナ・ディーンではよくあるのか？」

俺はハンドルを握《にぎ》りながら尋《たず》ねた。少なくとも、俺は経験したことがない。

「ど、どうなのかな。私は初めての現場がニホンなので……」

マリナは隣に視線を送る。

「あたしだって経験ないわよ。ただ大きな事故が起こったり、特別危険なモンスターが出現したときに、近隣《きんりん》の冒険者を集合させると聞いたことはある」

ちなみにリュリは宣言通り退院翌日から復帰し、すでに以前の調子を取り戻していた。

「もし凶悪なモンスターが出たとかだったら、あんたの出番かもね、エウフェミア」

「そう、ですね」

ミアは短く答えた。

素っ気なく振《ふ》る舞《ま》っているというより、リュリに対する困惑をまだ処理し切れていないようだ。凶悪《きょうあく》なモンスターなんて、普段《ふだん》のこいつなら躍《おど》り上がって喜ぶだろうにな。

ほどなく車は目的地に到着《とうちゃく》した。

隅戸部市の冒険者ギルドは日本で最初の、そして最大の冒険者ギルドだ。市役所の一室を借りているだけのうちとは違い、独立した真新しい建物を使っている。いいよな。

「まあ、何が起こってるにせよ、お前たちはこれからミーティングでそれを聞かされるんだろ？　差しつかえなければ、後で教えてくれ」

そう言って俺は三人を見送った。

さて、俺はあいつらが戻ってくるまで中で待たせてもらおう。

どうやって時間をつぶすか少し考え、屋上に上ることにした。

今俺の居る場所が、隅戸部市冒険者ギルド本館。

その向こう側は——直径約三〇〇〇メートル、深さ約一五〇〇メートルの巨大なクレーターになっている。

七年前の『大接続』の際、異世界との接続ポイントとなった場所。

そして、俺と家族が暮らしていた街の跡地《あとち》。

ラグナ・ディーン側の接続点にはさほど大きな被害《ひがい》は出ていないってんだから、不公平な話だよな、まったく。

俺は屋上のフェンスに手をかけ、クレーターを見下ろした。

現在はエレベーターと階段で容易に底まで行くことが可能になっている。その先には幾つかのゲートや『迷宮管理棟《めいきゆうかんりとう》』と呼ばれる監視施設《かんししせつ》があり、自衛隊とラグナ・ディーンの冒険者が二四時間常駐《じようちゆう》しているはずだ。

さらに進むと、クレーターの中心に巨大な金属製の扉《とびら》が一つ。

これが両世界を繋ぐ大迷宮《めいきゆう》、螺旋行路《スパイラル・パス》の出入口。

「…………」

俺は大きく息を吐《は》いた。

俺が暮らしていたころの景色は、もう欠片《かけら》も残っていない。

気持ちにはとっくに整理をつけたつもりだが……見に来てしまうのは、やはり傷が完全に癒《い》えてはいないということなのだろうか。

何と言うか、自分でかさぶたを剥《は》がしてみたくなる、みたいな心理？

「あら、九住さん」

背後から声。振り向くと、見覚えのある美人エルフが立っていた。

「どうも、ネフィさん。今、冒険者たちに集合がかかってるそうですけど……行かなくていいんすか？　何か重要なミーティングなんじゃ？」

「ああ、私はいいの。一部のA級冒険者には、すでに内容が伝達されているから」

ネフィは微笑《ほほえ》む。その中に少し陰《かげ》のようなものが見えたような気がした。

「これから迷宮警備のお仕事なんだけど、ちょっと落ち着かなくてね。風にでも当たろうと思って」

少し迷った後、俺は尋ねてみることにした。

「あの、訊いてもいいですか？　いったい、何のミーティングなんです？　相当な緊急事《きんきゆう》態なんじゃないかって感じがするんですけど」

「うーん、まあ、すぐに彼女たちから聞かされることになるでしょうしね。ただ、公式に発表があるまでは他言無用で」

「ええ、それはもちろん」

そして、ネフィはさらりとその言葉を口にした。

「邪竜《じやりゆう》ナーヴが復活したそうなの」

「…………」

俺は声を出すのも忘れ、思わず目を見開いた。

「あれ？　九住さん、邪竜のことはご存じだった？　ニホンにはそれほど詳しく伝わってはいなかったと思ったけど」

「……俺は何年かラグナ・ディーンにいましたから。それより、その、詳しく教えてもらえませんか？　なぜナーヴが復活したと？」

「正確には復活が確定したわけではないのだけどね。――四年ほど前、ナーヴは勇者ノイン様によって倒《たお》された」

それはよく知っている。決戦の際、俺は邪竜をとある山間の渓谷《けいこく》に追い詰め、聖剣《せいけん》《ユニベル》でとどめを刺《さ》した。

「その死体はデムテウス帝国領《ていこくりょう》に運ばれ、人々に公開されていたの。ドラゴンの脅威《きょうい》はすでに去ったのだと、広く知らしめる必要があったから」

竜種《りゅうしゅ》は強靱《きょうじん》な鱗《うろこ》や骨格に加え、内包した膨大《ぼうだい》な魔力でその体を護《まも》っている。

そのため、外部からの影響《えいきょう》を受けにくい。物理的な攻撃《こうげき》はもちろん、神具の能力に対しても強い抵抗力《ていこうりょく》を持っているのだ。

そしてこれは死後も変わらない。

竜は死体になっても腐《くさ》らず、体に残った魔力が完全に消え去るまでその姿を留《とど》め、その後ゆっくり風化して塵《ちり》になると言われている。

竜種の親玉ともなれば、当然その身に宿した魔力は計り知れない。消滅《しょうめつ》には数十年、あるいはそれ以上の時間がかかるはず。

「それがある日、突然、消えてしまったのね」

「消えたって……邪竜の死骸《しがい》が？」

「そう。もちろん自然消滅ではありえない」

「見張りは付けてたんすよね？」

「ええ、帝国軍の兵士が昼夜問わず監視していた。ただ事が起こった時間には、なぜか全員が気を失っていて、何がどうなったのかまったくわからない、と」

ではナーヴが生き返り、動き出した場面は誰も見ていないわけか？

「ただ、現場に邪竜が歩き去ったと思《おぼ》しき巨大な足跡《あしあと》が残されていた。やや離《はな》れた農村の住人から、足音らしき地響《じひび》きを聞いたという証言も出てきたそうよ」

「ああ、なるほど」

少なくとも、誰かが死体をこっそり運び出したとかいう単純な問題ではなさそうだ。

「その……神具ってのは色々不思議なことができるんでしょう？　死んだものを甦《よみがえ》らせる神具とかも、あるんすかね？」

「ない、と断言はできないかな。この世の全ての神具を把握している人なんかいないでしようし。ただ、今まで存在が確認《かくにん》されたことはない。これは確か」

まあ、そうだろうな。俺も聞いたことはない。

「では、死体を操《あやつ》る神具ならどうです？」

俺の頭にあったのは、先日のテーマパークでの一件である。

あれが仮に『生物の形をしたもの』を自由に操る神具であるなら――

ネフィも俺の考えを理解したらしく、小さく肯いた。

「『傀儡師《くぐつし》』ね。確かに有力な犯人候補とされているみたい。ただ、彼《かれ》ないし彼女は先日こちらで事件を起こしているから、邪竜の死体に関わるのなら、その後、螺旋行路《スパイラル・パス》を通ってラグナ・ディーンに戻っていないといけない。でも、通行記録からは今のところ、不審《ふしん》人物の行き来が確認できないの」

なら、同系統の神具がもう一つあるとか……いや、それなら犯人は『傀儡師』とまったく無関係の別人かもしれないし、もちろん尻尾《しっぽ》を出してないだけで『傀儡師』がこっそり日本とラグナ・ディーンを往復している可能性もあるし、考えるときりがないな。

「あと、もう一人、犯人候補として挙がっている名前があって……」

と、そこでなぜかネフィは口ごもった。

「他にも有力な容疑者が？」

「ああいえ、私もただの噂《うわさ》として耳にしただけなのだけどね。なんでも帝国の上層部には――『勇者ノインこそが黒幕なんじゃないか』という意見があるとか」

「…………」

おい。なんだそれ。

「邪竜を倒したのは勇者ノイン様だから、そのときに細工した可能性を疑われてるみたい。例えば、邪竜と何らかの密約を結んだ上で仮死状態にした、とか」

――だいたい縁《えん》もゆかりもない異世界を何の見返りもなく救って、颯爽《さっそう》と姿を消すなんて高潔な人間が居るわけない。何か目的があったに決まっている。

――勇者は世界接続に巻き込まれたニホン人なのだろう？　では、ラグナ・ディーンを憎《にく》んでいたのではないか？　正体不明の『傀儡師』は、勇者ノインかもしれないな。

――いやいや、それを言うなら、奴がニホンによるラグナ・ディーン侵略《しんりゃく》の尖兵《せんぺい》である可能性もあるぞ。そもそも螺旋行路《スパイラル・パス》を開いたのは本当に邪竜ナーヴなのか？　侵略の経路として勇者ノイン自身がやったのでは？

などという声もあるという。

「聖剣《ユニベル》の魂言《アニマ》や能力も明らかにしないまま姿を消したというのが、帝国の猜《さい》疑《ぎ》心《しん》を刺《し》激《げき》しているのね。私は根拠《こんきょ》のない妄言《もうげん》だと思うんだけど」

まったく冗談《じょうだん》じゃねえ。少なくとも今回の件に俺は全く関与《かんよ》してねえよ。

「まあ、今の段階では何も確かなことは言えないわね。私たちもこのままこちらで待機となるのか、あるいはラグナ・ディーンに呼び戻されることになるのか……」

ネフィは物憂《ものう》げに小さくため息をついた。


「――つまり、今後どうなるかわからないけど、心構えはしとけってことだよね」

俺たちの話を聞き終えたニコさんは、そう言った。

「ところで、この邪竜ナーヴが日本に攻《せ》めてくる危険性ってあるのかな？　かなりの巨体《きょたい》だって聞くけど、あの迷宮の途中《とちゅう》でつっかえたりしない？」

「螺旋行路《スパイラル・パス》は、邪竜ナーヴがニホン侵攻《しんこう》を目論《もくろ》んで開けた通路だって言われてるわ。その気になったら、壁《かべ》をぶち壊《こわ》してでも来るんじゃないの？　あんまり考えたくないけど」

リユリは肩《かた》をすくめた。

冒険者《ぼうけんしゃ》たちのミーティングが終わった後、邪竜復活（？）の情報は日本政府に伝えられ、俺たち異世界に関わる公務員の間でも共有されることとなった。

現状はあくまで『異世界のトラブル』であり、日本国内での危機感はさほど高くない。

一方、ラグナ・ディーン人たちにとっては深刻な問題だった。特に故郷を焼かれた経験を持ち、家族をあちらに残しているマリナの顔色は冴《さ》えない。

「ほ、本当にナーヴが復活したのかな……？」

「確かなことはまだ何もわかってないんだから、今から怯《おび》えたって仕方ないでしょ。あたしたちにできるのは、いつでも動けるようにしておくことだけ」

「それは、そうなんだけど……。そ、そもそもノイン様が、邪竜を倒し損《そこ》ねていたなんてこと、ないと思うんだよ。だって、勇者様なんだし！」

マリナは根拠不明な断言をした。まあ、本人としてもそのつもりではあるんだがな。

「あの反帝国テロリスト、『傀儡師』だっけ？　そいつが絡《から》んでるんじゃないの？　帝国への嫌《いや》がらせとしては十分だし、機械や人形が操れるなら死体も可能だろうし」

やはりリュリもその可能性に思い至ったようだ。

「ミアはナーヴの死体を見に行ったことがあるって言ってたよな？」

俺は残る一人の少女に視線を向けた。

少なくとも、こいつは他の二人ほど怖《こわ》がったり緊張《きんちょう》したりはしていないようだ。

「そのとき、どう思った？　仮死状態とかじゃなく、ちゃんと死んでたのか？」

「はい、間違《まちが》いなく死んでいましたよ。胸に大穴が空いていたし、わたしの《慈悲なき収穫者《グリムリーパー》》も生命の気配を感じていませんでした」

「でも、生き返らないとも言えないわよね。竜種なんて常識外れの存在なんだから」

「こ、怖いこと言わないでよう、リュリさん……」

マリナが体を縮めて身震《みぶる》いした。

「リュリちゃんはドラゴンと戦ったことあるの？　場所によっては、まだときどきはぐれ竜が出るなんて話も聞くけど」

ニコさんが尋ねると、陣郷《じんごう》市で唯一《ゆいいつ》のＤ級冒険者は首を横に振《ふ》った。

「見かけたことくらいはあるけど、戦わずに逃《に》げられるならそっち選ぶって感じね。まあ、ラグナ・ディーンに呼び戻されることがあるとしてもまずＡ級Ｂ級からだろうし、あたしたちが今すぐ戦わされるわけじゃないわよ」

そうリュリは結論づけた。


とはいえ、だ。

「──俺が暗躍《あんやく》してるとか思われるのは、ムカつくんだよなあ」

「んむ？　何の話？」

玖音が台所から振り向いた。

口がむぐむぐと動いている。夕食を作りながら、つまみ食いをしていたようだ。

「お前、邪竜ナーヴは覚えているよな？」

「忘れるわけない。く～とお兄ちゃんとで、めっちゃくちゃ頑張《がんば》って倒したじゃない」

「奴の死体が消えたんだとさ」

「ふぇ？」

きょとんとする玖音。一呼吸おいて、口の中に残っていたハムを呑《の》み込む。

「あっちの世界では、復活したんじゃないかとも言われているらしい。で、それに俺が絡んでるという噂もあるそうだ。大した根拠もねえくせに」

「へー、疑われてるんだ、お兄ちゃん。いまだに影響力《えいきょうりょく》が大きいんだね」

「他人事《ひとごと》みたいに。俺が疑われてるってのは、お前が疑われてるも同然だぞ？」

「と、言われてもねえ、噂をどうこうできるわけじゃないし」

玖音は緊張感のない口調で言った。

「犯人が捕《つか》まればすぐにそんな声も消えると思うよ。だいたい死んだものが生き返るなんて、あるはずないんだから」

「言い切れるのか？　例えば……」

そこで俺は一度言葉を切る。

「例えば、お前はこうしてここにいる」

「くーはレアケースでしょ。それに生き返るというのは——」

「定義論争をしたいわけじゃねえよ」

俺は先回りして、玖音の反論を封《ふう》じた。

「少なくとも『復活』に見えるような現象は起こりうるってことだ。完全な自我《じが》を持っているのか、何者かに操られているのか、それはわからねえけどな」

「それで、復活してたとしたらどうするの？　また勇者ノインとして戦うつもり？」

「………まさか」

やや間を置いて、俺はそう答えた。

「濡《ぬ》れ衣《ぎぬ》を着せられてると聞いて、ちょっとイラついただけだ。もう俺が勇者をやる必要はない。今の生活を守ることしか考えてねえよ」

「別にくーはどっちでもいいんだけどね。——やるのなら、手伝うけど？」

こちらの心中を見透《みす》かそうとするような、黒い瞳《ひとみ》。

俺は思わず言葉に詰まる。

と、そのときスマホが鳴った。ミアからのお誘《さそ》いメッセージだ。

普段だったらため息の一つもつくところだが、今回はナイスタイミングだった。

「ちょっと出かけてくる。夕食は帰ってからな」

「はいはい、行ってらっしゃい」

玖音はひらひらと手を振った。


気にはなっている、のだと思う。

本当にナーヴは甦ったのか？　だとしたら、その力はどこまで戻《もど》っている？

弱体化しているのなら、ラグナ・ディーンの冒険者たちだけでも対抗《たいこう》できるか？

もし仮に、ナーヴが日本に侵攻してきたらどうなるだろう？

自衛隊に戦闘《せんとう》許可は下りるか？　だとして、どんな武器を使用する？　それは竜の硬《かた》い鱗にも通用するのか？

しかし、それらの答えを得られたとしても、一番重要な疑問は宙に浮《う》いたままだ。

つまり……俺はどうするべきなんだ？


——と、余計なことが頭の中にぐるぐると渦巻《うずま》いていて、本調子とはほど遠かったのだが、相手の方はさらに輪を掛《か》けて散々だった。

「……ひっでえスランプだな、ミア。これ以上やっても意味ないだろ」

何度か攻防《こうぼう》の後、俺はそう宣告した。

手足の動きも呼吸もバラバラ。まったく集中できてねえ。

「やっぱり、わかっちゃいますか」

ミアは力のない笑《え》みを浮かべた。

「最近《慈悲なき収穫者》《グリムリーパー》を扱《あつか》う感覚も全然しっくりこなくて、どうしようかなと。こんな状態では、ナーヴ復活の知らせにも心が沸《わ》き立ちません」

それは別に沸き立たなくてもいいと思うが。

「最低限、モンスターと戦うときは集中しろよ」

「はい。まあ、戦闘に勝てないわたしなんて、存在価値ありませんからね」

自虐的《じぎゃくてき》だな。リュリとやりあったこと、まだ引きずってんのか。

あれ以来、二人の関係はおかしくなったままだ。

いや正確に言うと、リュリは以前と変わりない。結局ミアがやりたがらなかったのでリーダー役に戻り、ミアにもマリナにもこれまでと同じように接している。

おかしいのはミアの方だった。

かつて俺には遠慮の欠片もなく斬《き》りかかってきたこいつが、リュリに対しては距離《きょり》を測りかねる様子で、うまくコミュニケーションを成立させられないでいる。まるで人見知りな女学生のような有様だ。

「竜やモンスターが相手なら、戦って殺せば勝ち。わかりやすいんですけどね。――あ、リュリさんを殺したりはしませんよ。戦って一方的に勝ってこれですから、殺したところで胸のもやもやが消えるとは思えませんし」

「それ以前に、『戦う』とか『殺す』を対人トラブル解決の選択肢《せんたくし》に入れんなよ」

ミアは足を使わず歩けと命じられたような顔になった。

「では、どうすれば？」

「そうだな、パーティ抜《ぬ》けて隅戸部《すみとべ》ギルドへ移籍《いせき》するなり、ラグナ・ディーンに帰るなりするか？　望むなら手続きはしてやれるが」

「それは……嫌です」

そこで少し考え込む。

「うん、今のパーティ抜けるのは嫌、なんですよね、わたし。なんでだろ？」

「ならたくさん会話しろ、会話。それが相互理解の基礎《きそ》だ。戦闘訓練だって地道なトレーニングで基礎体力つけて、土台を作るところから始めるだろうが。それと一緒」

まあ、他人に興味が出てきたのは良い傾向《けいこう》だと思う。

調子を落としてはいてもリュリやマリナに比べればまだまだ上だから、こっちで仕事をこなす分には問題ないしな。

そのとき、ポケットでスマホが振動《しんどう》した。

電話に出るなり、ニコさんの緊張した声が聞こえてきた。

『あ、晴夏くん？　ごめん、緊急。今すぐ三人を迎《むか》えに行って、市役所まで連れて来てくれるかな？』

「何かあったんすか？」

『後で話す。あ、それと——もし、連れてくる間に三人に何か異常があったら、すぐに連《れん》絡《らく》を！』

異常？　俺は浮かない顔でぶんぶんと大鎌《おおがま》を振り回している少女を見る。

こちらの視線に気付いたミアは、きょとんとして小さく首を傾《かし》げた。

三人を伴《ともな》ってギルド部屋に入ると、ニコさんが待ち構えていた。

「みんな無事？　よかったぁ。えーと、皆《みな》さんに二つ、お知らせがあります」

「良い知らせと悪い知らせってやつですか？」

俺が尋ねると、ニコさんは力のない笑みを浮かべた。

「悪い知らせと、もっと悪い知らせ。——まず悪い知らせね。ラグナ・ディーンの冒険者ギルドから連絡があった。邪竜ナーヴの行方《ゆくえ》がわかったらしいわ」

「それは良いことなんじゃないの？」

と、リュリ。俺もそう思うが。

「続きがあるの。邪竜は螺旋行路《スパイラル・パス》の入口方面へ移動しているようだって」

ミア以外の二人が露骨《ろこつ》に顔を強張《こわば》らせた。

えっと……つまり、この日本を目指しているということか？　それは確かにまずいな。

「そして、もっと悪い知らせの方ね。──今日本に居るA級B級の冒険者たちが、次々と原因不明の人事不省に陥《おちい》ってる」

「じんじふせい？」

「ぶっ倒れて意識不明ってことよ、マリナ。──複数が同じタイミングでそうなるってことは、多分、偶然《ぐうぜん》じゃないわよね。何人ぐらいやられたの？」

「正確な数はまだわからない。今、日本側のギルドがそれぞれ冒険者たちの所在を確かめているけど……無事が確認されたのは、あなたたちが初めてだと思う」

フェリクスなど、テレビ番組の収録中に倒れてしまったので大騒《おおさわ》ぎになったそうだ。

ネフィとテオの連絡先《れんらくさき》は先日聞いていたので、俺もその場で電話をかけてみたが、繋がることはなかった。

「な、なんで、私たちだけ無事なんですか？」

「うーん、こちらではちょっとわからないとしか……」

「いずれにしても、何者かの攻撃でしょうね。一人二人を眠《ねむ》らせるくらいなら魔術《まじゅつ》や魔具《まぐ》でいけるだろうけど、腕利《うでき》きの冒険者まであっさりやられたなら、多分神具」

そうだな、と俺《おれ》も内心でリュリの言葉に同意する。

邪竜の死体が消えたときも見張りが意識不明になっていたというから、状況《じょうきょう》がよく似ている。無関係ではないかもしれない。

「ちょっと整理すんぞ。一、甦った邪竜ナーヴは日本を目指している。二、おそらく害意を持つ神具遣《づか》いも絡んでる。三、現在日本で動けることが確定している冒険者は、今ここに居る三人だけである」

俺の言葉に全員が沈黙《ちんもく》した。

事態の深刻さが全員の頭の中にじわじわと浸透《しんとう》していく。

「……つまり、わたしたちが螺旋行路《スパイラル・パス》の警備に付いて、場合によっては邪竜と対決しなければならないということですよね？」

ミアが言うと、マリナはひ、と息を呑み、リュリは顔をしかめた。

「取り決め上、そういうことになるのよねえ……。迷宮出入口は警備の最優先対象だから、人手が足りないときは隅戸部以外のギルドからも人を回さないといけない」

ニコさんはため息をついた。

「ただ、邪竜ってとても危険な存在なんだよね？　他の冒険者がまったく動けずD級E級にこんな仕事が回るというのは異常事態だし、しかもあなたたちは未成年。日本の領土内なんだから対応する責任は私たちにもあるし、自衛隊や機動隊も待機してる」

つまり、と続ける。

「あなたたちが自分の手に負えないと判断したなら、任務から外すよう交渉《こうしょう》してあげることもできるけど……」

「必要ないわ」

誰《だれ》よりも早くリュリが答えた。

「危険手当込みで報酬《ほうしゅう》をもらってるんだから、『危険なのでやりません』は通用しないのよ。こっちの人たちって、竜はもちろん神具遣いとやりあった経験もほとんどないんでしょ？勇者ノインでも居てくれたら任せられるけど、居ないんだからあたしたちが頑張るしかないの。――あんたたちも覚悟《かくご》決めなさいね」

最後の一言はミアとマリナに向けたものだ。

「か、覚悟決めても、怖いものは怖いよう……」

「じゃあ、お家で待ってる？」

う、と喉《のど》に何か詰《つ》まったような声を出し、マリナは首を横に振った。

「こ、こういうときのために、私たちが居るんだから。——例えば、私の家族が危険なときに、警備の冒険者さんが逃げ出しちゃったら、私はがっかりすると思う。だから、今、私は逃げちゃダメなの」

「…………」

ミアの方は特に言葉を発しなかった。表情からも内心は読み取れない。

喜んでいるのか、それとも本調子じゃない自分に不安を覚えているのか。

正直俺としては、こいつらに戦いから下りて欲《ほ》しいと思っていた。

敵は神具遣いの可能性が高く、おそらく周到《しゅうとう》に計画を練っている。

こいつらが無事な理由は不明だが、他の冒険者は正確に狙《ねら》われているのだから、少なくとも敵が日本側の情報を持っているのは間違いない。明らかに分の悪い勝負だ。

そして邪竜が本当に甦っていた場合は、もちろん分が悪いどころの話ではない。

何にしても、事態がこうなった以上、俺は最も重要な問題に答えを出さなければならなくなった。つまり——

——勇者ノインはどうするつもりなんだ？

＊＊＊

サイレンを鳴らすパトカーに先導され、俺の運転する車は普段より一五分ほど時間を短縮して隅戸部冒険者ギルドに到着した。

昼にも訪《おとず》れた場所だが、半日も経たないうちに雰囲気《ふんいき》は一変していた。

皓々《こうこう》と灯《とも》された照明の中、忙《いそが》しく動き回る大勢の人間。

機動隊か自衛隊と思しき体格のゴツい男たちの姿も見られる。

すぐにミアたち（とギルド職員の俺）を交え、作戦会議が開かれることになった。

結局、無事が確認された冒険者は、こいつらの他に一人もいなかったらしい。

連絡が取れないか、気を失って病院に担《かつ》ぎ込まれているか、だそうである。

一方で日本人には被害が出ていない。

犯人の目撃《もくげき》情報はなし。遠隔攻撃《えんかくこうげき》系の神具、かつ対象を正確に設定できるタイプか？

だとすると、かなり面倒《めんどう》だな。

「――いずれにしても、最前線に出るのはあたしたちの役目だわ」

ドラゴンや神具についての基礎知識をいかつい男たちにレクチャーした後、リュリはそう主張した。

「相手が神具遣いであれドラゴンであれ、いきなりこちらの人たちに戦闘を任せるのはリスクが高すぎるもの」

「しかし、それでは逆に君たちがあまりにも危険すぎるのでは？　せめて、我々の一隊を伴って行くとか……」

日本側の指揮官が異論を唱えた。

「正直に言わせてもらえば足手まとい。人数が多くなると撤退《てったい》も難しくなるし。クレーターの外は市街地なんだから、まず一般《いっぱん》の人を護らないといけないってのは絶対よね？　あなたたちは、まずそちらに戦力を集中させてほしいの」

俺は概《おおむ》ねリュリが正しいと思う。ラグナ・ディーンの脅威に対抗するノウハウを持っていないこっちの人間を敵の前に放《ほう》り出しても、犠牲《ぎせい》が増えるだけだ。

と、そのとき、指揮官の男にギルド職員からメモが渡《わた》された。

男は軽く眉《まゆ》をひそめ、俺たちを見回しながら口を開いた。

「ラグナ・ディーンからの連絡だ。あちら側の螺旋行路《スパイラル・パス》入口に竜型の生物が現れ、交戦状態に入ったもよう」

そのまま向こうで倒してくれればハッピーエンドなんだけど、まあ、楽観的な予測はできねえよなあ。

「あたしたちは迷宮に向かうわ。ニホンの人たちはとにかく人と武器の準備を急いで」

にわかに慌《あわ》ただしくなった。

「邪竜が真《ま》っ直《す》ぐやってくるとして、最短で三時間くらいかしらね」

準備を整え螺旋行路《スパイラル・パス》へと向かいつつ、リュリが言った。

「さ、三時間……」

マリナがごくりと唾《つば》をのむ。

「最短で来るとは限らねえからな。最悪に備える必要はあるが、長引いた場合、気を張りっぱなしだと持たないぞ」

「う、うん……」

「ハルカさんも一緒《いっしょ》に見張りします？」

ミアは悪戯《いたずら》っぽく微笑んだ。他の二人は冗談と取っただろうが、多分本気だろうなあ。

「……遠くから、お前らの健闘《けんとう》を祈《いの》っとくよ」

「なんか偉《えら》そうだわ」

リュリは言い、そしてにっと笑った。

「でも護られる方の姿勢としては、それでいいと思うの。無事に仕事終わったら、何かごちそうしてよね」

そして三人はエレベーターに乗り、迷宮の入口へと向かった。

（さて……）

俺は殺気立っている隅戸部ギルドを出、クレーターの外縁部《がいえん》に沿って移動する。

そして人や監視《かんし》カメラの目がないところまで来ると、三メートルほどある柵《さく》を跳《と》び越《こ》え急斜面《きゅうしゃめん》へと身を躍らせた。

一般人《いっぱんじん》なら滑落死《かつらくし》コースだが、神具の加護を得た俺にとってはアパートの階段を下りるのと大差ない。落ちながら二、三度岩を蹴《け》り、ふわりと地面に着地する。

「玖音」

名前を呼ぶと、ふっと妹の姿が目の前に現れた。

「で、どうするか決めたの？　お兄ちゃん」

「……俺は、勇者に戻る気はない」

「うん」

「でも、生活のために今の仕事は真面目《まじめ》にやるつもりだし、そのために自分の力を活用するのは悪いことではないとも思う。だから、陰からあいつらをフォローする。悪いけど、働いてくれ」

「そういうときは、ただ命令すれば良いの。くーは何をすればいい？」

「とりあえず迷宮内の様子を知りたい。怪《あや》しそうなのが潜《ひそ》んでないかどうか」

「はいはい、了解《りょうかい》。ここからなら割とすぐ探《さぐ》れるかな……再接続っと」

玖音はそう答えて目を閉じる。

「うーん、まっすぐ日本側の出口に向かってる動体反応があるね。でっかいの。多分、これが邪竜ナーヴ」

つまり、ラグナ・ディーン側の入口は突破《とっぱ》されたんだな。やはりこっちに来るか。

「ナーヴの状態を詳《くわ》しく解析《かいせき》できるか？　生きてるのか、死んでるのか、何かの神具に操られているのか」

「ちょっと待ってね――」

と、そのときだった。

「人間型の神具か。初めて見るねえ」

背後から男の声が聞こえた。

俺は目を見張る。気配に気付けなかった？

「まあ、お二人とも、ちょっとおとなしくしてもらうぜ」

同時に俺の手足も動かなくなり、ぷつんと意識が途切《とぎ》れた。

玖音の口から小さな悲鳴。その体に亀裂《きれつ》が走り、ガラス細工のように砕《くだ》け散る。

「あ――」


――背中に硬い岩の感触《かんしょく》。

目を開けるとぼんやりとした人工光が視界に入った。

「お目覚めかしら？」

見覚えのあるエルフが、俺を覗《のぞ》き込んでいた。

「ネフィ、さん？　なんでここに？　俺、誰かに襲《おそ》われて気を失って……もしかして助けに来てくれたんすか？」

「ああ、そういうお芝居《しばい》は、もう必要ないわ。――私はすでにあなたの正体を存じ上げております、勇者ノイン様」

ネフィの口調が仰々《ぎょうぎょう》しく改まった。

「……あっそ。どこかで会ったか？」

「帝国《ていこく》で執《と》り行われた邪竜討伐《じゃりゅうとうばつ》の戦勝式典の折に、お顔をお見かけいたしました」

ミアと同じパターンかよ。

「じゃあ、あんたもどっかの王族……いや、先にこっちを聞いとくべきか。そこに隠《かく》れてる奴《やつ》も含《ふく》めて、あんたたち二人が黒幕ってことで良いんだな?」

「おや、気付かれた。さっすが勇者様、すげーすげー」

物陰《ものかげ》からゆっくりと男が姿を現す。

「そんな格好じゃなけりゃ、もう少し様になったんだろうけどねえ」

「テオ！　失礼よ！」

ネフィは弟を叱責《しっせき》した。

まあ、芋虫《いもむし》のように地面に転がされてるわけで、無様なのは否定しようがないな。

拘束《こうそく》されてはいないが、手足はまったく動かない。何かの神具の力だろう。

周囲の様子から判断して……螺旋行路《スパイラル・パス》の日本側から、やや奥《おく》に入った辺りか?

少し視線を動かすと、向こうの方に巨大《きょだい》な竜のシルエットがある。

(邪竜ナーヴ?)

ただ、今はぴくりとも動く様子を見せない。生命の気配は感じられなかった。

「——申し訳ありません。このような扱い、さぞご不快かと存じます。お気を悪くなさらず、とは申し上げられませんが……もう少しだけご辛抱《しんぼう》下さい」

ご辛抱も何も、こっちに拒否権《きょひけん》があるのかよ。

「まずは、現状をご説明申し上げます。現在時刻は午前0時過ぎ。ノイン様が意識を失われてからおよそ三時間半ほど。つい先刻、陣郷市《じんごうし》ギルドの三人が仕掛《しか》けて来ましたので、邪竜《じゃりゅう》と一戦させ追い返しました。今、彼女《かのじょ》たちは迷宮《めいきゅう》入口付近に陣取《じんど》っています」

「あいつらに怪我《けが》は？」

「かすり傷が少々というところでしょうか。大きな負傷はさせていません」

「今のところは、ね」

からかうような口調でテオが付け加える。

視線で黙《だま》らせておいて、ネフィは続けた。

「さて、私たちですが――」

「『傀儡師』なんだろ。二人で一人だったってわけだ」

今回の事件は、神具が二つ、神具遣いが二人いないと成立しない。

「テーマパークの恐竜《きょうりゅう》やナーヴの死体を動かす役。それから兵士や冒険者たちを昏倒《こんとう》させ、盗《ぬす》み出したナーヴの死体を隠蔽《いんぺい》する役。ネフィが前者、テオが後者。魂言《アニマ》はそれぞれ〝操《あやつる》〟と〝封《ふうじる》〟ってあたりか？」

一見したところ、治癒《ちゆ》術師を務めるネフィの神具は〝癒《いやす》〟や〝治《なおす》〟、防御《ぼうぎょ》役であるテオの神具は〝護《まもる》〟や〝防《ふせぐ》〟、という種類の魂言《アニマ》を持つように思える。

おそらく意識して周囲にそう印象づけてきたのだろう。

「ご賢察《けんさつ》の通りです。私の《絲月》は生物の形をしたものを自在に操る力。負傷した箇所《かしょ》の体細胞《たいさいぼう》に干渉《かんしょう》することで治癒術のようにも使えます。テオの《不壊《ふえ》》は〝封《ふうじる》〟を相手の攻撃《こうげき》に対して行使することで、防御特化の能力のように見せていました」

もちろん封じることが可能なのは、攻撃やダメージに限らないのだろう。例えば相手の意識を封じれば気絶するし、自分の姿や気配を封じれば認識《にんしき》されなくなる。

二人とも第三階梯《かいてい》・開翅《かいし》に到達《とうたつ》しているな。

「玖音の姿が消えたのも、神具の力を封じられたからか。便利だな」

「お褒《ほ》めにあずかり光栄至極《しごく》。とはいえ、とはいえ、生きてる邪竜には通用しなかったけどね。死体に小細工するのが関の山だ」

「弟の言う通り、邪竜ナーヴが暴虐《ぼうぎゃく》の限りを尽《つ》くしていたとき、私たちは何もできませんでした。ラグナ・ディーンをお救いいただいたこと、改めて御礼《おんれい》申し上げます」

「今その話はどうでもいい。で、何の用だ？　こうやって俺をさらってきたからには、何か言いたいことがあるんじゃねえのか？」

「はい。――私たち二人は、クラーナ王国の王家に連なるものです」

王女様王子様か。

クラーナってのは、デムテウス帝国と国境を接しているエルフの国。国土の九割が森林であるという。歴史はあるが、その国力は帝国に遠く及《およ》ばなかったはずだ。

「現在、クラーナ王国は、デムテウス帝国の横暴により危機に瀕《ひん》しております」

ネフィは真剣《しんけん》な表情で言った。

「竜種《りゅうしゅ》によって大きな被害《ひがい》を受けたのは、帝国だけではありません。周辺の国家群、つまり私たちの国もその一つです。あのときは帝国を中心に敵も味方もなく団結し、必死に戦いました。要求されるがままに資金を出し兵を出し糧食《りょうしょく》を出し、神具まで貸与《たいよ》して。そして邪竜は勇者様に倒《たお》され、平和が戻りました」

「しかし、帝国に貸したあれこれは戻ってこなかったんだよなあ」

テオが皮肉な口調で後を引き取る。

「金は返済期限の延期を一方的に通告されただけ。神具については『今後の危機に備えて我《わ》が国《くに》で管理するのが妥当《だとう》と判断する』と来たもんだ」

デムテウス帝国の皇帝《こうてい》は俺も知っている。欲深でいけ好かないおっさんだった。

奴なら確かにそのくらいのことはやるかもな。

「それでもあんたらが貢献《こうけん》したのは間違いないんだろ？　何かしら交渉はしなかったのか？　物的援助《えんじょ》とか、あるいは有利な条約を結んだりとか」

「もちろん最大限努力しましたとも」

ネフィは虚無《きょむ》感の漂《ただよ》う笑みを浮かべた。

「帝国曰く《ていこくいわ》『あの勇者ノインでさえ、報酬を要求しなかった。貴国は世界平和のための戦いに見返りを求めるのか。勇者ノインの献身《けんしん》に対して恥《は》じるところはないのか』と」

「……………」

それは何とも……コメントのしようがないな。

「しかしやがて、帝国の中に勢力拡大を目論む動きが出てきました。周辺国は疲弊《ひへい》しきっていますから、思いのままにできるだろうということですね。実際、我が国の民は飢《う》えていますし、国庫は枯渇《こかつ》しています」

例えば、同じ一〇万円の損害でも、金持ちと貧乏人《びんぼうにん》ではダメージの度合いが違《ちが》う。邪竜にやられた傷は小さくないが、帝国にはまだ周辺にちょっかいを出す余力が残っているということだ。

「遠からず、クラーナは滅《ほろ》びるか併呑《へいどん》されるかの二択《たく》を迫《せま》られることになるでしょう」

「で、反帝国テロリスト『傀儡師《くぐつし》』の誕生ってわけか」

「はい。あの大国に直接的なダメージを与《あた》えられるとは思っていません。でも、内部分裂《ぶんれつ》を促《うなが》したり、他国がつけいる隙《すき》を作るくらいのことはできます」

日本との関係についても、トラブルが起きればその責任は交流を主導している帝国が負うことになる——だっけか。以前に聞いたな。

「『傀儡師』という名は、反帝国派の注目を集めるための、いわば旗印ですね。名前が広まれば、手を組もう、力を貸そうという勢力も出てきます」

「オレたちの方も、とにかく味方が必要だったわけだしな。ま、そういう奴らには奴らなりの損得勘定《かんじょう》があるんだろうが」

テオが皮肉っぽく唇《くちびる》を吊《つ》り上げる。

ふと、俺は思い出した。

「《黒狼《こくろう》》のペトルだっけか。あれを口封《くちふう》じしたのは——」

「ああ、オレ。《黒狼》には活動資金を提供してもらうのと引き替《か》えに、ニホンの情報をある程度渡《わた》してたんだ。その辺のことが漏《も》れると、ちょっとまずいんでね」

「……手を汚《よご》さずに事が成せるとは、思っておりませんから」

俺の表情から非難の色を読み取ったのか、ネフィが平坦《へいたん》な口調で言った。

「話を戻します。ラグナ・ディーンには火種が燻《くすぶ》っていること、ラグナ・ディーン人は必ずしも友好的で安全な隣人《りんじん》ではないことを、ニホンに示す。これがテーマパークで起こした事件の目的でした」

「その後、この邪竜の死体をニホンで大暴れさせ、甚大《じんだい》な被害を与える。異世界の脅威《きょうい》を人心に刷り込むには効果的だろ？　で、帝国は責任を問われ、異世界間の交流はご破算。ここまでが当初の目論見《もくろみ》。もちろんフェリクスたち冒険者《ぼうけんしゃ》は邪魔《じゃま》なんで、無力化する」

「冒険者に支給される指環《ゆびわ》ですが……」

そう言ってネフィは軽く手を掲《かか》げる。

「ご存知《ぞんじ》の通り、これは私の構築したネットワークに繋《つな》がっていて、冒険者たちの状態をチェックしています。彼《かれ》らが一斉《いっせい》に意識を失ったのは、この仕掛《じか》けを通してテオの神具を遣《つか》ったからですね」

「ああ、うちの奴らが無事だったのもそのせいか」

あいつらの『ネフィの指環』は、ネットワークに接続されていない試作品である。

「そうです。とはいえ、新米冒険者パーティの動きを封じ損ねる程度なら、大きな問題にはならないと思っていたのですよ。ただ――彼女たちのそばには、あなたの姿がありました、勇者ノイン様。それが最大の計算違いでした」

「で、邪魔されたくないから、俺をさらったと」

「いえ、違います。その、目的は別にありまして……」

ネフィは一度言葉を切る。

そして、まるで勇気を振り絞《しぼ》って愛の告白をするように続けた。

「わ、私たちに力を貸していただけないでしょうか！」

俺は思いきり眉をひそめた。

「……力を貸《かざ》す？　俺にテロリストになれと？」

「言葉を飾らずに言うと、そういうことになります」

勇者辞《や》めて平穏《へいおん》に生きたいと願ってたら、テロリストに勧誘《かんゆう》されました。

なんだろうな、この状況。

「戦力としても、シンボルとしても、あなたの価値は非常に大きい。クラーナ王国はもう持ちません。人間の何倍もの寿命《じゅみょう》を持つ私たちですが、時間は残されていないのです」

ネフィの表情は怖《こわ》いくらい真剣だった。

「以前お話ししましたが、帝国の上層部にあなたが黒幕だという噂《うわさ》があるのは事実なんです。デムテウス帝国はラグナ・ディーンを救ったあなたに感謝などしない。敬意も払《はら》わない。一方、こちらの世界でも、あなたが報《むく》われることはない。英雄《えいゆう》に地方のお役人をさせるなんて、あってはならないことでしょう？」

いや、そっちは俺自身が望んだんだが。

「熱意はわかったけど、もし俺が同意しなかったらどうするんだ？　殺すのか？」

「勇者様を殺すことなど、私にはできませんよ。強さのうえでも、感情のうえでも。その場合は、あなたを拘束したまま予定通り事を進めるだけ」

「つまり、日本で邪竜を暴れさせる？」

「はい。迷宮の出口で待ち構えている三人の少女たちを、力ずくで排除《はいじょ》して」

「怪我人《けがにん》、あるいは死人が出るかもな。オレたちも手段を選んでる余裕《よゆう》はねえし」

テオは《不壊》をもてあそびながら、くっくと喉を鳴らした。

その気になれば、誰かの心臓を封じて停止させたりもできるんだろうな、あの神具。

「つまりは、脅迫《きょうはく》か」

「……はい、そう解釈《かいしゃく》いただいても構いません」

気まずそうに視線を落としつつも、ネフィははっきりそう答えた。

「あなたにご助力をお願いするのは、私たちにとっても大きな賭《か》けなのです。ここまで切迫《せっぱく》した状況を作らなければ、検討すらしていただけなかったでしょう？」

まあ、それはそうだろうな。

「ご無礼は幾重《いくえ》にもお詫《わ》びしますし、お怒《いか》りが収まらないのでしたら、事が成った後に私たちの首を差し上げても構いません。どうか……ご協力下さい」

ネフィは深々と頭をたれた。

……いきなり、んなこと言われてもなあ。

俺はため息をつきたくなった。どいつもこいつも勇者を過大評価しすぎだ。

と、そのとき、テオが小さく舌打ちした。

「来たぜ、姉貴」

俺にも気配が察知できた。

ミアたち三人が迷宮内に突入《とつにゅう》してきたのである。

「積極的な戦術ね。——勇気ある若い子は好きですよ、私。ただ、状況を変えるには少々力が足りませんね」

しばしお待ちを、と二人は迎撃《げいげき》に向かい、程《ほど》なく戦闘の物音が聞こえてきた。

まあ、ネフィの言うことは正しいな。俺から見ても、これは敗北に繋がる悪手だ。

結局、邪竜はただの操《あやつ》られた死体だったわけで、それ単体が相手ならミアたちでも何とかなる。迷宮外に出してしまうと足止めが難しくなるから、巨体《きょたい》が自由に動けない場所で決着をつけようというのも正解。

しかしあいつらはネフィとテオの存在に気付いていないし、その神具の力も知らない。

つまりは、勝ち目がない。

そうだな、俺がネフィだったら——まずナーヴの死体を囮《おとり》にして注意を引きつけ、その間に姿を消したテオを動かして、背後から不意打ちさせる。

第一の標的は、おそらくメインアタッカーのミア。正面からの決闘《けっとう》ならA級が相手でも引けは取らないだろうが、いくらあいつでもあの初見殺しは回避《かいひ》できない。

最大戦力が消えれば、あとは戦線崩壊《ほうかい》まで一直線だ。

予想通りあっさりと戦闘は終わったらしく、二人がこちらに戻ってきた。

テオの肩《かた》にはぐったりとしたミアが担がれている。

「リュリとマリナは？」

「撤退したようです。この子にも傷は付けていませんから、ご安心下さい」

俺は隣《となり》に寝《ね》かされたミアに視線を向ける。

確かに外傷はない。呼吸も安定している。まるで眠っているようだった。

「では、ノイン様、お話を続けましょう」

「……要求はわかったよ。で、俺があんたらのテロに手を貸すメリットは？」

「報酬としてお金、神具、その他私たちに調達可能なものなら何でも。この子たちにもこれ以上危害は加えませんし、今後ニホンを巻き込むことも一切《いっさい》しないとお約束します」

「………………」

勇者ノインの名前で呼ばれることにはウンザリした気分があるものの、実のところ、勧誘に対しては快も不快も覚えなかった。どうしても実現させたい理想があるなら、なりふり構わずあらゆるものを利用しようとするのは、むしろ当然だろう。

俺の中に、ネフィのような大義はない。

争いも犠牲も好ましいとは思わないが、正義だ悪だと大騒ぎするには多くの『死』を見すぎていた。心のどこか重要な部分が、麻痺《まひ》してしまったのかもしれない。

ああ……そう考えると、自国と民を救うために戦うネフィたちの方が、俺なんかよりよっぽど勇者らしいよなあ。

『いいか、晴夏。人間、平凡《へいぼん》で安定した生活が一番だぞ?』

亡《な》き親父《おやじ》はそんなことを真顔で言う性格だった。

クソ生意気なガキだった俺は夢のない意見に反発を覚えたもんだったが、異世界で勇者を経験し、日本に戻《もど》ってきた今は平凡というものの価値がよく理解できる。

ま、『安定した生活』にはそれなりの金が要《い》るんだが……それもこいつらに少しばかり協力すれば、解決するわけだ。

国家としては貧乏《びんぼう》であっても、俺一人に払う金くらいは工面できるだろう。

何なら金でなくてもいい。日本で手に入らないもの、例えば適当な神具や魔具を譲《ゆず》ってもらえれば、大枚をはたいてでも買いたがる奴は必ずいる。

要するに、このまま市役所でコツコツ働き続けなくとも生活は一気に楽になる。
――あれ？　断る理由、ないんじゃね？
と、そんなことを思った瞬間《しゅんかん》だった。
（上……？）
俺は気配を感じて顔を上げた。同時にネフィとテオが飛びのく。
二人が先ほどまで居た場所に人の頭ほどもある岩が落ちてきて、砕け散った。
「黒幕がA級冒険者だったなんてね」
苦々しい声が聞こえてくる。
リュリが一〇メートルほど上、天井《てんじょう》すれすれに浮《う》いて、こちらを見下ろしていた。
「おまけに一般人のハルカまでさらうなんて。A級のプライドすらないわけ？」
神具《銀の双翼《そうよく》》は不可視の力場を造り出す能力を持っている。
撤退したと見せかけて、上からネフィたちの後を追ってきたわけか。
リュリの周囲に漂っていた岩が、地上の二人に向けて次々と撃《う》ち出された。
なるほど、こういう使い方もできるんだな。
「は、通用するかよ」
余裕の表情で《不壊》を構えるテオ。その手前で岩は運動エネルギーを封《ふう》じられ、ボトリボトリと地面に落ちた。

派手な攻撃で注意を引いて、側面を突《つ》く。ネフィたちも実践《じっせん》した戦術だ。

しかし、これは囮。

「……い、今、助けますからね！」

横合いから小さな声がして、俺と気絶してるミアの体がぐいと持ち上げられた。

マリナは人間二人を左右に抱《かか》え、そのまま力強く後方へと跳躍《ちょうやく》する。

もちろん、それを黙って見過ごすような相手ではなかった。

「《絲月》！」

ネフィの声と共に俺の体が勝手に動き、マリナの腕《うで》を振《ふ》りほどく。

背中から岩場に落下。くそ、痛ぇ。

「ハルカさん⁉　な、何するんですか⁉」

「俺の意思じゃねえ！　『操る』神具だ！　俺はいいから、ミアだけ連れて下がれ！」

マリナはほんの一瞬《いっしゅん》だけ悔《くや》しそうに唇を噛《か》み、そしてミアの体を抱えたまま闇《やみ》の奥へと撤退した。よし、いい子だ。

気付けばテオも戦闘《せんとう》態勢を解いていた。リュリもすでに姿を消したようだ。

「重ね重ねご無礼をお許しください」

傍《かたわ》らにやってきたネフィは頭を垂れた。

「ただ、その気になれば、私はいつでもマリナさんの命を奪《うば》えたのです。あえてそれを控《ひか》えたのだということは、ご理解を」

だろうな。生物に干渉して骨を繋いだり傷口を塞《ふさ》いだりできるのなら、その逆を行うことだってたやすいはずだし。

「とはいえ、このまま彼女たちとじゃれ合い続けるのは不毛です」

「あの子らがあんまり生意気だと、オレもうっかりやりすぎちまうかもしれねーしな」

「テオ！」

ネフィは弟を叱《しか》りつけ、こちらに向き直った。

「彼女たちに怪我させることを望んでいるわけではありません。しかし、時間が限られているのも事実。――ノイン様のお返事をいただきたく存じます」

「…………」

リュリとマリナはよく戦ったと思う。

しかし、機転と工夫《くふう》をフル稼働《かどう》させ、一二〇パーセントの実力を出し切れたとしてもなお、ネフィたちとは埋《う》めがたい差がある。

ミアの身柄《みがら》だけは取り返したが、意識はテオの神具によって封じられたままだろう。二人だけで戦っても、絶対に勝ち目はない。

テオはともかく、ネフィはさほど短慮《たんりょ》を起こす性格には見えないが……俺が回答を引き延ばし続ければ、最終的にはリュリたちを殺してでも俺を連れ去ろうとしかねない。

勇者の身柄にはその価値がある。少なくとも、こいつはそう信じてる。

俺はため息をついた。ま、選択《せんたく》の余地はねえか。

「わかった。あんたたちと一緒に行こう」

ぱっと顔を輝《かがや》かせ、礼を口にしかけるネフィに、俺は続ける。

「ただ、一つ条件がある」

「……何でしょうか？」

「絶対に勝てないという圧倒的《あっとうてき》な力を見せたうえで、リュリとマリナを気絶させろ」

世間的に言えば、俺は冒険者に守られるべき一般人。つまり俺がさらわれたら、あいつらが責任を負うことになるのだ。

「『ミスはなかった。必死に戦ったが相手が強すぎて手の打ちようがなかった』ってことなら、周囲にまだ言い訳が立つ」

「なるほど、承知いたしました。では、今すぐに」

「あくまで気絶な？　殺すなよ？」

「エルフ族の名誉《めいよ》に懸《か》けて、彼女たちの命は保証します。まだ自由をお返しするわけにはいきませんが、戦いが見渡せる場所まではお連れしますから、ご覧になってください」

ネフィが言うと、俺《おれ》の体は俺の意思を無視してぴょこんと立ち上がり、歩き始めた。

……勝手に手足が動く感覚って、すげー気持ち悪いな。

リュリたちはまだ近くにいるだろう。

俺という人質《ひとじち》の存在を確認《かくにん》した以上、目を離《はな》さず奪還《だっかん》の機をうかがうはず。

なのでネフィは邪竜ゾンビを先頭に立て、あえて堂々と進む。

「――止まれ」

ほどなくリュリの声が聞こえた。

「犯罪者には、ここから一歩たりとも進ませない」

「……あなた一人だけなの？」

ネフィは怪訝《けげん》そうに尋《たず》ねた。

見たところ、双剣《そうけん》を構えて立つ猫耳娘《ねこみみむすめ》の他に人影《ひとかげ》はない。

またこいつが囮になる陽動パターンか？　さすがに同じ手は通用しないと思うが。

「んじゃ、オレが相手をしよう。姉貴と九住サンはのんびり見物してな」

テオが進み出た。

俺の体は再び自由を失い、岩壁《がんぺき》を背に座《すわ》り込む形になる。

傍らにはネフィ、その前に邪竜ゾンビ。

マリナの奇襲《きしゅう》はこいつらも十分に警戒《けいかい》してるわけだな。

「さあて、猫耳ちゃん、A級冒険者が稽古《けいこ》を付けてあげよう。全力で来な」

リュリはテオの挑発《ちょうはつ》に乗らなかった。いや、乗れなかったのか。

うかつに動けば、カウンターの一撃《いちげき》で終わってしまう。

「稽古だって。そう怯《おび》えんなよぉ。ほれほれ、良い感じに遊んでやるから」

大きく両腕《りょううで》を広げ、歩み寄るテオ。

リュリの方は間合いを一定に保って後退するが、あまり重心が後ろにかかると、今度は相手が踏《ふ》み込んできたときに捌《さば》き切れなくなるだろう。

「……くっ」

リュリはそのギリギリのタイミングで前へ出た。

双剣が閃《ひらめ》き、剣戟《けんげき》の音が連鎖《れんさ》する。

一見互角《ごかく》の斬《き》り合いのようだったが、腕の差は歴然だ。

テオは短剣《たんけん》を巧《たく》みに操り、リュリの攻撃をやすやすと捌《さば》いている。

「ほれ、遅《おそ》い遅い。二本が一本に速さ負けしてどうすんだ?」

言葉と共に振り抜《ぬ》かれた刃《やいば》が、リュリの胸元《むなもと》を縦に裂《さ》いた。

服が破れ、素肌《すはだ》が露《あら》わになる。

「おっと、失礼。とはいえ、まあ……つつましやかで、あえて観賞するほどのもんでもなかったかな。栄養足りてないんじゃね？　お前」

恐怖《きょうふ》と怒りと屈辱《くつじょく》に歪《ゆが》むリュリの顔を確認し、テオは嬉《うれ》しそうに目を細めた。

何というか、相手をなぶるのが似合う奴だな。

ネフィの弟ならこいつもエルフの王族のはずだが、庶民的《しょみんてき》、ありていに言えば下卑《げび》た雰囲気がある。

じゃあもう一度最初から、というように大きく両腕を広げて見せるテオ。

「――っ！　このぉッ！」

今度はリュリから仕掛けた。

「おいおい、今度は大振《おおぶ》りすぎだろ？　そんなんじゃ、また――」

と、そこで言葉が途切れた。

喉《のど》を狙《ねら》ったテオの刃が静止している。まるで見えない盾《たて》に阻《はば》まれたかのように。

その間隙《かんげき》を突いて、リュリは右手の短剣を横薙《な》ぎに払った。

テオはバックステップでかわす。動揺《どうよう》は見られない。

「よーしよし、そろそろ全力出す気になったか？　んじゃ、次から当てていくぜ。なに、殺しゃしねえ。お前が『負けました』と認めたら、そこで終わりにしてやるからよ」

「うるさい！」

戦闘再開。先ほどより遥《はる》かに激しい斬り合いが展開される。

リュリの表情にはひとかけらの余裕もない。文字通り死力を尽くして戦っている。

しかし、そこまでしても相手との差はまったく縮まっていなかった。

盾として出現させた力場が封じられ、消える。

障害物として設置した力場が封じられ、消える。

宙を蹴るための足台として出した力場が封じられ、消える。

一方で、リュリの負った傷は着実に増えていく。

皮膚《ひふ》を裂き、頬《ほお》に拳《こぶし》を入れ、腹に膝《ひざ》を叩《たた》き込み、しかしそれでもテオは決して相手を気絶させようとしなかった。

「ほら、『負けました』は？　言えば楽に眠《ねむ》らせてやんぜ？」

「………………」

リュリは唇の血をぬぐいながらテオを睨《にら》み、テオは傷一つ無い口元をにっと緩《ゆる》めた。

二人が同時に動く。

リュリの突きが空を切り、一方、テオの蹴りは正確に少女のみぞおちを捉《とら》えた。

「――っ！　か、はっ――！」

リュリは地面に両膝《りょうひざ》を突いて悶絶《もんぜつ》した。

テオは楽しそうな顔で見下ろし、また口を開く。

「ほら、『負けました』はぁ？」

一見手心のない暴力のようでいて、ちゃんとダメージはコントロールされている。

あいつ、死なない程度に苦しませるやり方を心得てるな。

……もちろん、見ていて気持ちのいいもんじゃない。

さっさとリュリも降参するべきなんだ。負けても誰《だれ》も責めねえよ。

「言わ、ない」

しかし、リュリは這《は》いつくばりながら、火の出るような視線でテオを見上げた。

「あんたたちこそ、ハルカを解放して、尻尾《しっぽ》巻いて、逃《に》げなさいよ！　ニホンに、犯罪者を立ち入らせることなんて――ひ!?」

そこで、リュリの言葉が途切れた。

喉元《のどもと》に手を当て、目を見開いている。

「呼吸を封じた」

テオは穏《おだ》やかに言った。

「水に沈《しず》めるのとか、けっこうポピュラーな拷問《ごうもん》だろ？　窒息《ちっそく》ってすげー苦しいんだ。そう簡単に気絶もできないしなぁ」

「────！　────ッ！」

「そろそろ限界か？　はい、解除」

同時にリュリの口から激しい咳《せき》とえずくような音が迸《ほとばし》り出た。

しかし、涙目《なみだめ》になりながらもテオを睨みつけ、なおも罵《ののし》ろうとする。

「まだ元気だな。んじゃ、もう一回」

「…………！」

再び呼吸が止まった。リュリは暴れ、もがき、のたうち回る。

そしてギリギリを見計らい、能力解除。

数度そんなことが繰《く》り返され、やがて小柄《こがら》な体は地面に倒れたまま動かなくなった。

ああ、こりゃさすがに心が折れたか。

「ほら、『負けました』は？」

髪《かみ》をつかんで頭を持ち上げると、テオは優《やさ》しい声でそう囁《ささや》いた。

「…………」

「おい、まーだ降参しないのか。新記録だよ、お前。ここまで粘《ねば》った奴はいなかったぜ」

「………きめた、から……」

「あん？」

「決めた、からよ……あたしは、勇者ノインを越《こ》えるんだって……世界を、変えてやるんだって……」

どの程度意識が残っているのか、それはほとんどうわごとのようだったが——しかし、なぜか俺の耳にははっきりと届いた。

頑固《がんこ》な性格なのは知ってたが、まだ意地を張れるのかよ？

「いちどでも、あきらめたら……あたしは、あたしじゃなくなる。理想を、裏切って……妥協《だきょう》、する、ようになってしまう、から……」

「人は、全能じゃないわ」

隣から呟《つぶや》くような声が聞こえた。

俺にでもリュリにでもなく、自分自身に語りかけたようだった。

「諦《あきら》めだって、妥協だって、必要なの。理想だけじゃ、何も成せず誰も救えないのに」

そしてネフィはこちらに視線を向けた。

「テオに彼女を気絶させ、邪竜の進撃《しんげき》を再開します。これ以上続ける意味もなさそうですし。構いませんね？」

「……ああ、手早く済ませてくれ」

自分で言い出したことだが、後味が悪すぎる。ここまで折れないとは。

あいつの譲れない部分を見誤ったのかな、俺は。

「では《絲月》――」

そこでネフィはふと眉《まゆ》を寄せた。

「……絲が、切られた？」

瞬間、鋭《するど》く反転し、《絲月》を突き出す。

きゃん！という可愛《かわい》らしい悲鳴と共に、俺の方へと忍《しの》び寄っていたマリナが吹《ふ》っ飛ばされ、地面に転がった。

「おい……」

「眠らせただけです。ご安心を。――邪竜を操っていた力が、部分的に打ち消されましたね。能力消去系の神具は珍《めずら》しい。私もテオの《不壊》以外に見たことありません」

能力消去？　マリナの神具《青嵐《せいらん》》の魂言《アニマ》は〝断《たつ》〟だったはずだが。

いや――もしかしてこいつ、概念《がいねん》や能力まで『断《た》つ』ことができるのか？

だとしたら、第三階梯・開翅に到達しているということになる。

戦闘能力に関しては、確かに未熟もいいところだ。しかし、俺は一二歳《さい》にして神具とここまでの関係を築けた奴を知らない。

頭の中で、全てが繋がり始めた。

今、マリナはネフィの妨害《ぼうがい》と俺の救出を狙って失敗したようだが……単にそれだけが目的だったなら、動くのが遅すぎる。囮のリュリが致命傷《ちめいしょう》を負いかねない。

しかし——もしこいつらに別の狙いがあり、それを優先していたからこのタイミングになったのだとしたら？

マリナは他の神具の能力を解除できる。

なら、それをもっとも効果的に生かし、しかもリュリがボロボロになってまで時間を稼《かせ》ぐ価値のあることといえば——

そのとき、鋭い風切り音が響《ひび》いた。

リュリをなぶっていたテオが大きく飛び退《の》き、前方を睨みつける。

そこの視線の先には、漆黒《しっこく》の影《かげ》が立っていた。まるでリュリを護《まも》るかのように。

「……遅い、わよ……バカ」

倒れ伏《ふ》したままわずかに顔を上げ、リュリは言った。

「お給金分、ちゃんと、働きなさい、よね……」

そしてかくんと頭が落ちた。気を失ったようだ。

「……うん、寝坊《ねぼう》したようです。だから、がんばってお二人の分も働きますね」

大鎌《おおがま》を肩に担《かつ》いだ少女は言う。

普段《ふだん》通りの軽《かろ》やかな口調だったが、俺は内心で小さく眉をひそめた。

なんだかそこに、らしくない感情がこもっていた気がしたのだ。

「というわけで、選手交替です。もう少し付き合ってもらいますね」

ミアは唇の端《はし》をきゅっと三日月のように吊り上げた。

「――レオニの公女、『殺戮人形《さつりくにんぎょう》』」

ネフィはため息をついて、進み出た。

「ええ、厄介《やっかい》だということはわかっていたわ。だからこそ、最初に排除したつもりだったのだけど」

「あら？　わたしをご存じ？　あちらの世界でお会いしていましたか？」

首を傾《かし》げたミアだったが、すぐに、ま、いいやと言って大鎌を構え直した。

「とりあえず、ハルカさんを連れてかれるのは困るのです。返してください」

「ノイン様は私たちと来ることに同意されたの。その条件として提示されたのが、あなたたちを叩きのめすこと」

うわ、それをここでバラすか。いや、俺の退路を断つには確かに有効だけどさ。ただ――相手はミアなんだよなあ。

「そうなのですか？　では……つまり、わたしへのプレゼントみたいなもの？」

「……はい？」

「だって、ハルカさんがわたしに、A級冒険者と戦う機会を作ってくれたということでしょう？　あなた方、なかなか強そうだし、殺し合う価値は十分ですね」

「…………」

意味がわからないというように、ネフィは目を瞬《まばた》かせた。

理解に至ったのは、テオの方が早かったようだ。

「あー、イカれた戦闘中毒《バトルジャンキー》の類だな、こいつ。『殺戮人形』とはよく言ったもんだ。ま、殺し合いたいってんなら、オレもその気で――」

「テオ！」

「……はいはい、そうでした。勇者様とのお約束でしたね」

テオは肩をすくめる。

「なら、二人がかりだな。舐《な》めプすんなら確実に勝たねえと」

「いいでしょう、手早く終わらせるわ」

そう言ってネフィはテオの隣に並んだ。

「いえ、おそらくそれは無理ではないかと」

ミアは微笑《ほほえ》んで言い、地面に倒れているリュリとマリナに視線を巡《めぐ》らせ——そして笑《え》みを消した。

この俺がぞっとするほどの、清冽《せいれつ》な無表情がそこにあった。

「——だって、あなたたち、これからわたしに負けるもの」

その言葉を合図にしたように、双方《そうほう》が地面を蹴《け》った。

ミアの力はA級冒険者とほぼ互角。二対一では分が悪い。

それが、このときまでの俺の見立て。

だがそれは、見事なまでに裏切られることになった。

漆黒の大鎌がすさまじい速さで回転し、テオの間合いの外から襲《おそ》いかかる。

常人では視認《しにん》すらできないような連続攻撃《こうげき》は、相手を防戦一方に追い込んでいた。

「テオ！」

押《お》されているのを見たネフィが《絲月》を掲げる。

ミアの体の一部でも操ってしまえば、一気に形勢は二人の有利に傾《かたむ》くだろう。

しかし、もちろんそれを許すミアではなかった。

「奪え、《慈悲なき収穫者《グリムリーパー》》」

「――――！」

がくんとネフィの腕から力が抜け、《絲月》が手から滑《すべ》り落ちかける。

生命力を奪い去る神具の能力だ。

「このガキ――封じろ、《不壊《ふえ》》！」

テオは神具の力を《慈悲なき収穫者《グリムリーパー》》に向ける。

だが、その瞬間、ミアの手から大鎌が消えた。

封じられたのではない。神具の力が及《およ》ぶ前に自ら《慈悲なき収穫者《グリムリーパー》》を消したのだ。

「あ……？」

虚《きょ》を衝《つ》かれたテオが一瞬動きを止める。

その腹にミアの横蹴りが炸裂《さくれつ》し、Ａ級冒険者を大きく吹っ飛ばした。

……絶不調じゃなかったのかよ、ミアの奴《やつ》。

今までに見たどんな戦いより動きが鋭く、オマケに神具との同調率まで明らかに上がっている。いったい何があった？

「くっ……！」

ネフィは一度大きく距離《きょり》を取り、《絲月》を掲げる。

操られたナーヴの死体が前に出て、ミアに襲いかかった。

生前ほどではないものの、その耐久力《たいきゅうりょく》は人間の比ではない。二人が体勢を立て直すまでの時間稼ぎとしては十分という判断だろう。

しかし、その目論見は打ち砕《くだ》かれた。

テオを追撃《ついげき》すると見せてくるりと反転したミアは、正面から邪竜《じゃりゅう》ゾンビへと突進《とっしん》し、その股下《またした》をくぐり、尻尾をかわし、ネフィの目の前まで一気に駆《か》け抜けたのだ。

「おいで、《慈悲なき収穫者《グリムリーパー》》」

大鎌が再び出現する。

「な――」

ネフィが目を見開いた。

一度、二度は何とか《絲月》で死神の鎌を打ち払う。しかしミアによる変幻自在《へんげんじざい》の攻撃は、あっという間に彼女《かのじょ》を追い詰《つ》めた。

地面を転がり、首に襲いかかる刃をどうにか回避。しかし、弾《はず》みで《絲月》はその手からこぼれ落ち、同時に邪竜も動きを止める。

ネフィが跳《は》ね起きて神具に手を伸《の》ばそうとしたとき、ミアはすでに大鎌をその喉元に突きつけていた。

「降参します?」

「…………」

ネフィは呼吸を荒《あら》らげながら、自分を見下ろすミアの視線を受け止める。

その顔には信じられないという表情が浮かんでいた。

「それとも、このまま首を落としましょうか?」

「――ネフィをはなせよ、ガキ」

返答したのはテオだった。

右手に握《にぎ》った短剣は、俺の首筋に突きつけられている。

ネフィへのフォローが間に合わないとみて、俺の方へ方向転換《てんかん》したのだ。

「そっちが殺《や》るなら、こっちも殺《や》る。公平だろ?」

「テオ! ノイン様にそのような――」

「死んじまったらおしまいだろうがッ!」

テオの怒声《どせい》はネフィの言葉を圧して響き渡《わた》った。

「……勇者様にこだわって自分が命を落とすのは、本末転倒《ほんまつてんとう》だっての。優先順位考えろよ、バカ姉。そのガキ、ためらいなく首落とすタイプだぞ」

「ええ、そうですね」

絶句したネフィに代わり、ミアは何でも無いことのように肯《うなず》いた。

「わたしたちを殺さないというのは、そちらの都合ですし。わたしの方がそれに合わせて気を遣《つか》ってあげる理由は、まったくありませんよね」

「だから、その理由を作ってやったんだよ。このまま こいつの首を切り裂くこともできるし、心臓の働きを封印《ふういん》することだってできるんだぜ？」

そう言いながら、テオは《不壊》の刃で俺の首筋を撫《な》でる。

本人的にはどっちもごめんだな。

俺はため息をついて、介入《かいにゅう》することにした。

「なあ、俺にもちょっとミアと話させろ」

「あ？」

「延々と睨み合うことになっても埒《らち》が明かねえだろ？　俺だってややこしい事態はご免《めん》なんだ」

「…………」

返事はなかったが、ふんと鼻を鳴らすのが聞こえた。許可と解釈しておこう。

「よ、ミア。スランプ脱《だつ》したみたいじゃねえか」

「ええ、すっごく良い調子。こんなに体が動くの初めてかも！　しかも強い人たちを相手に戦いができるし、こんな理想的なイベント、そうそうないですよね！」

「それは何よりだ。んじゃ一つ質問。大事なことだから、包《つつ》み隠《かく》さず正直に答えてもらいたいんだが――お前今、その理想的なイベント、楽しめてるか？」

「……んー」

ネフィの首に鎌を引っかけたまま、ミアは考え込む表情になった。

「やる気は満々、力も無限に湧《わ》いてくる気がしています。でも、楽しいとはちょっと違《ちが》う感じ。よくわからないけど、むしろ――」

首を捻《ひね》った後、言う。

「全然楽しくないの、かも」

「うん。なら次の質問だ。お前、現時点でリュリとマリナにどんな印象持ってる？」

「えーと……変？　珍しい、かな？　いや、ちょっと違いますね。……予想外、というのが一番近いでしょうか」

多分、俺の問いかけの意図なんてわかっていないだろうが、ミアは素直《すなお》に答えた。

「マリナさん、気絶していたわたしを目覚めさせてくれました。意識を絡《から》め取っていた神具の力が切り裂かれて、ゆっくり覚醒《かくせい》していたあのとき、わたしは彼女と《青嵐》との深い繋《つな》がりを感じて思ったんです。――ああ、この子はわたしにできないことができるんだ、って。あれがハルカさんの言ってた『神具と仲良くなる』ということなんですね」

「そうだな」

「リュリさんについては――うん、弱いのに意味わからないくらい頑固ですよね。あまりにも理解不能だったんで、叩きのめしたあの日からずっと考えてたんです。あの子は何を考えていて、何がわたしと違うんだろう、って」

「答えは出たのか？」

「ええ。わたしはドラゴンと戦うためだけに在る道具だったから、邪竜ナーヴが死んでその必要がなくなったとき、意味を失いました。何者でもなくなりました。でもリュリさんは違ったんですね。――さっき、あの子、勇者ノインを超えるんだって言ってた」

倒《たお》れているリュリに視線を送る。

「わたしと違って、なりたいものがあり、やりたいことがあり、自分を証明するものを内側に持ってた。だから絶対に折れなかったんです。わたしはリュリさんに勝ったけど、でも、同時に勝てないんだってわかりました」

「悔しくなったか？」

いいえ、とミアは笑って首を横に振る。

「さっき言ったでしょう？　予想外だって。わたしは相手を叩き潰《つぶ》す力が強さだと信じていましたし、今でもそれが間違《まちが》っているとは思いません。でも、強さにも色々な種類があるんだと、リュリさん、マリナさんを見ていて理解できたんです。だから、彼女たちは、予想外で、びっくりで——そう、すごいなあって、感心したんです」

変でしょうか？　と問い掛《か》け、俺を見る。

「……変じゃねえよ」

ミアがリュリとマリナに覚えた感情は、敬意だ。あいつらがお前の強さを認めているように、お前もあいつらを認め尊敬できるようになった。

だからお前は今、誰かのために勝ちたいと願い、生まれて初めて誰かのために戦った。

感情を知らなかった『殺戮人形』は、仲間を得、仲間を認め、仲間を傷つける者に怒《いか》りを覚え、それを力に換《か》えられるようになりました。

これはそういうハッピーエンドな成長物語だ。

顔を伏《ふ》せ、そして、はは、と声を漏《も》らす。

「……何を笑ってやがる」

「悪ぃ。自分があまりにも情けなくてな。ほんとに、色んな奴に詫《わ》びなきゃならないみたいだ。ミアたちにもだが……でも、まずはあんたら二人にだな」

ああ？　とテオは声を上げ、ネフィは不安そうに俺を見た。

「申し訳ない。約束は反故《ほご》にさせてもらう。俺、やっぱり一緒《いっしょ》に行けねえわ」

しばらく沈黙《ちんもく》が降りた。

最初に言葉を発したのはテオだった。

「なーに言ってやがる。そもそも今のお前は選択できる立場じゃないだろうが。それとも、オレがヤケを起こして勇者様ぶっ殺しました、なんて結末の方がお好みか？」

「テオ――！」

ネフィが顔色を変えて何か言いかけたが、ミアの声がそれを遮《さえぎ》った。

「本気ですか、テオさん？」

「本気だよ。味方にならないなら、敵に回る可能性もあるってことだ。だったら当然、今ここで殺しておくという選択肢《せんたくし》もアリだろ？」

「いえ、そうではなく……」

ミアは心の底から不思議そうに言った。

「本気で、あなたごときが、ハルカさんを殺せると思ってるんですか？」

「ああ!?」

「……挑発すんなよ、ミア。俺だって不死身じゃねえんだし、殺されたら普通《ふつう》に死ぬっての。ただまあ――」

俺はゆっくりと立ち上がった。

「自力で封印を解くくらいはできるんだけどな」

「……は？」

「え、え？」

テオは跳《と》びすさって距離をとりながら、ネフィはミアに捕《と》らえられたまま、それぞれ目を見開いた。

「そう驚くこたねえだろ。あんたたちも知っての通り、手足を封じられる神具があるなら、それを解除できる神具もある」

俺は出現させた大剣《たいけん》を軽く掲《かか》げてみせた。

「ミア、そいつを放してやれ」

はい、とミアはネフィを解放した。その首筋に少しだけ名残惜《なごりお》しそうな視線を向けたような気がするが、ま、深く考えないでおこう。

ネフィは地面の《絲月》を拾い上げ、複雑な顔を俺に向けた。

「それが聖剣《せいけん》《ユニベル》ですか？　いえ、でも、それは――」

俺の大剣に視線を固定し、眉をひそめる。

「その剣は、マリナさんの神具では？」

「そう、《青嵐》という。派手さはないけど、良い神具だよ」

「……遣い手《て》があちらで気絶している以上、所有権が移ったわけではない。となると、複製？　聖剣《ユニベル》は、神具の能力までも完全にコピーする神具なのですか？」

「そうなら、確かにとんでもねえ性能だ。が――それはそれでおかしい」

テオは警戒するように目を細めた。

「オレはあんた自身の意識や手足だけじゃなく、あんたの神具も封じた。そもそもその封印を解かないと、コピー能力も発揮できないはずなんだけどな」

「その辺のからくりは内緒《ないしょ》だ。せいぜい悩《なや》んでくれ」

そう言って、俺は《青嵐》を消した。小さく舌打ちし、テオは構えを解く。

さて、ようやく落ち着いて話が続けられるか、と思ったところでネフィが身を乗り出してきた。

「そ、それより、私たちと来ることができないという、先ほどのお言葉はどういうことなのですか？　ノイン様。もしや、我々が彼女に敗北したと？　いいえ、いいえ、まだ……決着はついていません！」

一対二でこの状況《じょうきょう》まで追い込まれたんだから、ほぼ負けだろ。とはいえ――

「問題はそこじゃねえよ。頼《たの》み事《ごと》を完遂《かんすい》できたできなかったに関係なく、俺はあんたたちとは行かない」

「どうして⁉　お望みのものは何でも差し上げると――」

「やっぱり、まだまだ危なっかしいんだよな、こいつら。だから俺は日本に残り、こいつらの傍《そば》にいると決めた。前言撤回《てっかい》することになって、申し訳ないと思ってる」

「ノイン様は……新米の付き人などという役目に縛《しば》られるべきではありません！」

ネフィは感情をあらわにして声を荒らげた。

「あなたは世界をも救える方、高潔な意志と強大な力を持ち、人々を救済することを運命づけられた勇者なのに！」

「……どいつもこいつも買いかぶるのな、俺のこと」

まあ、あっさり受け入れてくれるとは思ってなかったが。

さてどう答えようか、と考えていると、それより早く声が上がった。

「いえ、それは違うんじゃないですか？」

俺とネフィは、発言者――ミアに視線を向けた。

「わたしの知る限り、ハルカさん、自ら進んで勇者だなんて名乗ったことないですよ？」

「それは……そうでしょう。彼《かれ》の自称《じしょう》ではなく、救われた人々がそう呼んだのだから」

「つまり他人が付けたあだ名みたいなものですよね。わたしの『殺戮人形』もそうですけど、こういうのって、割とどうでもよくないですか？」

「……どうでもいいわけない」

ネフィは悲しげに首を振《ふ》った。

「私は、竜種《りゅうしゅ》に大勢のエルフたちが殺されるのを見た。そのうちの何百人かは、ただ王宮で震《ふる》えてるだけだった私を護るために死んだの。勇者様はそれを終わらせ、世界に平和をもたらした。それはどう考えても誇《ほこ》るべきこと、讃《たた》えられるべきことでしょう？」

「評価も称賛《しょうさん》も他人が勝手にするものですよ。わたしもドラゴンを何体か倒して褒《ほ》められたけど、戦ったのはわたし自身のため。ハルカさんもそうじゃないのかな？」

そしてミアは微笑む。

「わたしがハルカさんを尊敬しているのは、ただひたすらに強いからです。でも、その感情とは別に何だか似てるなーとも思っていて……その理由が今わかりました。『殺戮人形』も『勇者ノイン』も他人に役割を決められた道具にすぎないんです、多分ね」

「そんな、勇者様を道具だなんて――」

「あのさ、ちょっと本人にも喋《しゃべ》らせろよ。置いてけぼりじゃねえか」

俺は頭を掻《か》きつつ口を挟《はさ》んだ。

「道具っつーか、ある種のシステムに組み込まれてたような感覚はあるんだ。その意味でミアは正しい。俺はラグナ・ディーンを救うという役割を果たした。でも、俺個人がラグナ・ディーンを救うために戦ったのかというと、おそらく違うんだろうな」

「でも、あなたが世界を救った事実には変わりない。そのことは誇りに思うべきです！」

「……誇りに、ね」

すうっと頭の中の一部分が冷めるような感覚。

ああ……やっぱりこいつ、何も、何一つ、わかってねえ。

「でも、救えなかった奴も大勢いたんだぜ？　――例えば、俺の家族とか」

笑みを浮《う》かべると、はっとした表情でネフィは言葉に詰まった。

「このクレーター見ればわかる通り、世界が接続されたときにこっち側では大勢死んだ。ラグナ・ディーンに飛ばされて、こっちに戻《もど》ってこられなかった奴もたくさん居た」

「そ、それでも、あなたは世界を――」

「ラグナ・ディーンを救った。そう、その通り。でも、それが何だ？　家族は死んだ。知り合いも大勢死んだ。けど、顔も知らない奴らが助かったから、俺は満足しなきゃいけないのか？　身近な人間を助けられなかったくせに、それ以外をいっぱい救えた俺は立派でしょって胸を張れってのか？」

「それ、は……。なら、それなら！　あなたはいったい何のために数年間戦い続け、命懸《いのちが》けで邪竜を倒したのですか⁉」

「ミアが言っただろ。自分のためだよ。俺《おれ》は日本に戻りたかった。異世界の揉《も》め事に巻き込まれて中断させられた自分の人生を、再開したかった」

肩《かた》をすくめてみせる。

「俺たちを異世界に放《ほう》り出した後、螺旋行路《スパイラル・パス》は閉じてしまったんだ。それを再び開くための条件が『邪竜ナーヴを倒すこと』だった。ただ、それだけ」

ネフィは口を閉じた。

長い沈黙を挟み、そして絞《しぼ》り出すように言葉を発する。

「……なぜ、その子たちを選ぶの？　なぜ力を貸して下さる相手が、私ではないのですか？　私はあなたに憧《あこが》れていた。私はあなたみたいになりたかった！　勇者様みたいに国と民を救いたかったのに！」

「なぜ？　と訊《き》かれたら、俺のわがままだ、と答えるしかないな。やっぱり、あんたたちに勇者と呼ばれるのはパスしたくなったんだよ」

ネフィは俺を理解しない。俺もネフィを理解しない。

今、俺とこいつらは、完全に決裂《けつれつ》した。

「だったら、だったら、もう私たちは――」

ネフィは指の色が白くなるほど強く、《絲月》を握りしめた。

テオが、無言で小さく肩をすくめる。

二人の纏《まと》う空気が、一気に殺気を孕《はら》んだ。

「俺と戦って勝てるつもりなのか？」

「……勝てる勝てないは問題ではないですよ。戦う以外に道がないというだけで」

ネフィの笑みには、どこか疲《つか》れたような気配があった。

「私は全《すべ》てを賭《か》けて、あなたを味方に引き入れようとしました。これまで積み上げてきたもの、自分の正体が知られてしまうこと、全てを賭けて。そして……賭けに敗れました。このままではいずれにせよ、破滅《はめつ》です」

「要するにぃ」

テオは挑発《ちょうはつ》する口調で言った。

「負け分を踏《ふ》み倒してチャラにするためには、あんたら全員の口を永遠に封《ふう》じるしかないってわけ。悪逆非道のテロリストっぽいだろ？」

先ほどはミアに遅《おく》れを取ったが、それは不殺という条件下でのこと。

二人の神具はどちらも相手を即死《そくし》させる能力を持っている。そして俺たちは気絶しているリュリとマリナを庇《かば》いながら戦わなければならず、一手のミスも許されない。

勝算はある、ということだろう。

「シンプルで大変良いかと」

ぺろりと唇《くちびる》を舐め、ミアが大鎌を構えた。

「いや、お前は手を出すな。俺がやる。——ちょっとイラついてるしな」

えー、と不満そうに眉をひそめたミアを無視し、俺は無造作に進み出た。

「……私たちが本気で殺すはずがないと、そうお思いですか？」

「やってみりゃいいだろ。さっきも言ったように、俺は別に不死身じゃない。殺されればちゃんと死ぬ」

「…………」

視線を合わせたまま、一呼吸、二呼吸——次の瞬間《しゅんかん》、ネフィは大きく踏み込んできた。

《絲月》を棍のように操《あやつ》り、左右から連撃を浴びせようとする。

俺は軽く回避《かいひ》する。近接戦闘《せんとう》能力自体は俺が問題にするレベルではない。

もちろん、ネフィ自身もそのことは承知の上。その油断を突《つ》いて、神具を発動させるつもりだろう。

派手に空振った——と見せかけ、ネフィは杖《つえ》から片手を放した。

空いた手で俺の手首をつかみ、思い切り手前に引っぱる。

「うお——？」

《絲月》に注意を払《はら》っていた俺は、少々意表を突かれた。体が前方に流れる。

投《な》げ技ではない。崩《くず》し技だ。ほんの一刹那《いちせつな》、神具を俺の視界から外し、能力起動の瞬間を作ることが狙《ねら》いか。

「彼の心臓を壊《こわ》しなさい！　《絲月》！」

ネフィは叫《さけ》んだ。そして——

「……残念だったな」

何も起こらなかった。

え、と目を丸くして硬直《こうちょく》するネフィ。

俺は相変わらず生きている。両手は空のまま。いかなる神具も持ってはいない。

しかし確かに《絲月》は無力化されていた。理解ができなかっただろう。

「無駄《むだ》だよ。お前のその神具は——」

言葉の途中《とちゅう》でテオが襲いかかってきた。

二人ともためらいなく殺す気だな。いっそ清々《すがすが》しい。

ああ、だったら俺も手加減せず、本気で応《こた》えてやろうか？

一瞬《いっしゅん》、そんな思考が頭をよぎる。が、そのとき——

「な、に……？」

驚《おどろ》きの声と共に、テオの動きが止まった。否、正確には止められたというべきか。

玖音が出現し、《不壊》の切っ先を指で軽く押さえたのだ。

テオは舌打ちをすると後ろに跳躍《ちょうやく》し、そのまま再度仕掛《しか》けた。

「封じろ、《不壊》！」

玖音の姿が砕け散る。しかし、その隣《となり》にすぐ同じ姿が現れた。

「封じ損《そこ》ねた？　いや、でも、手応《てごた》えは確かに……」

「さっきも今も、あなたが封じたのは端末《たんまつ》の一つだよ。《ユニベル》にとっては髪の毛一本分ほどの価値もない。もちろんここで話している、くーもそう。――《絲月》と《不壊》だったね。その子たちも、もう『食べて、覚えた』。少し眠《ねむ》ってもらうね」

玖音が軽く手を振ると、ネフィとテオの手にあった神具が消え去った。

「え……？」

「な――」

二人は目を見張り、呆然《ぼうぜん》と立ちすくむ。

「よ、助かったぜ、玖お――おふぅ⁉」

玖音は俺のみぞおちへと小さな拳《こぶし》を叩《たた》きこんだ。呼吸が止まる。

「お兄ちゃんも、なに他の人に当たり散らしてんの！　本当に怒るべき相手はこの人たちじゃないでしょ!?　ケンカしたいだけなら、これ以上手伝わないから！」

「……わ、わかった、わかってる」

俺はたじろいで半歩下がった。

ああ、確かに玖音の言う通りだ。

ムカっ腹は立ったが、半分くらいは八つ当たりだったかもしれない。

まったく、もう……などとぼやきながら、玖音は三人のラグナ・ディーン人たちに視線を向けた。

「とりあえず、自己紹介《しょうかい》するね。はじめまして、冒険者《ぼうけんしゃ》の皆《みな》さん。私は《ユニベル》――正式には《合一せしもの《ユニベルシタス》》という神具です」

「つ、つまり聖剣……」

ネフィが畏怖《いふ》のまなざしを向ける。

「すごいですね！　人間と変わらないじゃないですか！」

一方、ミアは可愛い子猫《こねこ》でも見つけたかのように目をきらきらさせ、玖音の頭をなで回そうとした。玖音は迷惑《めいわく》がる子猫のようにミアの手を避《さ》け、話を続ける。

「正確に言うと、こうして話してるくーは対人インターフェースとして採用された複製人格なんだけどね。さて、くーとしては、皆さんにこれ以上争ってほしくありません。異存ないよね、お兄ちゃん？」

「ねえよ。頭も冷えた」

俺は小さく息を吐《は》いた。

「ってわけで、こいつを交えて、少し昔話をしたい。あんたたちを納得《なっとく》させるため、そして、俺が自分に整理を付けるために」

俺は話を引き取った。

「テーマはもちろん、勇者ノインの伝説について、だ」

――ラグナ・ディーンを蹂躙《じゅうりん》した邪竜ナーヴは、他世界への侵攻《しんこう》を目論《もくろ》んで世界の壁《かべ》に穴を開けた。

しかしそれが、聖剣に適合する勇者をニホンから呼び込むという結果を招いた。

愚《おろ》かにもナーヴは自らの墓穴《ぼけつ》を掘《ほ》ったのである。

「はい、確かにそう伝わっていますけど……何か問題が？」

ネフィは不可解そうな表情で尋《たず》ねた。

「つまり、たまたま巻き込まれてラグナ・ディーンへと飛ばされた人間の中に、たまたま聖剣《ユニベル》と適合する者がいたってことだろ？　いくらなんでも、話が上手《うま》くいきすぎだと思わねえか？」

「でも実際、あなたと聖剣は出会い、ここにいらっしゃいます」

「問題はどうやって出会ったか、だな。あの『大接続』に巻き込まれた日本人は数千人はいたはずだ。デムテウス帝国《ていこく》の連中は、散り散りになった日本人たちの中からどんな方法で俺、つまり勇者ノインを見つけ出し、聖剣を手に取らせたんだ？」

「それは……」

「まだある。攻《せ》め込むために邪竜が穴を開けたのなら、当然そのまま日本に攻撃を仕掛《しか》けることもできただろう。そうしなかったのはなぜだ？　邪竜や配下である竜種の話がこちらに全く伝わっていない理由は？」

「………」

だから、と俺は結論を口にする。

「そもそも最初から間違ってんだよ。世界を繋げたのは、邪竜じゃない」

「じゃあ誰《だれ》なんだ？」

テオが尋ねると、玖音が進み出た。

「はい、そこからはくーが説明するね。テオさんだっけ？　最初に訂正《ていせい》しとくけど、くーの力はあなたが言ったような単なる神具のコピー能力じゃないよ。くーの——この《ユニベル》の魂言《アニマ》は〝貪喰《むさぼりくらう》〟」

『喰《く》らう』というのは、単に口の中に何かを入れて咀嚼《そしゃく》するだけの行為《こうい》ではない。体の中に取り込んで血肉とし、完全に同化することをも意味している。

「つまり、あるものを構成する情報、概念《がいねん》、そういうものを取り込み、完全に自分の一部として作り変える権利を得る、そういう力。さっきあなたたちの神具を消せたのは、その情報を食べて、くーが自由に使えるようにしたから。後で返すけどね」

さて本題、と玖音は続けた。

「遣い手を選ぶとか、遣い手との相性《あいしょう》が重要とか言われるように、神具には意思めいたものがある。長年にわたって多くの人、モノの情報を取り込んできた聖剣《ユニベル》のそれは、いつのまにか人間で言う自我《じが》や自意識に近いものになってたの」

デムテウス帝国の宝物庫に鎮座《ちんざ》していた《ユニベル》は、人が大好きだった。彼らほど多種多様な情報を生み出し増加拡散させるモノは、他に存在しなかったからだ。

ゆえに邪竜の侵攻に対して強い危機感を抱《いだ》いた。

このままでは人類が滅《ほろ》んでしまう。ドラゴンたちに対処しなければならない。

《ユニベル》は、まず遣い手を探そうとした。

特定の者を遣い手と認め契約《けいやく》しない限り、神具が神具として機能することは難しい。

最高位の神具、帝国の至宝とうたわれる《ユニベル》も例外ではなかった。

自我と意思を持ち、単独でも力を行使することは可能だったが、遣い手から精気を補給しなければ長く活動できない。給油されない車のように、止まってしまうのだ。

ドラゴンの数は多く、その行動範囲《はんい》は広い。仮に遣い手を持たないままその能力を発現させても、彼らを駆逐《くちく》し終えるまでは持たないだろう。

「神具には適合者を見分ける力がある。でも、ラグナ・ディーン全土の『情報』を精査した《ユニベル》は、現在、それが一人も存在していないことを知っちゃったのね。だから、残る力の全てを注ぎ込んで、手段を選ばず遣い手を探し出すことに決めたわけ」

《ユニベル》は自身の遣い手をラグナ・ディーンの外に求めた。

他の並行世界にまで探索《たんさく》の手を伸ばし、情報を喰らい、そしてやがて日本の一地方都市で求める人材を発見した。

彼を遣い手にするためには、物理的に接触《せっしょく》できる状況を作らなければならない。

「ち、ちょっと待って、待って下さい！」

ネフィが硬《かた》い表情で口を挟んだ。

「であれば、世界の壁を壊して繋げる必要があったのは邪竜ナーヴではなく――」

「そういうこと。あの『大接続』を引き起こしたのは、《ユニベル》なの。このクレーターを作って、お兄ちゃんの家族含《ふく》むこっちの人たちを大勢殺しちゃったのもね」

《ユニベル》は世界を区切っている壁に接触、その情報を喰らった。

そして『阻《はば》む』から『通す』に属性を書き換《か》えて道を作り、隅戸部《すみとべ》市に到達《とうたつ》、遣い手候補を補足しラグナ・ディーンへと落とした。

なお接続の早さと確実性を優先したため、こちら側への被害《ひがい》は度外視したそうだ。

俺を確保し損ねたら、ラグナ・ディーンでもっと大勢の人が死ぬことになるのだから。

「首尾《しゆび》良くお兄ちゃんを手に入れた《ユニベル》は開いた通路を一度閉じ､言ったの。『元の世界に戻りたいなら、この世界を救え。そうすれば帰してやる』って」

合意を取り付けた《ユニベル》は俺を鍛《きた》え上げ、力を十全に引き出せるようにした。

そして俺はめでたく邪竜を倒し、こちらの世界に帰ってくることができた。

「かなりあくどい脅迫《きょうはく》に思えますけど」

黙《だま》り込んでしまったネフィたちに代わり、ミアが口を開いた。

「ハルカさん、事が終わったあと、そういうことを公表しなかったんですか?」

「する意味が無いからな」

まだ異世界に取り残されてる日本人たちがいるのだ。世界を繋ぐ通路は維持《いじ》してもらわなければならず、《ユニベル》の機嫌《きげん》を損ねるわけにはいかない。

とはいえ、異世界との交流が一気に進むのもまずい。異国や異文化どころではない差異をがある以上、必ず大規模な混乱と軋轢《あつれき》が生まれる。

そこで俺は《ユニベル》に、往《ゆ》き来《き》をある程度制限するよう求めた。

「具体的には『お前自身が世界間の接続機構となって、変化が急激に進まないようしっかり管理しろ』ってことだ。放っておいたら、何も考えず即座《そくざ》に世界を融合《ゆうごう》しかねなかったしな。——ほら、俺たち、最初から特に苦労も無く会話できてただろ?」

《ユニベル》は二つの世界を繋いだ際、コミュニケーションによって情報量が増大することを期待し、言語概念を改変して統一したのだ。とんでもない豪腕《ごうわん》である。

だが、三人のラグナ・ディーン人はきょとんとした顔をしていた。

異世界人と同じ言語で会話可能である——これが異常なことだと理解できなくなっている。この時点で、この神具の力がどれほどのものかよくわかるだろう。

俺にしたって、どっちの言語がどっちの言語に変えられたのか、あるいは統合されてまったく新しい言語が創《つく》り出されたのか、もう認識《にんしき》できていない。

「ま、とにかく」

俺は話を本筋に戻した。

「この迷宮《めいきゅう》、螺旋行路《スパイラル・パス》ってのは、すなわち聖剣《ユニベル》そのものなんだよ。あんたたちは俺の神具の腹の中で、俺に対して戦いを挑《いど》んだんだ」

「……………」

ネフィは完全に言葉を失っていた。

一方テオは、はは、と乾《かわ》いた笑《え》みを浮かべる。

「なるほど、オレは最初にあんたを気絶させて一本取ったつもりになってたけど、実際は大して意味なんかなかったわけか」

ま、懐《ふところ》に飛び込む意図で、あえて抵抗《ていこう》しなかったのは確かだな。

あれ以上の危害を加えようとしたら、即座に玖音が介入しただろうし。

「勝てるわけねえよ。完敗だ完敗」

投げやりに言って両手を挙げるテオ。

「えっと、一つだけ訊いていいです？」

ミアは玖音に視線を向けた。

「あなたはいったい、何者なのですか？」

「言ったでしょ？　くーは《ユニベル》の端末。《ユニベル》の考えを言語化して人間に伝える対人インターフェイス機構」

「うん、それはわかるんですけど」

かくんと首を傾《かし》げるミア。

「《ユニベル》の力って、要は対象を解析《かいせき》して、コピーしたり作《つく》り替《か》えたりするものでしょう？　だとすると、あなたにもモデルがあるんじゃないかと思って」

……意外に鋭《するど》いところを突いてくるな。

あんまり楽しい話題じゃねえが、玖音が許可を求めるようにこちらを見たので、小さく肯いておいた。

「まあ、こういう形でお兄ちゃんを手に入れちゃったんで、協力させるには脅《おど》すだけじゃなく、何かしらのご褒美《ほうび》も必要だって《ユニベル》は考えたのね。アメとムチのアメ。えっとね、くーは、『大接続』のとき死んじゃった九住晴夏の妹、九住玖音の複製体」

そして玖音はため息をついた。

「参るよねえ。人格と死亡直前までの記憶《きおく》をコピーされてるから、くーはくーのつもりなんだけど、同時に《ユニベル》の一部であるって認識もあるわけで。成長機能は付けてもらえなかったから、永遠の一二歳《さい》だし」

玖音は俺の一つ年下だった。人間のままだったなら、一九歳になっているはずだ。

「オリジナルは瓦礫《がれき》に体を潰されて死んでるし、しかも、お兄ちゃんはそのシーンをばっちり見てたし。このくーが《ユニベル》に造り出されて最初に顔合わせたときは、もうお互《たが》い大変な――」

そのとき、ガツンという音が響《ひび》いた。

俯《うつむ》いて口を噤《つぐ》んでいたネフィが、拳を握《にぎ》って岩壁《がんぺき》に叩き付けたのだ。

「それは……あまりに、あまりに酷《ひど》すぎる話ではありませんか！　あなたはただ重荷を負わされ、あらゆるものを失っただけで……どうやって、そんな運命に、耐《た》えて……」

「耐えられてねえし、受け入れることもできてねえよ。ずっとな」

「………………」

「結果的に、俺はたくさんの人間を救ったらしい。それ自体は立派なことなんだろう。でも、俺を『勇者』と呼ぶ連中が誰一人《だれひとり》気付いてないことがあってさ」

小さく笑う。むなしさに打ちのめされた人間が浮かべる表情。

「――俺を救ってくれた奴《やつ》は、一人もいないんだよ。今に至るまで」

堅実《けんじつ》な人生を歩めと言ってた真面目《まじめ》な父。口うるさくお節介《せっかい》だった母。よくケンカする割になぜか仲は悪くなかった妹。

小さいころよくお菓子《かし》くれた隣家《りんか》のばあちゃん。無愛想《ぶあいそ》だった角の酒屋のおっちゃん。近所の悪友たち。俺の顔を見ては尻尾《しっぽ》振《ふ》ってた向かいの家の雑種犬。

俺が居たせいで、みんな居なくなった。

恐怖《きょうふ》と苦痛の中で、人生を中断させられた。

俺はその責任を一人で負っていく必要があった。

だから、異世界で生き延びなければならなかった。

邪竜《じゃりゅう》を倒して無事日本に戻らなければならなかった。

そして、平穏《へいおん》で平凡《へいぼん》な人生を再開しなければならなかった。

さもないと、あの無数の死が全て無意味になってしまうのだから。

俺にとって『勇者』の称号《しょうごう》は、この事実を突き付けられることに等しくて——だから忌《い》まわしいものでしかなかったのだ、ずっと。

「これが勇者ノイン伝説の真相。な？　あがめ奉《たてまつ》るようなもんじゃなかっただろ？」

俺の話が終わっても、しばらくは誰も言葉を発しなかった。

やがて、ネフィが口を開いた。

「本当は……」

消え入りそうな声で彼女《かのじょ》は言った。

「本当は、勇者様が戦力になるとか、反帝国のシンボルになるとか、どうでもよかったのかもしれません。私はあなたに認めて欲《ほ》しかった。私の志を理解して欲しかった。『お前のやっていることは正しい』って言ってもらえれば、もう少しだけ頑張《がんば》れる気がした」

でも、と力なく首を振る。

「私は、あなたとあなたの業績に、勝手な幻想《げんそう》を抱いていただけだったのですね。申し訳ありませんでした」

「……責めたかったわけじゃねえよ。さっきはこっちも言い過ぎた」

今は、少しネフィのことが理解できた気がする。

「帝国に虐《しいた》げられてる自国を救いたいんだっけか。皮肉抜《ぬ》きに、それは立派なことだと思うぜ？　でも、俺はあんたを導けるほど立派な存在じゃなかった」

それだけの話だ。

「だいたい、俺なんかのお墨付《すみつ》きは最初から必要ないんだ。信念があるなら、他人の励《はげ》ましなんかあてにせず、それを貫《つらぬ》きゃいいだけなんだから」

「…………」

「あんた、疲れ果てて、自分の正しさに自信が持てなくなってたんだろ？　勇者になりたい、人を救いたいと言いつつ、自分が俺に救われたかったんじゃねえか？」

ネフィはわずかに目を見開いたが、すぐにその表情はからっぽの微笑《びしょう》に変わる。

「……そうですね。最初のうちは、何があっても国と民を救うんだと決意していました。

諦《あきら》めなければいつか叶《かな》うと信じていました。でも、何人仲間が倒《たお》れても、いくらこの手を血で染めても、全然終わりが見えなくて……」

ああ、やっぱり疲れたんだと思います、と言い、ネフィは長いため息をついた。

「あー……突然《とつぜん》話変わるけど、俺の両親はすごい堅実派《けんじつは》でさ」

「はい？」

「ひたすら穏《おだ》やかに、平凡に人生を歩むのが一番正しいと信じてた。ナーヴを倒して日本に戻ってきた俺は、まずそのことを考えた。つまり、そういう人生を目指してみれば、巻き込んじまった父さん母さんへの埋《う》め合わせになり、俺自身も前向きになれるんじゃないかと思ったんだ。だから、勇者だったことを隠《かく》した」

いや――死人は何も望まないし、期待もしない。

俺自身が生きていくために、理由と目標が必要だっただけか。

「前向きになれましたか？」

「なれてねえな。少なくとも、今のところは」

勇者である意味とは、世界を救う意味とは何だったのだろうか？

それは亡《な》くした家族や、友人知人に釣《つ》り合うだけのものだったのか？

何かを憎《にく》んだり、諦めたり、後悔《こうかい》したりを繰《く》り返しながらずっと考え続けてきた。

それでも、答えは得られなかった。

「多分な、疑問を抱いたり答えを求めて足掻《あが》いたりしちまう時点で、勇者失格なんだよ。戦う意味を教えてくれる存在も自分の正しさを保証してくれる存在も、どこにも居ねえんだから。つまるところ――」

俺は肩をすくめる。

「最初から、勇者には向いてなかったんだよ、俺も、あんたも。こんな役目を平気でこなせるのは、頭のネジをどっかに置き忘れてきたような奴だけだろ」

「………」

ネフィは沈黙し――やがて、そうですね、と小さく口元を緩《ゆる》めた。

重荷を下ろすと決めたように見えた。

「おい、姉貴、まさか――」

「ええ、私たちの冒険《ぼうけん》はここまで。『傀儡師《くぐつし》』はこれでおしまい。幕を引くわ、テオ。神具を解除して、眠らせていたフェリクスたちを起こしましょう。リュリさんとマリナさんも診《み》てあげないとね」

「玖音」

「はいはーい。じゃあ神具返すよ。妙《みょう》な真似《まね》しないでね」

玖音の声と同時に、二人の手に神具が戻った。

「ありがとう。――あの子たちの怪我《けが》を治したら、外に出て行って投降しますね」

「その後、あんたらはどうなるんだ？」

「さて……ラグナ・ディーンに送還《そうかん》されて、その後は帝国の意向次第《しだい》ですけど」

そして苦笑《くしょう》めいた表情を浮かべる。

「でも、どのような末路であっても、私たちは受け入れねば――」

と、そのとき。

ネフィが突然、くたりとくずおれた。

「おいおいおい、何勝手に決めてくれちゃってんのよ、姉貴」

テオは神具を掲げ、不機嫌《ふきげん》そうに唇を歪《ゆが》めながら毒づいた。

「ここで立ち止まったら、破滅が待ってるだけじゃねえか。心折れちまったくせに、一人で満足そうな顔してんじゃねえよ、クソが」

腹立たしそうに言って、姉の体を壁際《かべぎわ》まで蹴《け》り飛ばす。

「……あんたは彼女とは違《ちが》う意見なのか？」

「当たり前だろ。帝国に楯突《たてつ》いたことで、派手に名前売っちまってんだよ。投降したって処刑《しょけい》されるだけだ。でないと、あいつらの面子《めんつ》が立たねえからな」

そして芝居《しばい》がかった仕草で両手を大きく広げた。

「どうだ、この退路のない状況！　オレたちにあるのは、走り続ける道だけ！　こりゃもう、開き直って暴れまくるしかねえじゃねえか！」

俺は少し考え、言った。

「玖音もミアも手を出すな。俺が一人で正面からやり合う。もし俺が負けたら、こいつの好きにさせてやれ」

玖音はしかたないなあというように、ミアは残念そうに、それぞれため息をついた。

「一対一でやるってことか？　聖剣《せいけん》も使わず？　余裕《よゆう》あるなあ、勇者様」

「ネフィさんが降りると決めた以上、あんたもそれに倣《なら》うべきだと思う。でも、あんたみたいな奴は、言い訳できなくなるまで叩きつぶさねえと、諦めないだろ」

まあ、半分は彼女への義理立てだ。約束を反故《ほご》にしちまった責任もあるしな。

「さっきやられたように、俺にだって神具の力は効く。必死にやれば道が開けるかもしれねえな。全力で来てみろよ」

「…………」

テオが笑みを消し、《不壊《ふえ》》を片手に低く腰《こし》を落とす。

俺は素手《すで》のまま、軽く構える。

そして、同時に地面を蹴った。

テオの神具は短剣《たんけん》型。武器としての間合いも、そして力の有効範囲も広くはない。

とはいえ封印《ふういん》の能力は脅威《きょうい》だ。喰らえば一撃《いちげき》で終わる。

俺は左右に鋭くステップを踏み、鋭く距離《きょり》を詰《つ》める。

初撃の短剣、そして続く肘《ひじ》をかわし、懐に潜《もぐ》り込んだ。

舌打ちと共に繰り出された膝《ひざ》蹴りを受け止めると、もう顔と顔が触《ふ》れそうな間合い。

「てめえ……」

「接近戦は苦手か？」

俺はにいっと笑ってみせた。

この神具は強力だが、その発動にはわずかながら集中する時間が必要。

動き回り続けて的を絞らせないか、至近距離まで接近して発動の隙《すき》を与《あた》えないかで対処できる。俺が選んだのは後者だった。

ほとんど密着するような距離で、目まぐるしい攻防《こうぼう》が展開された。

テオは確かに腕《うで》が立つ。その攻撃《こうげき》は荒々《あらあら》しくも冷静で、正確に俺の急所を狙ってくる。

でもな――俺の方が強《つえ》えんだよ。

繰り出される刃《やいば》を、拳を、膝《ひざ》を、全て受け止め、受け流し、俺は少しずつ勝利の天秤《てんびん》を自分の方に傾《かたむ》けていく。

そしてとうとう俺の拳が真正面からテオのみぞおちを捕《と》らえた。

がはっ、という声と共に体が折れたところを、上から手刀で叩いて《不壊》を地面に叩き落とす。

「惜《お》しかったな。もう一度やろうか？　次は何とかなるかもしれねえぞ」

「…………」

片膝《かたひざ》を突いたテオの顔に、いつもの余裕はなかった。

今の攻防、俺は特に複雑なことをしていない。

一つ一つの速度で、テオをわずかに上回っただけだ。

応酬《おうしゅう》のたびにその差を積み重ねていき、ちょうど一手分先んじたところで急所に攻撃を叩きこんだ。

もちろん、こちらの動きに無駄があればすぐに差を詰められるし、一つのしくじりであっさりとひっくり返される。しかし、俺はその隙を与えなかった。

意図的に紙一重《かみひとえ》の差を保ったまま、ゴールまで走り切ったわけだ。

「……よく言うぜ。どう考えても、オレに勝ち目はないだろ。それを思い知らせるために、こういう戦い方したんだよな？」

「理解してるんだったら、さっさと降参してくれ。まだ諦めたくないんだったら、再チャレンジしてもいいけどな。どうする？」

「勝算ゼロの戦いに賭けるほど、バカじゃねーよ」

テオは地面に落ちた《不壊》を拾い上げながら言った。

仕掛けてくるような気配はないが、もちろん油断はしていない。

「とはいえ、言いなりになるのも好きじゃねえんだよなあ。――『壊しつくせ』」

脈絡《みゃくらく》のない最後の一言に、俺は眉《まゆ》をひそめた。

と、同時に、地響《じひび》きが起こる。

邪竜の死体が動き出していた。体を一揺《ひとゆ》すりし、そしてすさまじい速さで迷宮の出口へと向かって突進《とっしん》する。

「な――」

さすがに意表を突かれた。

すぐに後を追おうとした俺の前に、テオが立ちふさがる。

「おっと、も少し付き合ってけよ。――ちっとは驚いたか？」

くくっと喉《のど》を鳴らす。

《絲月》の遣《つか》い手《て》であるネフィは意識を封じられている。ナーヴの死体をリアルタイムで操ることはできないはず。ということは――

「テーマパークのときと同じ手だな？」

「正解。《絲月》は単に操るだけじゃなく、あらかじめ命令を与えておいて、オートで動かすこともできる」

『壊しつくせ』のコマンドワードで、その機能が起動するように設定していたのか。

「ちなみに与えておいた命令は『人の多いところに向かい、メチャクチャに暴れろ』」

「どけ！」

俺は踏み込んで殴《なぐ》りつけようとしたが、テオは応戦せず距離をとった。

明らかに時間稼《かせ》ぎを狙っている。

「この平和な国では、死人が一人出ても大騒《おおさわ》ぎになるんだろ？　外には警察や自衛隊の皆さんが大勢いるみたいだが、拳銃《けんじゅう》程度で止めるのは難しいだろうなあ」

ゴウン！　と重い金属質の音が轟《とどろ》いた。

邪竜が迷宮入口の鉄扉《てっぴ》に体当たりし、吹《ふ》き飛ばしたのだ。

「どうする？　手を出すなって言葉を取り消して、《ユニベル》やエウフェミアを動かすか？　勇者様は、約束破るのが得意だもんなあ。オレは徹底的《てっていてき》にあんたを足止め――」

最後まで言わせず、俺《おれ》は踏み込んだ。

今度は出し惜しみ無し、敵を倒すためだけの動きだ。

テオは目を見開き神具を構えようとしたが、俺は構わず頬《ほお》に拳を叩き込む。

吹っ飛んだその体は岩壁に激しく衝突《しょうとつ》し、地面に崩れ落ちた。

「……バカが」

俺はため息をついた。

「邪竜ゾンビ、危険ですよね。追いかけて刻みましょうか?」

ミアがどこか浮《う》き浮きした様子で声を掛《か》けてきた。

自分の手でぶちのめしたいだけだろ、お前。

「ちょっと待て。――玖音、どうだ？　この辺一帯はお前の腹の中だろ?」

「腹の中って言い方、やめて。まあ、くーの領域内なのは確かだけど。――《不壊》はもちろん、指環《ゆびわ》のネットワークも解析終わってるから、他の冒険者さんたちもとっくに覚醒《かくせい》させてるよ。んで今、彼《かれ》らが駆《か》け付けてナーヴを迎《むか》え撃《う》ってる」

「なら、任せておいて大丈夫《だいじょうぶ》か」

本来の邪竜ならともかく、あれは自動操縦で暴れるだけの死体。

上位の冒険者たちで囲んで対処すれば、どうとでもなる。

(にしても……)

俺は気を失って動かなくなったテオを見た。

最後の最後に余計な真似をしちまったな、こいつ。

テロリストのエルフ二人と一戦交えたのは俺たちだけ。犯罪者の捕縛《ほばく》は本来俺の役目じゃないし、俺自身、ラグナ・ディーン内での争いには何の興味も無い。

つまり、あの邪竜ゾンビを外に出し、大暴れさせ、多くの人間の目に触れさせたりさえしなければ、大ごとにしないまま収める目も十分にあったのだ。

これで二人の運命は決してしまった。

あ、と玖音が声を上げる。

「決着ついたみたい。あのフェリクスって人が、邪竜ゾンビを細切れにしたよ」

「……それはよかったです」

ミアは残念そうに言った。

エピローグ

その後、粛々《しゅくしゅく》と事後処理が進められた。

もともと日本では邪竜の脅威があまり知られていなかったこともあり、さほど深刻なニュースにはならなかったようだ。

ネフィ、テオ両A級冒険者の関与《かんよ》については表沙汰《おもてざた》にされず、公式には邪竜の死体が残留魔力《まりょく》により暴走したと発表された。両世界の上層部間でどのようなやり取りや駆け引きがあったのかは俺の知るところではないし、知りたくもない。

――まあ、ラグナ・ディーン絡《がら》みの事件だし、死体が動くことくらいあるだろう。

この数年、信じがたいことをいくつも経験してきた日本の人々は、そう納得した。

今回の件でもっとも称賛《しょうさん》を受けたのは、フェリクスとグレーテのコンビである。

クレーターのすぐ外にまでマスコミが駆けつけており、邪竜ナーヴ（のゾンビ）を凍《こお》り付かせバラバラに刻んだ様子が全国に生中継《なまちゅうけい》されたのだ。

テレビで何度も何度も放送され、その動画もすごい勢いで拡散され、フェリクスたちの人気はさらに高まることになった。

拘束《こうそく》されたテオとまだ意識を失ったままのネフィは、ごく内密にラグナ・ディーンへと送還されて行った。

冒険者たちを無力化してから邪竜ゾンビを暴れさせるつもりだったが、ミアたちが神具の影響《えいきょう》から逃《のが》れていたのは計算外だった。彼女たちに時間を稼がれている間にフェリクスたちが目覚めて邪竜ゾンビを倒してしまったため、万策尽《ばんさくつ》きたと悟《さと》って投降した。

——テオはそう証言したそうだ。

関係者の間では、これが世間向けではない『真相』ということになっている。

『勇者ノインが傀儡師である』という噂《うわさ》も、じきに消えるだろう。

リュリ、ミア、マリナの三人は、それぞれC級とD級に一段階ずつ昇格《しょうかく》した。

目が覚めたときは全《すべ》てが終わっていたということで、リュリあたりはかなり不完全燃《ねん》焼《しょう》な様子ではあったが。

そして一か月ほどが経過し、日本でこの事件の話を耳にすることはほぼなくなった。

＊　＊　＊

「──首尾はどうだった？」

「はい、間違《まちが》いなくご満足いただけるだけのものが手に入ったかと」

「そうか。手間かけさせたな」

「いえいえ、お気遣《きづか》いなく。さて、それではさっそくお約束の報酬《ほうしゅう》をいただきたく思うのですが……」

「いや、確認《かくにん》が先だ」

「…………」

少し不満そうに口を尖《とが》らせたが、やがてミアは仕方ないですねえ、と言い、俺の隣《となり》にちょこんと腰を下ろした。

薄暗《うすぐら》い街灯に照らされた公園。ベンチに座《すわ》る俺たち二人の他に人影《ひとかげ》はない。

「ではご報告します。──ラグナ・ディーンに送り返された、ネフィさんとテオさんのその後について」

事件が終わった後、俺はミアに追跡《ついせき》調査を頼《たの》んでいた。

公的な方面から入手できる情報には限界がある。その点、デムテウス帝国に有力なコネを持つこいつは極《きわ》めて有用な存在だ。

ま、借りを作ることに一抹《いちまつ》の不安がないではなかったが……今は考えないでおこう。

「帝国に身柄《みがら》を引き渡《わた》された後、形式的な裁判が行われ、処刑と神具の没収《ぼっしゅう》が決まりました。執行《しっこう》日はまだ未定ですけど、おそらくそこまで先ではないでしょう。ただ――」

「ただ？」

「それはテオさんについてだけ。ネフィさんは不問に付され、意識を封《ふう》じられたままクラーナ王国に戻《もど》されたそうです」

そして、ミアは俺の顔を見て目を瞬《またた》かせた。

「ハルカさん、あんまり驚《おどろ》かないのですね。普通《ふつう》なら二人とも処刑だと思いますけど」

「……ネフィが免罪《めんざい》された理由は？」

「本人が気絶したままで自供が取れないこと。テオさんが自分一人でやったと証言してること。あと実は、帝国の中にも『周辺国を追い詰めすぎだ』って声があったんですよ」

勢力的には確かに帝国一強だ。とはいえ、現在は日本との関係構築に力を入れているため、周辺国が結託《けったく》して敵に回ると面倒《めんどう》なことになる。

ネフィはエルフの王族でありながら術師、技術者、冒険者《ぼうけんしゃ》として活動し、クラーナの民にも人気があった。状況《じょうきょう》を見ればネフィの関与はほぼ間違いないと思われるが、問答無用で処刑してしまうと、反帝国勢力を刺激《しげき》してしまう可能性が無視できない。

で、帝国とクラーナ国間で秘密《ひみつ》裏に調整が行われた結果、テオの命と神具《不壊》で手打ち、というのが落とし所になったそうだ。

「よくそこまで調べられたな」

「わたし、優秀《ゆうしゅう》ですから。――と言えれば良かったのですが、実際はほとんど苦労しませんでした。なぜだか都合良く、レオニ公国にも情報が入ってきてたんですよね」

「まるで、誰かが意図的に広めたかのように？」

「かのように。……ハルカさん、もしかして全部知ってました？」

「なわけねえだろ。ただ――推測はしてた。改めて思い返すと、テオの行動には作為《さくい》が感じられたからな。あいつ、本来は現実的で生き汚《ぎたな》いタイプだろ？」

ラグナ・ディーンでの『傀儡師』の活動について俺も少し調べてみたが、基本的な戦術は少人数での徹底《てってい》した嫌《いや》がらせだ。こっちでいうゲリラ戦によく似ている。

良くも悪くも理想家のネフィからは、出てこない種類の発想だろう。

「となれば、失敗したときに逃走《とうそう》して立て直すのには慣れてるはずだ。それが無理だとしても、降伏《こうふく》して脱出《だっしゅつ》の機会を待つってのが自然。なのにテオが選んだのは、投降しようとしたネフィを気絶させて、邪竜を暴走させること。支離滅裂《しりめつれつ》な自殺行為じゃねえか」

「追い詰められて、冷静な判断力を失ったのでは？」

「あいつ、逃《に》げるって思考を忘れるほどパニックになってたか？」

「ん――……」

ミアは少し考え、小さく首を振《ふ》った。

「確かにそうは見えませんでしたね。ではつまり、全ては計算ずくだったと？　彼はこの結末を予測し、自らを処刑台《しょけいだい》に差し出してネフィさんを助けた？　でもそれは――」

「納得《なっとく》できないか？」

「有効な手段だとは思えませんから。だって、ネフィさんを助けたいなら、それこそハルカさんの言うように彼女を連れて逃走すればよかったはずです。自分を犠牲《ぎせい》にする意味があったでしょうか？」

「……意味、ね」

俺はベンチの背もたれに深く体を預け、夜空を仰《あお》いだ。

雲に遮《さえぎ》られて、月も星もよく見えない。

「そういやあいつ、ネフィとは腹違《はらちが》いだって言ってたな。もしかして、母親の身分が低くて苦労したとか、そういう話はなかったか？」

「あ、はい。情報を集めているとき、テオさんの出自も耳にしました。父王が側女に産ませた子で、生まれてすぐ正妃《せいひ》によって母親ともども王宮を追い出されたとか。母子で餓死《がし》寸前の暮らしをしてたところを、ネフィさんが捜し出して救い出したそうです」

「……何かを受けたら、何かで返す。以前、テオがそんなことを口にしてた」

「はい？」

「問題はな、ネフィが勇者――多くの命を背負う救世主に、まったくもって向いてなかったことなんだよ」

たとえあそこからの逃走が成功していたとしても、彼女が『傀儡師』を続けるのはもう無理だっただろう。下手したら、自ら処刑を望んでいたかもしれない。

テオは俺なんかよりずっと長くネフィを見てきた。

当然彼女の性格も、どこかで限界が訪《おとず》れることも、知っていたはずだ。

――ま、その引き金を引いたのは、俺ということになるんだろうが。

「ネフィだけを穏便《おんびん》に舞《ぶ》台《たい》から降ろすには、彼女の分も罪を背負う存在が必要。だから、いつでも自分がそうなれるよう、準備を整えていた。決意するだけじゃなく、帝国含《ていこくふく》めた各方面に手を回しておくくらいの工作はしてたのかもな」

ネフィはおそらく、当分の間、眠《ねむ》り続けるだろう。

目覚めて何が起こったかを知るのは、弟の処刑が終わり、全てに決着がついた後。

かくしてテオは咎《とが》を引き受け処刑され、ネフィは生き延びる。

それが奴の思《おも》い描《えが》いた幕引き。受けた恩義を命で返すというシナリオだったわけだ。

「なるほど、そういう考え方であれば理解できます」

ミアは神妙《しんみょう》な顔で肯《うなず》いた。

「わたしもドラゴンに傷を受けたときとか、倒しきれずに撤退《てったい》せざるをえなくなったときに、是非《ぜひ》ともお返ししなきゃ！って気分になりましたから。それと同じですよね」

「……お前って、どこまでいってもお前なのな。俺の話、聞いてたか？」

「聞いてましたよう」

心外だというように、唇《くちびる》を尖らせる。

「『傀儡師』が失敗に終わっても、命を差し出せばベストの方法でネフィさんを護《まも》れる。テオさんはかつて彼女に命を助けられた恩があったから、それを実行した。そういうことでしょう？　――最近気付いたんですけど、人ってそれぞれ自分の中に世界を持っていて、そこには独自の理屈《りくつ》とか、価値観があるんですよ」

当たり前だろ、と言いかけたが、ミアにとっては違うのだと思い直した。

こいつが日本に来るまで向き合っていた自分以外の存在って、獲物《えもの》としてのモンスターがほとんどだっただろうしなあ。

「みんな、受け取ったものの価値を自由に決める。そして自由に決めた価値に見合うものをお返しする。それはわたし、テオさん、あるいは他の誰《だれ》であっても同じです」

「そりゃまあ、その通りだ」

「あ、やっぱり正しいんですね、この考え方。よかったあ」

嬉《うれ》しそうに笑い、そして、ミアは俺をまっすぐに見据《みす》えた。

「だったら……ハルカさんが責任を感じなくても、いいじゃないですか？」

「…………あ？」

「この結末がテオさんの意図した通りなら、彼はきっと望んでそれを選択《せんたく》をしたのでしょう。自分の命の価値を決めて、護ろうとしたものの価値を決めて、そうする意味があると判断した。きっかけがどうあれ、その決定はテオさんのもので、あなたが背負う必要はないんです」

「……は、何だそりゃ。俺が気に病《や》んでるようにでも見えんのか？」

「見えませんよ。だからこそ、内心は逆なんじゃないかと」

俺は言葉に詰まった。最初から聞こえないふりをすればよかっただろうか。

「でもね」

ミアは微笑を浮かべる。

「そのうえで何か行動しようとするなら、それはそれで素敵《すてき》なことなんじゃないかとも思うのです。ともあれ、わたしからのご報告はこれで全部。――さ、どうされます？」

「なんで俺が何かすること前提なんだよ」

「何もしないいんですか？」

「………………」

俺はため息をついて、頭をガシガシとかいた。

「ま、俺好みのエンディングじゃないのは確かだな。……ミア、お前、デムテウス帝国《ていこく》の上の方に直接連絡《れんらく》を付けられるか？」

「はい、お父様の元に直通の通信魔具《まぐ》があります。言っていただければ、一日、二日のうちに帝国へ伝言をお届けできますよ」

「なら、あのクソ皇帝《こうてい》に伝えてくれ。『勇者ノインが、貸しを取り立てに行く』ってな」

ネフィの話が、ずっと頭の隅《すみ》に残っていた。

竜種《りゅうしゅ》に対抗《たいこう》するという名目で散々周辺国から搾《しぼ》り取った帝国が、ネフィたちの国に対して言い放ったという、あの言葉。

――『あの勇者ノインでさえ、報酬を要求しなかった。貴国は世界平和のための戦いに見返りを求めるのか。勇者ノインの献身《けんしん》に対して恥《は》じるところはないのか』

ああ、確かに俺は世界を救った見返りを求めなかった。清廉《せいれん》な信条があったわけではなく、単に一刻も早く面倒事から解放されて日本に戻りたかったからだ。

その事が巡《めぐ》り巡ってこんな形で俺の目の前に現れるとは、思ってなかったよ。

「それで、その後は？」

ミアがわくわくを隠しきれない表情で尋《たず》ねた。

「勇者ノインとして、テオの処刑をいったん中止させる。そして俺と協力国に正当な報酬が支払《しはら》われるよう要求する。もっとはっきり言うと……二度と俺の名前を都合良く利用できないよう、帝国の顔を潰《つぶ》してやる」

「帝国と勇者様の対決ですね！　どうなるのでしょう！　——あ、でも……」

ミアは気遣わしげな視線を俺に向けた。

「よろしいのですか？　ハルカさん、勇者の名前を疎《うと》ましく思っておられたのでは？」

「ゴミ袋《ぶくろ》に突っ込みたい程度には。ただ、捨てるにしてもゴミ出しのルールはちゃんと守らなきゃって話だ。前回は何も考えず、全部投げ捨てて戻って来ちまったからな」

つまるところ『傀儡師』がやってたのは、盛大に後を濁《にご》して発《た》っていった勇者の、いわば尻《しり》ぬぐいみたいなもんだ。

……ネフィは、俺のようになりたかったと言った。

俺は何度だって同じ答えを返す。

俺のようになる必要なんて、どこにもねえよ。

「ま、安定と平穏が理想だってのは変わらない。色々片付けて、またさっさとお前らの付き人に戻るさ。——さて、んじゃ、報酬の支払いを済ませるか」

今回、ミアに要求されたのは、神具ありでの立ち合いである。

「つっても単に剣《けん》を使って闘《たたか》うってだけだぞ？　神具としての力は使わねえからな」

《ユニベル》はそのリソースのほとんどを世界接続と螺旋行路《スパイラル・パス》の管理に割《さ》いている。あまり余計なことをさせたくない。玖音を呼びつけてミアと戦わせるのも何か違うだろうし。

「うーん、今はまだ仕方ないかな。わたしも全力出したハルカさんの相手が務まるとも思えませんし。まあ、そのあたりは将来のお楽しみということで」

ミアは大鎌《おおがま》を出現させ、くるんと回す。

そのまま構えようとし——そこで、あ、そうだ、と声を上げた。

「最後に一つだけ質問、いいですか？」

「あん？　何だよ」

「先ほどお話ししたように、テオさんの行動には彼なりの意味や価値があったのだと思います。その点はネフィさんの反帝国活動にしてもそうでしょうし、ハルカさんのご要望に応《こた》えて色々と情報を集めてきたわたしについても同じ。人が何かをするときは、そこに何かの価値がある、何かの見返りがあるとみなしているはずなのです」

「そうだな」

俺と立ち合うことがなんで見返りとして成立するのか、俺には理解できないが。

「であれば、一つ疑問が残ります。――ハルカさんはいったい、わたしたちの何に価値を見出《みいだ》して、こちらに残ることを決めたのですか？」

「…………」

「ネフィさんたちは十分な報酬を提示していたのでしょう？　一方、わたしたちにそれ以上の何かを提供することが可能とは思えません。ご存じの通り、わたしであってもハルカさんの稽古《けいこ》相手にもならないようなレベルですし」

「とりあえず、お前は戦闘《せんとう》能力を物差しにするのをやめろ」

まあ、それはさておき、言っていることはわかるし、答えも提示できる。

ただ、それをミアに理解できるように説明するのは、かなり難しいように思われた。

実利じゃなく、主に感情的な理由だからなあ。

「あー、邪竜を倒して日本に戻ったあと、俺は勇者だったことを誰にも明かさず平穏に生きていくつもりだったんだが……まあ、生きていくためには金が要《い》るんだよな」

「真理ですね」

ミアは真面目《まじめ》な顔で肯いた。

「確かに報酬は悪くなかったから、ネフィの誘《さそ》いに乗る方へと傾いてたよ。ただ——そこで、お前らに驚かされることになった」

実力はよく知ってるつもりだったんだよな。だからリュリやマリナがA級冒険者を相手取るのは無理だと思ったし、大怪我《おおけが》する前にさっさとやられとけと願っていた。

しかし——あいつらの見せたものは、俺の予想をはるかに上回った。

「んで、一番決定的だったのはお前だよ、ミア」

「わたし？　ネフィさんとテオさんに勝ったことですか？」

「もちろん、それもある。でも一番は、お前が誰かのために腹を立て、誰かのために戦えたってことだ」

「腹を立てる……？　ああ、あのときの、あの感じ……」

うーんと首を捻《ひね》るミア。

「心地《ここち》よいものではなかったですけど、いいことなのですか？　それは」

「いいことだろ。お前は感情そのものがぶっ壊《こわ》れているんじゃなく、単に学んでいないだけなんだってわかったんだから。なら、いずれ理解できるようになるってことだ。リュリやマリナはもちろん、お前ももっと成長していける」

ミアは釈然《しゃくぜん》としない様子だった。

「ハルカさんはものすごく大勢の人を救って、でもそのことを誇《ほこ》れなかったのに……わたしたちたった三人の〝意外〟が、そんなに大きな意味を持っていたのですか？」

「何千人何万人のラグナ・ディーン人を救ったと言われても、それは俺にとって単なる数字でしかなかったんだよ、ずっと。でも――」

そこで言い淀《よど》む。

しかし、無心に続きを待つミアの顔に負け、俺は結局言葉を紡《つむ》いだ。

「でも、リュリやマリナが必死に戦い、そしてお前が二人のために立ち上がって神具を振るったとき、初めて実感できた。――ああ、俺はただの数字じゃなく、誰かの未来と無限の可能性を救ったんだって」

死んだ家族も、友人や知り合いも、決して戻らない。

何を得たとしても、失ったものへの埋め合わせになんてならない。それでも――

それでも、俺が勇者となったことには確かな意味があったと、初めて思えたんだ。

お前たちのおかげで。

「なぜ俺がネフィたちではなく、お前らを選んだかって質問だったな。ま、答えはシンプルだよ。お前たちがかけがえのないくらい大切で、側《そば》に居たいと思ったから」

「大切……かけがえのないくらい……」

他の二人が相手だったなら、こんな台詞《せりふ》、気恥《きは》ずかしくてとても言えなかっただろう。情緒《じょうちょ》というものが未発達なミアには、おそらくまだ理解できない。だから、ロボとかAIに人間の感情について講義するように、素直《すなお》な感情を口にできた。

そして、言葉にしてみると——自分の中で意外なほど腑《ふ》に落ちる感覚があった。

ああ、この選択でいいんだ。

ここからやっと俺は前を向いて、自分の生を積み重ねていける。

「俺の話は以上。質問もういいか？　だったら、そろそろ始め——」

そのとき俺はミアの様子がおかしいことに気付いた。

なんだか未知の食べ物をいきなり口の中に放《ほう》り込まれたような表情で、自分の頬をぺたぺたと触《さわ》っている。

「どうかしたのか？」

「顔が熱いのです。それと……何だか、胸もドキドキします。ハルカさんと離《はな》れたくないという思いが、いえ、ハルカさんの全てを手中にしたいという欲望が湧《わ》き上がってきます。しかも際限なく！」

「…………」

「ああ、もしかして、これは——」

ミアは熱っぽい視線を俺に向けた。

「これは、以前おっしゃっていた『狩猟《しゅりょう》本能』、なのでしょうか！」

「……まあ、似たようなもんかもな」

俺は冷静に答えた。

あとがき

どうも、すえばしです。

「元世界最強な公務員1.帰還勇者、身分を隠してたのに新人冒険者の世話をすることになりました」をお届けいたします。

さて。

「すえばしけん」として小説を出版するのは、随分と久しぶりになります。

HJ文庫では……えっと、六年近く間が空いてしまった計算になりますね。今確認して、自分でもびっくりしました。

とはいえ、別に引退を考えていたとか、スランプで全く書けなくなっていたとか、そういうわけではないのです。

こうなったのには様々な事情や、運や、巡り合わせなんかが絡んでるのですが……まあ、差し障りない範囲で説明すると、本を出すという事業には作者が頑張って原稿を書いただけではどうにもならない側面があるということですかね……（実際、本作は約二年前にほぼ現在の形で書き上がってますし）。

ともあれ、お待たせして申し訳ありませんでした。

今回、色々な方のご尽力でこうして出版することができましたので、シリーズとして続けていければいいなあと思っています。いや本当に。


しかし、この何年かの間に世の中の方もかなり変わりましたね。

一番大きなのは、やはり例の伝染病による生活様式の変化でしょうか……

亡くなられた方、苦しんでおられる方についてはもちろん、直接罹患していない人間にも大きな影響が出ているようです。

私は地方在住なのですが、出版社の謝恩会は無くなり、打ち合わせは電話やネットで済ませることが多くなり、すっかり東京へ行くことがなくなってしまいました。

もともとリモート前提の個人事業主ですから、他の業種の方に比べればまだ影響は少ないかと思いますが、それでも不自由であるのは否めません。

一方で趣味の方面に目を移すと、アニメや映画の放映、公開が延期になったり、Ｊリーグのスケジュールや観戦規約が変更になったり（サッカー観戦が好きなのです）と、こちらもなかなか笑えないことになっています。

一日も早い終息を願うばかりです。


ネタバレにならない範囲で、本作についても触れておきましょう。

舞台は、異世界と行き来が可能になった現代の日本。

選ばれし勇者が異世界を救い帰還した、その後の物語。

一言で言えば、元勇者が平凡に生きていくのは大変だよねというお話です。

まあ、すごいスキルや聖剣を持っていたとしても現代日本ではなかなかお金に換える変える術がないでしょうし、勇者であった経歴を隠すなら社会的にはただの職歴ナシ無職ですからね。

なるべく主人公に苦労してもらおうという意味では、私らしい話かなと。

実はこの作品、単に出版まで時間がかかったというだけではなく、ストックしていたネタの中でもかなり古い部類のものになります。

じっくり寝かせた分、盛り込みたいものは大体うまく盛り込めたと思っているのですが、読者の皆様の評価はどうでしょうか。

幸いというか何というか、この数年で異世界ネタも完全にジャンルとして定着した感がありますし、楽しんでいただければ幸いです。

今回も多くの方々のお力添えを頂きました。

ホビージャパンの担当様、魅力的なイラストを付けて下さったキッカイキ様、デザイン、印刷、取次、および書店の皆様、その他出版流通に関わる全ての方々に厚く御礼申し上げます。

それでは、またお会いできることを（割と切実に）願いつつ。

二〇二〇年一二月　すえばしけん

HJ文庫 912 http://www.hobbyjapan.co.jp/hjbunko/

元世界最強な公務員

1.帰還勇者、身分を隠してたのに新人冒険者の世話をすることになりました

2021年1月1日　初版発行

著者――すえばしけん

発行者―松下大介
発行所―株式会社ホビージャパン

〒151-0053
東京都渋谷区代々木2-15-8
電話　03(5304)7604（編集）
　　　03(5304)9112（営業）

印刷所――大日本印刷株式会社

装丁――木村デザイン・ラボ／株式会社エストール

Printed in Japan

ISBN978-4-7986-2372-6　C0193